AF275848

Newton Compton Editores

Este libro es una obra de ficción. Los nombres, lugares y acontecimientos son producto de la imaginación de la autora y están al servicio de la ficción. Cualquier parecido con personas reales, en vida o fallecidas, es pura coincidencia.

Título original: *The Twelve Days of Murder*

© 2023, Andreina Cordani. Publicado por primera vez en inglés en el Reino Unido por Zaffre, un sello de Bonnier Books UK Limited.
© 2024, de la traducción por Jesús Jiménez Cañada
© 2024, de esta edición por Antonio Vallardi Editore S.u.r.l., Milán

Todos los derechos reservados

Primera edición: octubre de 2024

Newton Compton Editores es un sello de Antonio Vallardi Editore S.u.r.l.
Pl. Urquinaona, 11, 3.º 1.ª izq. Barcelona, 08010 (España)
www.newtoncomptoneditores.com

Gruppo editoriale Mauri Spagnol S.p.A.
www.maurispagnol.it

ISBN: 978-84-10080-34-8
Código IBIC: FA
DL: B 14.045-2024

Composición:
Javier Sánchez Meco

Diseño de interiores:
David Pablo

Impreso en octubre de 2024 en Puntoweb s.r.l., Ariccia (Roma), en Italia.

Queda rigurosamente prohibida, sin la autorización por escrito de los titulares del copyright, la reproducción total o parcial de esta obra por cualquier medio o procedimiento mecánico, telemático o electrónico –incluyendo las fotocopias y la difusión a través de Internet– y la distribución de ejemplares de este libro mediante alquiler o préstamos públicos.

Andreina Cordani

Doce días de muerte

Traducción de Jesús Jiménez Cañada

Newton Compton Editores
Barcelona, 2024

Para Richard – wedunnit

Los doce días de Navidad

Villancico

El duodécimo día de Navidad,
mi amor verdadero me mandó
doce tamborileros tocando el tambor,
once gaiteros tocando la gaita,
diez lores saltando,
nueve damas danzando,
ocho sirvientas ordeñando,
siete cisnes nadando,
seis ocas empollando,
cinco anillos de oro,
cuatro pájaros piando,
tres gallinas francesas,
dos tórtolas
y una perdiz en un peral.

INFORME PRELIMINAR DE DESAPARICIÓN

Policía de Norfolk
Oficial a cargo: Robert Mellow (agente 4591)
Fecha: 26/12/2011
Ref. de la llamada: 3242/11

Nombre del desaparecido: Boniface, Karl Edward
Fecha de nacimiento: 26/03/1990 (21 años de edad)
Descripción física: 190 cm. Blanco, europeo. Delgado. Zurdo.
Ojos marrones. Pelirrojo oscuro/castaño
Problemas médicos: ninguno
Vestimenta: pantalones de terciopelo rojo con ribetes de pelo
blanco, chaqueta de terciopelo rojo con ribetes de pelo blanco,
cinturón negro ancho, botas negras y barba blanca falsa (disfraz
de Papá Noel, sin gorro). Quizás sangre falsa
Vehículo: Audi A1 Rojo. JJ11 XNZ. Desaparecido

Circunstancias de la desaparición:
A las 02:15 h del 25/12/2011 se recibe una llamada telefónica de
Alice Elektra Boniface que informa sobre la persona desaparecida, Karl Boniface. La persona que llama suena muy angustiada.
Realiza una serie de declaraciones, como por ejemplo «se suponía
que Karl iba a ser el cadáver» y «pero ¿quién se esfuma de una
habitación cerrada con llave?». La señorita Boniface dice a la ope-
radora las palabras «lo apuñalé». Se decide acudir de inmediato
para esclarecer el caso.

El agente 4591, Robert Mellow, acude al lugar de los hechos,
en la mansión Fenshawe, acompañado por la agente 7752, Au-
gustine Adeyousun. A su llegada se encuentran con un grupo
de estudiantes vestidos con trajes de los años treinta. Resulta
evidente que los allí reunidos han alquilado la mansión para
usarla como escenario de una «velada de misteriosos asesinatos»,
titulada *Muerte de Papá Noel*. Según los presentes, a la persona
desaparecida le tocaba «hacer de cadáver».

La señorita Boniface, hermana de la persona desaparecida, había fingido apuñalarlo en la sala de estar de la mansión alrededor de las 21:00 h. A continuación lo dejó dentro, cerró la estancia con llave y la escondió. Cuando la susodicha regresó con los otros participantes, la persona desaparecida ya no se encontraba en la habitación. Que supieran los presentes, no había más llaves, como tampoco había señales de que la cerradura hubiera sido forzada. Era poco probable que la persona desaparecida hubiera salido por la ventana, ya que esta era demasiado estrecha.

Los estudiantes buscaron a la persona desaparecida de forma infructuosa durante casi dos horas, para luego reunirse en el salón principal, de donde había desaparecido dicha persona. Allí esperaron a la llegada de la policía.

Todos los presentes en la fiesta concuerdan en que, una vez iniciada la partida del juego de misterioso asesinato, el señor Boniface estaría entregado por completo a él, por lo que sería poco probable que se marchase sin más. Sin embargo, tras la insistencia de los agentes, todos admiten que el desaparecido suele gastarles bromas a sus amigos, y que recientemente se ha estado comportando de forma extraña y poco habitual. Los oficiales realizan una búsqueda exhaustiva por todo el perímetro y no encuentran a la persona desaparecida. Su gorro de Papá Noel, que llevaba puesto en el momento de la desaparición, es encontrado en su habitación y confiscado por la policía. El coche de la persona desaparecida y su iPhone también han desaparecido. El teléfono está apagado. Se realiza una búsqueda exhaustiva del perímetro, se interroga a los testigos.

Nivel de riesgo bajo. La resolución se revisará en una fecha posterior. El sujeto ha sido registrado como desaparecido en los sistemas policiales y su descripción se ha puesto en circulación.

PARTE 1

PRESENTACIONES

Capítulo 1

Por la presente, estás invitado a un asesinato.

Charley lleva cuatro horas con la pesada tarjeta de invitación de color crema en la mano. Pasa los dedos sobre la brillante caligrafía en relieve. Los datos: hora y lugar del asesinato, tipo de vestimenta, la solicitud de confirmación de asistencia. El constante roce de las yemas de los dedos empieza a desgastar los bordes negros de la invitación.

El viaje en autobús desde Londres hasta Inverness dura doce horas, y eso si el tráfico va bien. Sin embargo, es Nochebuena, y parece que todos los habitantes de las islas británicas tratan de llegar a casa con sus seres queridos en esa misma sección de carretera entre Peterborough y Perth.

A las tres horas de viaje, el libro de Charley comenzó a emborronarse ante sus ojos; y tras cinco horas, la batería de su teléfono murió en mitad de un episodio de su *pódcast* favorito de *true crime*. Llevan ya casi diez horas. La atmósfera en el autobús ha pasado de la impaciencia al agotamiento total, a un «Por favor, Señor, que esto termine ya». Los niños lloran mucho, cansados y aburridos; los adultos se remueven en sus asientos, entre resoplidos y suspiros. El hombre de codos puntiagudos que está sentado junto a Charley chasquea la lengua cada vez que ella cambia el peso de una nalga entumecida a la otra. Charley contempla el paisaje bajo la tenue luz del exterior, observa el denso tráfico que hay más adelante y se recuerda una vez más que esta era la opción más barata. Necesita vigilar cada céntimo si es que de verdad pretende mudarse de casa de Matt a principios de año, incluso si Ali acaba por darle el dinero que le ha prometido.

Cuando Charley le enseñó la invitación a Matt, aún no se había decidido a romper con él; era solo el asomo de una intención futura, algo que podría hacer en algún momento si la situación empeoraba de verdad. Se seguía diciendo a sí misma que el amor no iba tanto de corazones, flores y apoyo mutuo, sino de conocer de verdad el alma del otro. Los dos se conocían tan bien que Charley siempre era capaz de adivinar lo que Matt iba a decir a continuación. Sobre todo cuando iba a decir algo que Charley prefería no oír.

—Vaya sarta de gilipolleces pretenciosas —había dicho Matt, contemplando el encabezado en relieve—. ¿Quién va a renunciar a sus planes navideños por un jueguecito estúpido?

—Pues, a mí me… —había empezado a explicar Charley, pero ¿cómo expresarlo con palabras?

Era difícil transmitir lo creativa que era la idea, la brillante inventiva de Karl, la diversión que supondría dejar de lado su identidad de insegura aspirante a actriz durante unas horas o incluso unos días, y convertirse en otra persona. Alguien elegante, astuto o capaz de asesinar. Cuando aquellos juegos habían salido bien, el resultado había sido increíble. Karl era el mejor. Por más que luego todo se hubiera ido al traste.

Matt se limitó a poner los ojos en blanco.

—Habría que estar loco para pasar tiempo con esa gente. No dejas de quejarte de lo mal que te sentías con ellos —dijo.

Y tenía razón, por supuesto, hasta cierto punto. Siempre tenía razón. Pero aunque Charley no pudiera evitar estar de acuerdo, una vocecita en su interior añadió: «También paso tiempo contigo y me haces sentir igual de mal».

Sin embargo, su parte sensata sabe que debería haber ignorado la invitación de Ali: debería haberla roto, haberla echado a la basura de reciclaje, tal y como Matt había sugerido. Charley se había esforzado mucho para deshacerse de aquella suerte de ansiedad que sentía todo el tiempo cuando formaba parte de la Sociedad de la Mascarada Homicida; la creencia arraigada de que si fuera un poco más divertida, un poco más inteligente o peculiar, los demás olvidarían el hecho de que Charley no era como ellos. Olvidarían que su padre trabajaba de cocinero, que su casa solo

16

tenía cinco habitaciones y que nadie conocía la escuela donde había estudiado. Y sería bien recibida en el grupo.

Sin embargo, no es el tipo de sensación que se pueda ignorar con facilidad. Aquel sentimiento se había aferrado a ella como la electricidad estática al nailon. La llevaba pegada en cada audición, como una sombra. Era una especie de ansia, pero el tipo de ansia que no ayudaba a conseguir un papel, sino que más bien inspiraba lástima a los demás. Seguramente fue ese aire de desesperación lo que atrajo a Matt, a quien le gustan las novias dóciles, ansiosas por complacer a su hombre.

Al principio, Charley había decidido que lo más sencillo sería pasar de Ali. A fin de cuentas, era lo que había hecho con ella la mayoría de los demás miembros de la Mascarada desde que se disolvió el grupo. Sin embargo, Ali no es el tipo de persona que se pueda ignorar con facilidad. Unas semanas después de recibir la invitación, a Charley le llegó un correo electrónico, un mensaje tan dulce como persuasivo:

> Ya sé que no son tus mejores amigos, pero ha pasado mucho tiempo y todos se mueren de ganas de verte. Si no estás segura, ¡tómatelo como un papel más, que para algo eres actriz!

En otro correo electrónico subsiguiente, Ali le había ofrecido una buena cantidad de dinero por adelantado, a la que seguiría otra suma aún mayor después de Año Nuevo. Con semejante cifra, Charley podría comenzar de nuevo. En aquel momento, aquella vaga intención de dejar a Matt se concretó hasta convertirse en una decisión real. Le dijo que habían terminado, pero estaba atrapada. Tenía que dormir en su sofá hasta poder permitirse la fianza de otro apartamento.

—Es lo que te estoy diciendo, Charley —había dicho Matt en un momento de amabilidad—. Me necesitas. Nunca te las arreglarás sola.

Bueno, quizá sí que lo conseguiría con un empujoncito por parte de Ali.

Ali se lo había dejado claro en el correo electrónico:

No te olvides de que ya te he conseguido trabajo de actriz antes, y tengo otro par de proyectos a la vista...

Con eso había bastado para que Charley dejase de lado sus reticencias y aceptase.

Los demás miembros de la Sociedad de la Mascarada Homicida, o mejor dicho, todos menos Charley, habían tenido mucho éxito en los últimos doce años. Ahora mismo, Ali es la rutilante estrella de una de las agencias de publicidad y relaciones públicas más exitosas del país. Este mismo año la aclaman por haber ideado el conmovedor anuncio navideño que ha puesto a todo el país a hablar de #elniñoylatortuga. Charley también lo ha visto. Y ha llorado.

Así pues, la idea de tener a alguien como Ali de su parte es difícil de resistir. Si lo hace ahora, podría haber más trabajos lucrativos en publicidad, lo cual le granjearía más contactos que facilitarían nuevos trabajos...

¿Qué había dicho Matt? «No sé bien cómo presentarte a la gente ahora mismo. ¿Digo que eres actriz fracasada o recepcionista de éxito?».

Esta podría ser la oportunidad de cambiarlo todo.

El conductor del autobús habla a través de los altavoces y saca a Charley del trance:

—Damas y caballeros, gracias por aguantar con nosotros en este difícil viaje en Nochebuena. Sé que estamos tardando mucho, pero ¿qué les parece si empezamos las fiestas de antemano con un villancico?

Acento de Cheshire, piensa Charley. No es del mismo Manchester, sino de por ahí cerca. Su voz suena demasiado alegre para haberse pasado tanto tiempo en medio de una autopista.

El conductor pulsa un botón y un villancico se propaga por el autobús. El tipo canta a coro sin la menor entonación. Charley se muere de vergüenza ajena. Los demás adultos también parecen abiertamente incómodos, pero el conductor sigue. Le recuerda en cierto modo a Karl, siempre capaz de convencer a cualquiera para hacer las cosas más ridículas, y lo hacía cayendo él mismo en el mayor de todos los ridículos.

Algunos niños se ríen y empiezan a cantar. Les dan codazos a sus padres para que canten también. Hay americanos sentados en la parte trasera que cantan a pleno pulmón; armonizan tan bien que seguro que pertenecen a algún coro. Poco a poco, se suman más y más voces. Para sorpresa de Charley, incluso Codazos carraspea y berrea «cinco anillos de oro» con potente voz de bajo. El autobús avanza con lentitud y cubre el espacio de varios coches. Sigue avanzando y, a medida que gana velocidad, el canto se vuelve más fuerte, como si sus voces despejasen el tráfico e impulsasen el vehículo.

—¡Lo estamos consiguiendo! —grita un niño emocionado en la parte delantera—. ¡Más fuerte!

Charley empieza a cantar también e intercambia un atisbo de sonrisa con Codazos mientras llegan a la parte del villancico de los once gaiteros que tocan sus gaitas. El autobús se pone a cincuenta por hora. La tutora de canto de Charley le dijo en cierta ocasión que tenía buena voz para formar parte de un coro, con fuerza y claridad; así que abre los pulmones y deja que la música brote de ella. Los pasajeros sonríen, se echan a reír, abren las cajitas de bombones Celebrations que deberían guardar para casa, comparten su contenido entre todos los presentes. El autobús se pone a ochenta. La esperanza se expande por el interior y comienza a impregnar los pensamientos de Charley. Tal vez, solo tal vez, este viaje no sea tan malo. Podría ser una buena oportunidad para reescribir el viejo guion, para olvidar el pasado y seguir adelante. Tal vez ya no estén tan enfadados con ella. Tal vez pueda tender puentes con Pan, alcanzar algún punto medio con Shona. Tal vez Leo deje de ser condescendiente con ella y Gideon sea menos detestable…

Los pasajeros han alcanzado las vertiginosas alturas de los doce tamborileros tamborileando. Todos se ríen y tratan de recordar en orden todos esos ridículos regalos de amor verdadero del villancico. No lo consiguen, y en ese momento, Charley ve que más adelante, en la carretera, empieza a iluminarse una hilera de luces de freno de un rojo festivo. También hay un destello de luz azul que se intensifica a medida que se acercan. El autobús reduce la velocidad, primero un poco, luego mucho.

—Lo siento, amigos, hay un accidente ahí delante —anuncia el conductor, tratando de mantener un tono de voz jovial.

Charley otea en medio de la penumbra y ve que la carretera bordea una gran masa de agua, un lago o un embalse, y que un coche ha atravesado el quitamiedos.

Los pasajeros sueltan exclamaciones sorprendidas y dejan de cantar. Codazos da la espalda a la ventanilla y los padres intentan cubrirles los ojos a sus hijos. Lo que Charley hace es mirar. Charley mira. Hay un coche en el agua, una silueta oscura iluminada por el parpadeo de las luces de la policía y la ambulancia, que se hunde lentamente. La policía y el personal sanitario se aglomeran alrededor con sus chaquetas reflectantes, encorvados en medio del viento frío y la lluvia. Todos hablan por radio, van y vienen de aquí para allá con todo tipo de material y equipo. Algunos están metidos hasta la cintura en el agua que rodea el coche. Uno de ellos se inclina hacia la ventanilla del pasajero. Durante un segundo, Charley ve que algo se aprieta contra el vidrio desde dentro: una mano delgada y pálida.

Se le corta la respiración. Ya no está en ese autobús sobrecalentado. Vuelve a encontrarse fuera, en la oscuridad, sumergida a la fuerza en un agua helada que le atraviesa la carne, que le cala hasta los huesos. La realidad se desvanece. Charley se revuelve, trata de llegar a la superficie, lucha por respirar. La adrenalina la inunda, le desboca el corazón. «Se acabó. Voy a morir».

Pasan más de las cuatro de la tarde cuando Charley llega por fin al aeropuerto de Inverness. Lleva tanto tiempo de viaje y está tan oscuro que podría ser medianoche. Parte de ella espera que los demás ya se hayan ido y que, de alguna manera, se vea libre de la responsabilidad de asistir al juego. Sin embargo, mientras camina hacia la puerta con las piernas flojas y doloridas por el viaje, ve una figura familiar de cabello rubio miel sentada en la cafetería y jugueteando con un móvil. Delante de ella está Gideon, con sus rizos rubios caídos y unos pantalones rojos. Está repanchingado sobre dos de las sillas de la cafetería, con el brazo extendido sobre la silla de al lado. Echa la cabeza hacia atrás y suelta una risa estruendosa.

Un escalofrío visceral recorre el cuerpo de Charley. Recuerda todo lo que Gideon dijo la noche en que Karl desapareció. Recuerda que Pan la ignoró durante meses, como si no existiera, a lo largo de dos semestres completos llenos de conferencias y talleres. Charley da media vuelta y corre hacia los baños cercanos. Abre los grifos, se echa agua fría en la cara.

«¡Vamos! –Se dedica una mirada larga y severa en el espejo–. Puedes hacerlo. Son solo unos días. No es más que otro papel. Estas personas ya no te importan».

Sin embargo, sabe que es mentira. Sería distinto si se sintiera orgullosa de la vida que se ha forjado desde la universidad. Si tuviera carrera, familia o incluso una pareja que la amara, se sentiría mucho más fuerte en este momento. Pero viene con las manos vacías, va a la deriva en el mundo.

Abre el grifo, vuelve a echarse agua. Luego percibe un movimiento a su espalda, levanta la vista y vislumbra algo reflejado en el espejo: un rostro que tiene todo el aspecto de un fantasma asomado a la ventana de una casa abandonada, o el de una joven pero estropeada señorita Havisham, salida de *Grandes esperanzas* de Dickens, jugueteando con las mentes de los hombres. Blanca como la nieve, oculta tras un velo oscuro, ojos delineados en negro, un trazo de color púrpura en los labios. Charley da un grito de sorpresa. El corazón se le desboca.

–El agua representa la línea divisoria entre los vivos y los muertos –entona esta criatura. Habla en voz baja, teatral, con un acento que Charley ahora reconoce como lo más pitiminí de Edimburgo–. En la mitología rusa, el Agua de la Muerte puede sanar a quien está malherido…, pero el agua del grifo del aeropuerto no te va a ayudar en nada, cariño.

–Hola, Shona. –Charley no está segura de cómo reaccionar. Nunca había sabido cómo tratar con Shona. Nadie que se haya criado entre personas sensatas, trabajadoras, que van al *pub* y hablan de fútbol o de *Love Island*, puede estar preparado para tratar con Shona, con esa aguda crueldad y esa ferviente creencia en lo sobrenatural. En cierta ocasión, Charley le había dicho en broma a Karl que Shona debería venir con manual de instrucciones, a lo que Karl había respondido que para lidiar con ella bastaba con tener presentes las reglas aplicables a los vampiros: no había que invitarla a entrar ni permitir que captase olor a sangre.

A lo largo de los años, Charley ha curioseado alguna que otra vez el Instagram de Shona. Siempre de galería en galería, haciendo exposiciones por todo el mundo con sus macabras instalaciones artísticas compuestas de cadáveres y huesecillos sueltos de animales. La apariencia de Shona ha evolucionado: ha pasado de gótica principiante a cien por cien Artista Conceptual. Es probable que Shona piense que se viste a su gusto, pero en realidad lo hace para impactar a los demás, para que piensen en criptas, en decadencia, en todas esas cosas de las que la mayoría de la gente convencional prefiere no hablar. Lleva mucho maquillaje, pero en tonos ligeramente más pálidos de lo que resultaría natural en ella. El efecto que provoca queda a medio camino entre *geisha* y muñeca victoriana embrujada. Tiene el cabello decolorado y matizado en tonos lilas y plateados, cortado en un estilo fino y ondulado que no desentonaría en una anciana de noventa años, pero de alguna manera se ve vanguardista en ella. También lleva un sombrero negro tipo *pillbox* con un desproporcionado velo de malla de color negro. Se cubre el cuello con una estola de piel, negra y antigua, medio comida por las polillas. El tipo de piel que aún conserva las garras y dientes del animal del que la han arrancado. Con una mano pálida y llena de anillos, aferra con gesto dramático a Charley.

La última vez que Charley vio a Shona de cerca fue la mañana después de esa última mascarada. El cabello de Charley todavía olía a agua del lago y tenía la garganta seca tras largas horas llamando a Karl a gritos. Luego habló con la policía. Ali y Gideon le gritaban todo tipo de vilezas e improperios. Pan había dicho que era una sucia ratera.

Shona, sin embargo, no se había unido a los gritos. Había hecho un gesto complejo con la mano, algún tipo de maldición. Luego se había dado la vuelta y regresado al interior con un revoloteo de su kimono de seda japonesa auténtica.

—Vamos —dice Shona—, llegas tarde.

Shona le pone una mano en el brazo, pero a ella ese contacto no le parece reconfortante. Es más bien como una garra fría que se cierra a su alrededor para arrastrarla fuera del baño. Charley se encuentra caminando lentamente hacia la cafetería donde Pan y Gideon esperan.

Mientras se acerca a la mesa, la mirada de Gideon se fija en ella y su expresión cambia.

—Dios mío —dice con voz débil—, es la Ratona Ratera.

—¡Gideon! —Pan le da un empujón—. Vamos, no seas así. Fue hace doce años, supéralo.

Esto es nuevo. No puede ser que Pan la esté defendiendo; la mera idea resulta impensable. Quizá solo lo hace para molestar a Gideon. Nunca se sabe con Pan, que baila a su propio son. De todos modos, Pan siempre ha tonteado con Gideon: primero lo aparta de sí para luego atraerlo de nuevo. Karl había dicho que eran como Ross y Rachel de *Friends*, solo que aún más irritantes.

—Son más bien tirando a «tensión sexual no resuelta, pero por Dios que la resuelvan ya, a ver si se dan un revolcón de una puñetera vez».

Gideon tiene pinta de perrito apaleado, pero Pan no le hace caso. Se levanta y envuelve a Charley en un abrazo holgado que huele a perfume de cachemira. Las manos de Charley cuelgan lánguidas, casi temerosas de hacer un movimiento brusco por si Pan se revuelve contra ella. Pan se echa hacia atrás sin soltar a Charley. La agarra de los hombros.

—¡Cariño! ¡Bienvenida! ¿Cómo estás? ¡Han pasado siglos! Qué intensa es la vida, ¿verdad? Cuesta mantener el contacto con nuestras raíces, con las personas que nos hicieron fuertes. A veces veo que le das al «Me gusta» a mis publicaciones de Instagram y siempre pienso en mandarte un mensaje, pero luego…

23

Aunque Pan apenas toca los hombros de Charley, esta se siente atrapada. Tiene que reprimir el impulso de apartarse.

Bien podría ser la mayor cantidad de palabras que Pan le haya dirigido directamente en toda su vida. Cuando Charley se unió a la Sociedad de la Mascarada Homicida, todos le habían dado la bienvenida, acogedores, si bien su presencia los desconcertaba un poco. Pan, sin embargo, la había ignorado por completo, aparte de algún que otro comentario condescendiente sobre la «gente común» o las «clases trabajadoras». Al formar parte de una adinerada familia griega de transportistas navales, era de suponer que Pan había pasado la mayor parte de su vida resguardada de gente como Charley. Y luego, después del asunto del collar desaparecido, las únicas palabras que le dedicó no fueron sino virulentas acusaciones.

—No hay duda de que has estado ocupada —responde Charley—. ¿Cuántos seguidores tienes ahora?

—Un millón novecientas mil maravillosas «Personas de Pan» —dice ella con esa forma ensayada que tienen los *influencers* de presumir y sonar agradecidos al mismo tiempo—. Debería llegar a los dos millones en primavera, siempre y cuando el algoritmo no cambie de nuevo.

—Le entregamos nuestras almas a ese algoritmo —dice Shona con tristeza—. Antes eran los señores y los reyes quienes controlaban nuestras vidas. Ahora nos controla un código.

Aunque hay una silla libre junto a Pan, Shona se acerca a Gideon y ocupa el asiento en el que está apoyado. Da un tirón de la silla para que el brazo le resbale y pierda el equilibrio. Gideon parece molesto, pero no dice nada.

Nadie le ha dicho a Charley que se siente, pero aun así ocupa torpemente la silla junto a Pan, aunque preferiría no estar tan cerca. Se siente incómoda, ahí sentada sin siquiera una bebida. Pero el café es caro.

—¿Dónde están los demás? Pensé que sería la última en llegar.

—Bueno, llegas bastante tarde, cariño —dice Pan—. ¿En qué vuelo has venido?

Charley aparta la mirada y murmura algo. No quiere hablar del autobús ni del poco dinero que tiene. Por suerte, Pan no espera respuesta alguna.

—Suerte tienen los demás de que todavía estemos aquí. Ali aún no ha aparecido, así que no nos queda otra que esperarla. Sam y su novia están convenciendo al conductor para que espere hasta que llegue el próximo vuelo. Y Leo está buscando a Ali, no sea que ya haya llegado y se las haya arreglado de alguna manera para perderse.

—¿No han venido juntos?

Leo y Ali se casaron a principios de año. Charley había ojeado las fotos de la boda que publicaron en internet, con una creciente sensación de asombro. ¿Por qué casarse en la mansión Fenshawe, un lugar con tantos recuerdos aciagos?

Gideon se encoge de hombros.

—Leo fue ayer hasta Edimburgo en el tren nocturno por no sé qué historia, pero Ali tuvo que trabajar hasta el mediodía. Planeaba tomar el vuelo de las dos, pero en ese no estaba, y no contesta al teléfono.

Los demás miembros de la Mascarada evitan mirar a Charley, como siempre han hecho. Como si Charley no fuera importante, como si fuera un personaje secundario. En la universidad, Charley se había unido a la Sociedad de la Mascarada Homicida durante la Semana de los Novatos por puro capricho; solo porque le encantaba disfrazarse y porque seguro que era más divertido que el grupo teatral serio de la universidad, mucho más comprometido políticamente. Había sido como entrar en otro mundo lleno de gente lista y ocurrente convencida de que el mismo concepto de jugar era una actividad tan intrínseca a los adultos como a los niños. Charley no tardó en descubrir que la mayoría de los miembros principales se conocían de antes, como suele suceder entre las personas de clase alta: Karl y Leo habían ido al mismo colegio, Leo y Sam eran primos lejanos, y Sam y Shona eran amigos desde la infancia. Por eso habían mantenido el contacto entre todos después de que la Sociedad se disolviera, claro. Entre todos menos con ella. Siente una punzada de tristeza: si Karl aún estuviera aún entre ellos, justo en ese momento le daría un codacito y soltaría a media voz un comentario mordaz sobre alguno de ellos, y Charley tendría que reprimir una carcajada. Pero Karl, por supuesto, ya no estaba.

Quienes sí están son Pan y Gideon, ahora mismo enzarzados en una competición para ver quién puede presumir sutilmente de tener un éxito enorme sin que parezcan alardes conscientes.

Pan tiene un gran acuerdo de patrocinio con una marca de bolsos de lujo.

Gideon actuó de intermediario en un acuerdo multimillonario con una compañía farmacéutica.

Pan es tan famosa que durante un tiempo hasta tuvo un acosador, ¿no os parece una locura?

Gideon está prometido con una esquiadora austríaca que ganó medallas en las Olimpiadas.

Pan salió una temporada con un productor de Hollywood.

¿No estuvieron ambos en St. Moritz al mismo tiempo el año pasado?

Sí, así fue. ¿No os parece que el Baile del Palacio de Hielo ha sido el evento más sobrevalorado de todos los tiempos? ¿Y qué me dices de ese comentario que soltó Bono en la pista de baile? ¿Acaso no fue completamente vergonzoso?

Charley no se ha molestado en espiar disimuladamente las redes sociales de Gideon desde que acabaron la universidad. No le inspiraba curiosidad; sabía que ocuparía directamente un puesto bien remunerado en la empresa de su padre en Londres, que se dedicaba a algún tipo de inversión con empresas farmacéuticas. Charley no necesita mirar las redes de Gideon para saber que su trabajo probablemente requiere pasar mucho tiempo con clientes en campos de golf y clubes de caballeros, y no tanto enfrascado con cifras ni hojas de cálculo. Gideon jamás había tenido paciencia para los detalles; siempre olvidaba puntos de la trama y se salía constantemente del personaje durante las mascaradas.

Charley está segura de que a Matt le habría impresionado la arrogancia de Gideon, aunque habría fingido todo lo contrario. Entonces se da a sí misma una bofetada mental. Pensar en Matt está categóricamente prohibido en este viaje. Coloca a su exnovio en la caja mental donde están todas las otras cosas en las que no se permite pensar. La sonrisa de Karl esa última noche. La sensación de los dedos de Karl al rozarle mejilla. La hierba fría bajo sus pies descalzos mientras corrían juntos a través del jardín... y el agua fría, fría...

—Ahí está otra vez —dice Shona en tono sombrío—. Tienes la mirada de la muerte en la cara, siempre he podido verla.

—No pasa nada. —Charley le dedica una sonrisa tranquilizadora—. Es que...

—¿Has tenido un mal presentimiento? ¿Se habrá muerto tu ángel de la guarda? —sugiere Shona con entusiasmo.

—Algo así.

El teléfono de Pan emite un tono de llamada estridente y modernillo. Ella lo mira e intenta fruncir ese ceño relleno de bótox, como si fuera la primera vez que lo oye sonar.

—Tengo que atender esta llamada —dice.

Aparta la mirada, se levanta y se aleja.

—Probablemente sea la granja de bots; deben de querer que les pague la factura —dice Shona.

Acto seguido mira más allá de Pan y hace un gesto con la mano.

—¡Eh, Sam, aquí!

Quién sabe cuánto tiempo hace que Charley no ve a Sam. Tiene el cabello oscuro y conserva un atractivo cansado y desaliñado. Lleva el tipo de camisa de cuadros que cualquiera olvida tan pronto como la ve. Viene de la mano de una mujer de aspecto tímido, con un jersey de Papá Noel, que casi se esconde detrás de él.

—Hola, Charley —dice Sam.

Habla con tono amistosamente insípido y Charley reacciona con cautela. Aparte de Karl, Sam fue el único que la defendió cuando las acusaciones alcanzaron el punto álgido. Parecía el más sensato de todos ellos, pero su sentido del humor podía ser a veces muy cruel. Era capaz de hacer que una se sintiese cómoda para a continuación apuñalarla con un comentario mordaz que da en el clavo. Sin embargo, al menos ahora parece sincero al darle a Charley un breve abrazo y un beso en la mejilla.

—Tienes buena cara. He oído que sigues actuando; bien por ti.

Es la primera persona que se refiere a la vida de Charley en lugar de presumir de la propia. Un punto a su favor, pues.

—¿En qué has actuado? —le pregunta Gideon—. ¿Algo que haya podido ver?

—Ay, Gideon, eso nunca se le pregunta a un actor —dice Sam, para luego empeorar la situación al decir—: ¿Quizá *Holby City*? Todo el mundo ha trabajado en *Holby City*, ¿no?

—N-no, todavía no —dice Charley—. Hago anuncios, principalmente. Estoy pensando en apuntarme a algún taller más, y también tengo que actualizar mi porfolio con otra foto.

Es consciente de que su voz suena débil, que el rostro de Gideon se ha torcido en una mueca de desdén.

—¿Anuncios? Eso no es actuar.

—No vendas tu integridad artística, Charley —añade Shona—. Espera a que te llegue un papel de verdad.

Charley siente calor en el rostro. Esos trabajos alimenticios en anuncios, promocionar productos que no son lo que parecen, le provocan sentimientos encontrados. Pero los anuncios dan dinero, y Charley no está para rechazarlos. Incómoda, trata de apartar de sí el foco de la conversación.

—¿Y esta es…? —Señala a la mujer que espera pacientemente al lado de Sam.

—Mi pareja, Audrey —dice Sam.

Charley se las arregla para pronunciar un «Hola» en tono amigable y darle la mano. La piel de Audrey está seca y no lleva anillos. Uñas mordidas sin gel ni esmalte. Su apretón es firme, práctico. Debe de tener la misma edad que el resto de ellos, o quizá sea un poco mayor. Es bonita pero tiene aspecto de que le vendría bien una buena noche de sueño. Charley se siente aliviada de ver a alguien nuevo, alguien que no formó parte de la Sociedad de la Mascarada Homicida hace doce años. Alguien que no sabe nada de lo de Karl, Ali y el escándalo del collar. Un oasis de cordura, espera Charley.

—¿No dijo Ali que no se permitían parejas? —pregunta Gideon, dirigiendo su hostilidad hacia Sam.

A él parece darle igual.

–Sé que Ali es nuestra anfitriona, pero trabajo cincuenta y seis horas a la semana en el hospital y me ha hecho falta un milagro navideño para que me dieran vacaciones en esta época del año. Mi puesto requiere que trabaje sin parar. Así que si Ali piensa que voy a dejar a mi novia en casa sola para irme con mis colegas a jugar a los misteriosos asesinatos, debe de estar más loca de lo que ya estaba en la universidad.

–Claro, claro –responde Gideon, y se echa hacia atrás en la silla–. Me olvidaba de que los profesionales sanitarios sois la joya de la corona. No hubo jueves que no saliese a aplaudiros. Bueno, a aplaudirte a ti personalmente, no al personal sanitario. A ti, que eres todo un héroe.

–No me cabe duda de que así fue. ¿Cuánto ganas por hora? ¿Lo que vale una máquina de diálisis o solo el salario mensual de un enfermero?

Sam habla con voz tranquila, que tiene, sin embargo, un toque acerado. Gideon se queda helado. Se le agotan las respuestas ingeniosas, así que se limita a mirar a Sam. Él le devuelve la mirada, imperturbable.

Charley se revuelve. La cara de Audrey es una máscara de pura conmoción.

–Uy, cómo echaba esto de menos –dice Shona, radiante–. Vamos, Gideon, dale un puñetazo. Al menos Sam sabrá cómo curar el moretón.

Entonces Charley recuerda que las dinámicas cotidianas de la Sociedad de la Mascarada Homicida siempre eran así. Se lanzaban insultos mortales unos a otros igual que otras personas lanzan bolas de papel arrugado, y minutos después ya estaban compartiendo un café, riendo y lanzándose juntos contra la siguiente víctima.

–Eh, mirad la cara de la pobrecita Audrey –dice Shona con una risotada–. Sammy, ¿estás seguro de has hecho bien en traerla? Creo que mi Kip no sobreviviría ni cinco minutos entre vosotros.

Espiando en Instagram, Charley ha encontrado algunas imágenes de Kip, una persona delgada y retraída de género fluido que se mantiene alejada de la extravagante vida *online* de Shona. Aun así, no cree que Shona le proteja. En realidad, a Shona le habría encantado arrojar a Kip ahí en medio, ver retorcerse a su pobre pareja. Debe de haber otra razón por la que ha venido sola.

—Pues lo cierto es que para mí fue un alivio recibir la invitación para pasar la Navidad con vosotros —dice Gideon—. Me ha ahorrado cuatro días con los padres de mi prometida, que no dejan de presionarme para que fijemos ya la fecha de la boda.

Sin embargo, mientras Gideon habla, sus ojos revolotean hacia el lugar por el que Pan da vueltas arriba y abajo, con el teléfono apretado entre la oreja y el hombro.

Pan cuelga y regresa. Se sienta en la misma silla que antes, y sus dedos esbeltos, cubiertos de anillos enjoyados, juguetean sin cesar con el teléfono. Tiene la mirada perdida, a kilómetros de distancia.

—Qué bien que hayas vuelto, Pandora, cariño. Bienvenida —dice Shona—. Sam y Gideon estaban a punto de enzarzarse en una pelea de machos, ¿verdad, chicos? Ah, ahí viene Leo. Espero que haya averiguado algo.

Charley alza la vista. Un caballero con chaqueta de cuadros, camisa azul metida por dentro de los pantalones y corbata llega hasta ellos y acerca otra silla. Leo tiene más arrugas en la frente, pero su aire de siempre, esa «Leo-nidad» no ha cambiado en la última década. Charley leyó hace tiempo un tuit que se refería a Leo como «la respuesta de la izquierda al ultra conservador Jacob Rees-Mogg», y con razón. Ya en la universidad, cuando todo el mundo iba por ahí con sudaderas con capucha de la cadena de ropa Jack Wills, o en el caso de Charley, del Primark, Leo llevaba chaquetas con parches en los codos, camisa y corbata. En cierta ocasión memorable se había dejado caer en la celebración del Oktoberfest del bar de la universidad con un pañuelo de *gentleman* al cuello.

Últimamente ha intentado aflojar un poco el estilo, probablemente a instancias del Partido, pero sigue sin salirle eso de ir informal. Lleva un corte de pelo encopetado de niño rico británico que le da aspecto de haberse escapado del rodaje de *Cuatro bodas y un funeral*. Tiene el pelo del color del té flojito, y el mentón más flojito aún. A Leo le habría sentado bien dejarse barba, pero los hombres de su estatus y ambiciones políticas no cuidan su aspecto ni están pendientes de su vello facial. Su aspecto habitual podría haberse entendido en su trabajo diario, al frente de la sección de economía del *Financial Herald*, pero no como próximo candidato parlamentario por Old Bexley y Sidcup.

—Pues no doy con ella —dice Leo—. Joder con Ali, sabía que estaba tramando algo en cuanto me dijo que quería venir por su cuenta, y… —Se detiene al ver a Charley—. Ah, estás aquí. Ali no había mencionado que venías.

—La Ratona Ratera —repite Gideon con una mueca de complicidad.

Charley siente que le arden las mejillas de humillación.

—Calla, idiota endogámico —le espeta Pan, y la expresión de autosuficiencia de Gideon se desmorona.

Por primera vez en su vida, Charley siente un atisbo de simpatía hacia Pan. Luego se da cuenta de que Pan acaba de hablar con un ápice de emoción y que las lágrimas están a punto de asomar en sus ojos.

—¿Todo bien, Pan?

Una chispa de irritación cruza su rostro.

—Sí, Charley, todo bien. Es que ha sido una semana estresante. —Saca un pañuelo doblado de su bolso y se seca los ojos con fuerza, pero también con cuidado. Solo se le corre un poco de maquillaje. Da un suspiro falso de felicidad—. Pasar las navidades en el campo será el *antítodo* perfecto.

—Antídoto —corrige Leo con jovialidad.

Uno de sus pasatiempos favoritos es señalar errores en el lenguaje y apuntarlos. También le gusta leer historias de misterio ambientadas en la Edad Dorada, cenar de restaurante y tuitear hilos sobre desigualdades sociales que demuestran lo buena persona que es, por más que tuitee desde su espaciosa casa georgiana de Highgate.

A pesar de las quejas de Leo, a nadie parece importarle esperar a Ali; de hecho, se compran más cafés (nadie le ofrece uno a Charley). Shona saca una petaca y propone que todos suban de categoría: de café a café irlandés.

Se reanuda la ostentación. Shona le comenta a Gideon su última exposición, en una galería importante que, para variar, no pertenece a sus padres. Le da las gracias por ayudarla a buscar patrocinadores. Pan acomete el relato entusiasta de la noche de apertura de la exposición, y a Charley le queda claro que todos los miembros de la Mascarada han arrimando el hombro para impulsarse las carreras unos a otros.

—Nos cuidamos mutuamente, claro que sí —dice Shona—. Como los masones, pero más guays.

—Todo depende siempre de conocer a la persona adecuada, Charley —dice Leo, levantando la taza de café en un brindis.

Es cierto: el padre columnista de Leo le consiguió un trabajo en el *Herald* y sus amigos políticos del norte de Londres lo pusieron en la lista de candidatos de su partido.

Gideon entrechoca su taza de cartón con la de Leo y sonríe con suficiencia.

—Nos ha ido bastante bien.

Para él también ha sido un camino fácil, bajo la protección de su padre, el formidable sir Nathaniel St. John.

—Yo me las apaño —añade Shona, aunque el hecho de que sus padres posean una cadena de galerías de arte seguramente no haya perjudicado a su carrera artística.

—Yo no puedo quejarme —concuerda Pan, cuyo lanzamiento al mundo de las redes sociales se había visto impulsado por su condición de heredera y su acceso a la vida glamurosa de quienes ya eran superricos.

De hecho, todos ellos habían recibido un empujón gracias a sus contactos. A Charley no le cabe duda de que el dinero de la familia de Sam había complementado su salario de médico residente del Servicio Nacional Británico de la Salud, y que Ali había conseguido su primer trabajo en la agencia de publicidad después de unas prácticas con un sueldo con el que ninguna persona normal hubiera podido mantenerse.

—Pero todos trabajáis en campos diferentes —dice Audrey—. ¿Cómo os ayudáis los unos a los otros?

—Ah, pues… Leo me ha ayudado publicando a menudo alguna que otra noticia a mi favor a lo largo de los años… y también enterrando otras que me habrían venido mal —dice Gideon con una sonrisa–. Y desde luego también le ha derivado algunos proyectos a Ali.

–Ese es el objetivo de ser *influencer* –agrega Pan–. ¡Conocer a personas con influencia! Gracias por el artículo, por cierto, Leo. ¿Cómo me llamó tu periódico? ¿La reina de la estética médica? Después de publicarlo, las marcas empezaron a pelearse por trabajar conmigo.

–Y yo a cambio gané bastantes seguidores cuando me etiquetaste –responde Leo, radiante.

–Más seguidores auténticos conlleva más votos.

La sonrisa de alto voltaje de Pan resplandece. Charley capta la mirada de Audrey; ambas intercambian una expresión ligeramente horrorizada. Sin duda, Audrey se está preguntando dónde se ha metido.

–Bueno –dice Pan, y se gira hacia Leo con falsa alegría–, ¿qué le ha picado a Ali para querer recuperar nuestras veladas de asesinato después de todo este tiempo? ¿Qué es lo que ha planeado?

Leo se ríe. Una risa breve y cínica.

–A mí no me preguntes, no soy más que el marido. Después de la boda en Fenshawe, Ali empezó a hablar de reuniros a todos otra vez. Creo que para ella supone algún tipo de cierre. –La palabra suena extraña viniendo de Leo, demasiado americana, demasiado terapéutica. El propio Leo parece dolorosamente consciente de ello–. De todos modos, seguiremos las reglas habituales de la Sociedad de la Mascarada Homicida, pero celebraremos la velada durante la Nochebuena y el día de Navidad. Luego tendremos dos días más de relax. Nuestros papeles nos esperan en…, ¿cómo se llamaba ese sitio? ¿Snellbronach?

Shona parece pensativa.

–*Snell… bronach…* Es una palabra compuesta, creada por algún analfabeto cultural, pero en cierto modo es apropiada. «*Snell*» es una palabra escocesa o dórica, que significa frío, pero no frío ordinario: el tipo de frío que cala los huesos. «*Bronach*» es el término en gaélico para el duelo. Así que sería como Duelo Frío. Suena como el lugar perfecto para cometer un asesinato.

Pasan unos instantes mientras el grupo digiere el dato. Todos se preguntan si esa es la razón por la que Ali ha escogido ese sitio. Luego se miran unos a otros, con ojos chispeantes. Charley siente a su pesar un escalofrío de anticipación. Un nuevo misterio se avecina, un nuevo papel en el que perderse, un nuevo rompecabezas que resolver. Porque ellos no son otro grupito aficionado a las veladas de misterio y resolución de asesinatos. No se limitaban a organizar fiestas ni partidas de Cluedo con disfraces. Ellos lo hacían a lo grande. Todos tenían eso en común: la alegría y el placer de jugar, de resolver acertijos, de ser otra persona durante unas horas. Esa alegre decadencia y despreocupación que faltaba en la rutina diaria de la vida de Charley.

—Va a ser divertido, ¿verdad? —dice Shona.

Gideon sonríe. Leo se remueve inquieto en la silla. Incluso Pan deja el teléfono un momento.

—Resulta apropiado, ¿no? —dice esta última—. Es lo que Karl habría querido.

La mención del nombre de Karl provoca una descarga en el aire, una ráfaga de electricidad tan potente que es como si el propio Karl hubiera entrado en la cafetería. Todos guardan silencio. Charley está segura de que cada uno de ellos recuerda en ese momento al hombre que los unió. El extravagante, egocéntrico, fascinante e irritante Karl.

Charley había buscado a Karl, incluso cuando estaba segura de que los demás ya habían tirado la toalla. Lo buscó en lugares obvios, como grupos de personas desaparecidas *online*, y en lugares ridículos también: se imaginaba que podría verlo en alguna película, en segundo plano; o interpretando algún papel para sociedades de recreación histórica. Más de una vez y más de dos había perseguido a alguien por la calle tras ver un destello de cabello rojo. En los meses posteriores a su desaparición, Charley tuvo la constante sensación de que la seguían, de que la observaban. Al principio casi le resultaba reconfortante, pues creía que Karl la vigilaba. Esperaba que se presentase ante ella y se lo explicase todo. Pero, con el tiempo, esa dulce esperanza se agrió. Karl no iba a regresar. Lo que dijo Ali hacía años era cierto: la gente como Karl no desaparecía por las buenas. Karl nunca había hecho nada a escondidas en toda su vida. ¿Escabullirse en medio de la noche sin decir una palabra? ¿Vivir discretamente en algún rincón oscuro del mundo? Ese no era su estilo.

Pero la alternativa era demasiado aterradora, demasiado triste y desesperada como para contemplarla siquiera.

No. Karl no podía estar muerto. Alguien sentado a aquella mesa sabía adónde había ido y por qué.

Capítulo 2

Ali

Hace doce Navidades, 20:55 h

Ali preferiría haber muerto antes que confesárselo a alguien, pero le encantaba ser quien llevaba la carpetita sujetapapeles. Había visto muchísimas veces a su hermano dirigir partidas de misteriosos asesinatos, sujetando aquella misma carpetita despreocupadamente, como si no importara, como si el éxito o fracaso de la noche no dependiera de esas hojas impresas de papel A4. Pero ahora le tocaba a ella llevar la carpetita, y la sujetaba como un escudo honorífico.

El horario de aquella velada de misterio de Nochebuena estaba dispuesto frente a ella: cócteles a las seis, asesinato a las nueve, criminal llevado ante la justicia a las once, con mucho tiempo en el medio para subtramas y pistas falsas, más unas horas después para autopsia en estado de ebriedad.

Habían empezado a beber un poco pronto este año, lo que probablemente explicaba el «incidente desagradable» que se había producido durante los cócteles. Ali se mordió con fuerza el labio al pensar en el comportamiento de Karl, que casi había arruinado toda la mascarada. Pero ahora, gracias a la capacidad de Ali para incluir un margen de error en cualquier plan, todo seguía su curso a la perfección. Faltaban cinco minutos para el asesinato. A Ali solo le quedaba la esperanza de que los integrantes de la Mascarada, siempre desordenados, caóticos y demasiado humanos, siguieran sus indicaciones y respetaran el horario. Sobre todo el integrante de la Mascarada que estaba frente a ella.

Karl se apoyaba con aire despreocupado en la chimenea y miraba a Ali con ese tipo especial de desapego frío diseñado para sacarla de sus casillas. Pero Ali lo conocía, sabía que era solo una fachada y que a Karl le importaba mucho que aquella noche saliese bien, aunque fuese Ali quien había dejado de importarle.

—Bueno, entonces… —Ali sacó el bolígrafo de donde lo había guardado, dentro del escote de su vestido de noche de los años treinta, y miró a su hermano—: Acabas de discutir con el Vicario. La señorita Cartwright os ha oído discutir al otro lado de la puerta abierta. Según el horario, el pasillo va a estar vacío durante diez minutos. Yo te apuñalaré, tú gritas, sangre, sangre, etcétera, etcétera. Luego tiraré el arma del crimen en la maceta de fuera, echaré la llave a la puerta y la dejaré por ahí. Después, el capitán Vane vendrá para husmear en el testamento de su señoría, madame Carlotta encontrará la llave y los dos descubrirán tu cuerpo. ¿Entendido?

Karl le dedicó una mirada de desdén, con los brazos todavía cruzados y una expresión aburrida en el rostro.

—Por supuesto que sí, caraculo; no es mi primera vez.

El insulto calmó a Ali, la centró. Se lo devolvió:

—Vale, caramierda, es que no quiero que te desmelenes. Y hablando de pelos, ¿dónde está tu barba, idiota?

—La tengo en el bolsillo. Pica un montón y se me mete la pelusa por la nariz. Ya me la pondré cuando entre Carlotta. Y tampoco voy a estar tumbado esperando en el suelo diez minutos; hace un frío de cojones aquí dentro.

—¡Venga! —Ali le metió la mano en el bolsillo, sacó aquella masa de pelos blancos y desaliñados y la sostuvo frente a su cara—. Si esperas hasta el último minuto para ponértela, te verán y se echará a perder la ilusión. Como hermana mayor, le digo al pequeño que se la ponga y aguante.

—Mides un metro cincuenta y tres. No me llames pequeño.

Ali asumió la pose de poder que había leído en internet: hombros hacia atrás, barbilla levantada, mirando de frente, a los ojos.

—Nací quince minutos antes que tú y eso no va a cambiar nunca. La barba, ya.

Para su sorpresa, Karl obedeció: se puso la barba de Papá Noel y apretó para que el adhesivo se le pegase. Ali contuvo la risa: tenía un aspecto ridículo. Karl era alto y delgado como un rastrillo, tan diferente a ella que Ali se había acostumbrado a que la gente no creyera que eran gemelos. Su constitución era completamente inadecuada para interpretar a Papá Noel, pero Ali había escrito específicamente el papel para obligarlo a ponerse ese disfraz tan embarazoso. Karl solía dirigir el espectáculo, pero esta vez Ali estaba al mando y pensaba disfrutar de ello al máximo.

Sintió un escalofrío de inquietud: no era propio de Karl echarse a un lado y dejar que otra persona tomara el control, sobre todo si esa otra persona era ella. A veces se sentía como si hubiera pasado toda la vida apartándolo a empujones, luchando por tener algo de espacio, aire y reconocimiento.

No sería de extrañar que Karl agregara un último giro en la trama solo para recordarle a Ali quién controlaba el cotarro.

Ya con la barba puesta, Karl se metió un cojín de brocado bajo el cinturón para completar el disfraz. Ali hizo un gesto de desaprobación, se inclinó hacia delante y le quitó una mota negra y sucia del hombro izquierdo de la chaqueta de Santa.

Ahora sí que estaba perfecto.

—¡Ho, ho, ho, joder! —dijo él.

Ali le hizo una foto con el iPhone. Soltó una risa maliciosa y le prometió que la iba a subir a Facebook.

Reprimió sus miedos: así estaba mejor. Los desplantes, los insultos y la constante lucha por la superioridad; ese era el Karl que ella conocía. Con todas las discusiones y recriminaciones de las últimas semanas, Ali se había preguntado si volverían los viejos tiempos o si su hermano se había transformado en otra persona. Una persona distinta, que no le agradaba mucho.

Karl había bajado la guardia; quizá era el momento adecuado para decir algo, para volver a meterlo por la vereda que discurría suavemente junto a ella, como siempre había sido.

—Aún estás a tiempo de cambiar de idea —dijo ella.

—Mira todo lo que hemos hecho, Ali. Los malditos eventos escandalosos que hemos organizado, los amigos que hemos hecho. No hay otra sociedad universitaria como esta. No se puede abandonar esto así como así.

Karl la miró fijamente y Ali sintió como si atravesara terreno pantanoso, incapaz de mantener el equilibrio, insegura de cuál era el camino correcto. La Sociedad había sido idea de Leo: en el colegio, él y otros amigos frikis tenían afición por los juegos de resolución de misteriosos asesinatos, y Leo había querido continuar con aquel *hobby*. Sin embargo, al combinarse con el amor que sentía Karl por los disfraces y el teatro, esa afición se había convertido en algo completamente diferente.

Los jóvenes de su clase no hacían *cosplay*, nunca se les habría ocurrido pasearse por convenciones de ciencia ficción vestidos de guardias de asalto imperiales de la *Guerra de las Galaxias*, pero aquello era equivalente…, sumado a una glamurosa noche llena de alcohol y diversión traicionera.

Al principio, Karl había tenido que convencer a la fuerza a algunos de sus amigos, pero una vez que contó con ellos, además de con otras aleatorias, como Charley, todos habían creado juntos algo especial. Desde entonces, los misterios no habían hecho más que crecer, cada vez más elaborados y diabólicos. ¿Por qué narices Karl querría dejar la sociedad que él mismo había creado?

–No entiendo. Ni siquiera entiendo por qué estás tan cabreado con todos. ¿Tiene algo que ver con lo que ha dicho Leo sobre lo del club?

Ali vio que algo brillaba en los ojos de Karl. Reconoció el tipo de ira que ella sentía a diario. Pero luego Karl negó con la cabeza, y la rabia pareció desaparecer con la facilidad con la que un perro se sacude el agua después de nadar. «¿Cómo lo hace?».

–Cuanto menos se hable del club de Leo, mejor. Pero no es solo él, son todos ellos, y Dasha también. El mundo no es lo que pensábamos, los de la Mascarada no son quienes dicen ser. Cuanto antes lo aceptes, mejor. Este va a ser mi último asesinato.

El tono condescendiente en su voz encendió una llama de ira en el interior de Ali.

Gruñó exasperada y miró alrededor del frío salón en busca de algo para romper, pero todo lo que contenía la mansión Fenshawe tenía cientos de años de antigüedad, no había nada que no fuera de rancio abolengo. El horrible jarrón de la mesa lateral había pertenecido a Carlos II, el reloj de al lado se había detenido la medianoche del día en que el primer conde murió en Waterloo, y nunca lo habían vuelto a poner en hora. La familia de Ali no era de dinero viejo. Envidiaba en secreto esa rica pátina de historia que muchos de sus amigos llevaban consigo. Sin embargo, odiaría vivir así, rodeada de objetos que valían más que ella.

Privada de munición, apretó los puños y fulminó a Karl con la mirada. Llevaban semanas de discusiones, una y otra vez, en una espiral destructiva. ¿Por qué no la escuchaba?

—Parece como si quisieras matarme de verdad —dijo Karl, y le entregó el cuchillo.

—No tientes a la suerte. Bueno, tú ponte… aquí, creo, y vamos a retirar esa alfombra para no mancharla de sangre. Seguro que perteneció a Churchill o algo así.

Dos minutos después habían dejado la escena a su gusto. Había sangre falsa por todas partes. Karl emitió aquel aterrador grito de muerte, y ahora estaba tendido en postura dramática en un rincón, en medio de la corriente de aire que se colaba por la ventana, sobre los tablones del suelo junto a la gran chimenea. El tiempo corría. Ali fue a toda prisa a la pesada puerta de roble y, antes de cerrarla, le echó una última mirada a su hermano. Él miró desde el suelo, sonrió y levantó el pulgar. Una vez más, la esperanza aleteó en el pecho de Ali. «No es más que un desvío. Entrará en razón. Hablaré con él en Navidad, cuando esté lejos de todos los demás». Fue la última vez que lo vio.

Capítulo 3

Hicieron el viaje hasta Snellbronach casi en completa oscuridad. Charley había vivido en Londres los últimos diez años. Un lugar donde nadie estaba nunca a más de tres metros de una rata o una luz eléctrica. No estaba preparada para la absoluta negrura del campo escocés después del atardecer. Se esforzaba por ver algo mientras el vehículo recorría el camino a lo largo de los afilados bordes de las carreteras montañosas y de las orillas de lagos negros como la tinta.

Después de que Pan mencionara el nombre de Karl, los integrantes de la Mascarada se habían quedado inquietos. El conductor dijo que no podía retrasar más el viaje: era Nochebuena, tenía hijos, se esperaba una nevada. Y así, con la esperanza de que Ali pudiera darles alcance de alguna manera, partieron de la ciudad hacia tierras inhóspitas.

Junto a Charley, Leo intenta trabajar. La luz del teléfono le ilumina el rostro; maldecía en voz baja por la cobertura irregular. Privada de su propio teléfono, Charley se asoma por encima del hombro de Leo mientras él escribe un correo electrónico: una única frase en tono de jefazo.

Quiero que te la cargues. L.

Charley se sorprende hasta que recuerda que así es como hablan los periodistas sobre las noticias. O se publican o se eliminan.

Enfrente, Pan está editando fotos. Agranda su propio rostro hasta que se ve cada poro, para luego usar una aplicación que los elimina y le deja la piel suave como la de una muñeca. En el asiento de atrás, Shona le cuenta a Gideon una de sus historias navideñas favoritas.

–… los lugareños temen a Frau Perchta, que recorre el campo entre Navidad y la Noche de Reyes, buscando a los perezosos, los indolentes y los egoístas, para rajarles el vientre y reemplazar sus entrañas con piedras y paja…

Por fin, el coche gira, las ruedas crujen sobre la grava mientras avanza lentamente, pasando de la semioscuridad a una negrura total. Más que ver, Charley siente la densidad del bosque que rodea el estrecho camino. El sendero se vuelve más áspero; los pasajeros se ven sacudidos incómodamente. El peso del cuerpo de Leo empuja a Charley de manera embarazosa, y entonces una luz parpadea entre los árboles. Charley apenas distingue la forma de una casa delineada bajo el cielo nocturno. Para su alivio, la estructura no tiene las altas chimeneas y torres de la mansión Fenshawe. Snellbronach es grande, pero de forma sencilla. Es más práctica, más del siglo XX. Hay escalones que conducen a unas puertas dobles, bellamente adornadas con rosas de vidrio de colores estilizados. De todos modos, Charley tampoco se fija tanto, a fin de cuentas. Después de pasar tanto tiempo en la carretera solo puede pensar en comida y en dormir.

Al salir del autobús, el aire frío la golpea. En Inverness, el aire nocturno estaba a unos grados bajo cero. Todos se habían ceñido abrigos y bufandas entre resoplidos, murmurando improperios sobre el clima escocés. Pero este lugar alcanza un nivel completamente nuevo de frío. El aire es seco y el frío instantáneo cala hasta los huesos. Uno de los antiguos trabajos de día de Charley había sido en un McDonald's; en cierta ocasión le habían gastado la broma de encerrarla en la cámara frigorífica. Justo así se sentía ahora. Como si la sangre se le fuera a congelar en las venas si se quedaba quieta demasiado tiempo.

Gideon pasa junto a ella y la aparta de un empujón. Corre por la grava y cruza en tromba la puerta principal. Los demás lo siguen y entran lo más rápido que pueden, para a continuación cerrar la puerta y dejar fuera el frío nocturno. Dentro, para alivio de todos, hace calor. Un radiador anticuado de hierro fundido emite calor en un espacioso recibidor de azulejos blancos y negros. Las paredes están pintadas de un elegante gris claro. Una gran escalera desciende al centro del recibidor, bordeada por una balaustrada de metal de estilo *art déco*.

—¡Por los clavos de Cristo, qué frío hace fuera! —dice Gideon, al tiempo que se desprende de la costosa chaqueta de esquí y la deja tirada de cualquier manera en el suelo, como un niño que sabe que su madre va a recoger todo a su paso.

—Gracias a Dios que Ralph Lauren me envió este abrigo de cachemira —añade Pan, acurrucándose entre los suaves pliegues de la prenda para enfatizar la frase. Acto seguido levanta el teléfono para hacerse un selfi.

Leo pasea por el recibidor con aire arrogante y mira a su alrededor.

—No está mal —dice en tono de admiración, como si de repente fuera experto en decoración de interiores—. Cuando Ali dijo que iba a alquilar una casa en las Tierras Altas de Escocia, esperaba ver cuernos de ciervo, truchas disecadas y alfombras de tartán por todas partes, pero esto es… diferente.

Era cierto; Charley también había imaginado que sería un lugar viejo y tradicional. Había temido experimentar la sensación de haber vuelto a la mansión Fenshawe, con las escaleras torcidas, los marcos de las puertas combados y los suelos de tablones quejumbrosos. Sin embargo, Snellbronach es un edificio de los años veinte, con esas características líneas blancas y el yeso brillante. Los muebles son en su mayoría de laca negra, elegantes hasta extremos poco prácticos, fabricados en un estilo que Charley no reconoce.

—Imitación de Charles Rennie Mackintosh —se burla Shona tras acercarse a inspeccionar una mesa auxiliar al pie de las escaleras—. No, espera…, son Charles Rennie Mackintosh auténticos.

—Y mirad, nos han puesto un árbol —dice Audrey.

A la izquierda del pasillo, un gran arco con puertas corredizas conduce a una sala de estar. Esta habitación es un poco más acogedora; cuenta con un conjunto de sofás y butacas que parecen antigüedades vueltas a tapizar en terciopelo. También hay un televisor de pantalla ancha sobre otra mesa estilo Charles Rennie Mackintosh, pero a pesar del fuego encendido en la chimenea, todo resulta poco acogedor, carente de vida. Charley tiene miedo de sentarse en cualquiera de las sillas con esas mallas sucias que lleva después del largo viaje.

Junto a la chimenea está el árbol de Navidad que acaba de mencionar Audrey. Es el tipo de árbol artificial de lujo, de color blanco, que aparece en revistas de interiores, muy diferente al del padre de Charley, de espumillón verde pelado. Mide casi dos metros de altura, está cubierto de leds parpadeantes y decoraciones de alta gama. Hay bolas de cristal, pequeños trompetistas de hojalata y ángeles de madera tallada, todos en tonos a juego de morado y oro. Es muy Ali: típico de ella venir a la parte más salvaje de las islas británicas y exigir lujo con estilo.

Shona se detiene frente al árbol y emite otro sonido de disgusto.

—Ya en el siglo IV, los creyentes paganos llevaban ramas de árboles de hoja perenne a sus hogares. Era una forma de recordarse a sí mismos que el mundo volvería a cobrar vida, que había algo más aparte de aquel frío interminable, aquella muerte interminable. Esto no es un árbol, es un insulto a las leyendas y tradiciones antiguas.

—¡Ay, Shona! —Sam niega con la cabeza—. No creerás de verdad en estas cosas. Tú misma no eres más que otra pagana de corta y pega. Si algo te conviene, o si nos asusta, de repente crees en ello a pies juntillas.

Shona se estira tanto como puede y mira a Sam con desdén.

—Estoy en un viaje espiritual y mi sistema de creencias es mío y de nadie más. Mañana mismo saldré a buscar un árbol mejor.

—No seas idiota, Shona —dice Gideon—. Mañana es Navidad, y de todos modos, las tiendas están a kilómetros de distancia.

—¿Quién ha dicho que vaya a comprar un árbol? —pregunta Shona, y hay un destello malicioso en sus ojos—. Estamos en medio del bosque. Aquí mismo hay una chimenea de leña, lo que significa que tiene que haber un hacha en alguna parte. Solo tengo que encontrarla.

—¡Oh espléndido, Shona con un hacha! –dice Leo–. ¿Qué podría salir mal?

Hay una tos educada pero firme desde un rincón de la habitación. Charley se gira y ve a una joven plantada ahí. Lleva un peto estampado con girasoles sobre un jersey de rayas. Tiene rapados los laterales de la cabeza, con los rizos superiores recortados en un falso estilo mohicano y teñidos de un rojo intenso. Su piel es de tono marrón claro y lleva los ojos oscuros artísticamente maquillados. La chica está cruzada de brazos, y Charley no está segura si se está protegiendo o preparándose para una pelea.

—Soy Kamala, la encargada de la comida. Bienvenidos a Snellbronach. Me alegro de que hayan llegado antes de la nevada.

Habla con un acento claro y melodioso típico de Inverness. Charley tiene buen oído para los acentos; le gusta escucharlos, imitarlos y ver vídeos de pronunciación en YouTube. Una vez leyó que la gente de Inverness tiene reputación por su hablar claro y nítido.

Gideon junta las manos con entusiasmo.

—¡Oh espléndido, una criada!

Kamala cambia ligeramente de postura; ahora sí que se prepara para discutir.

—No soy ninguna criada –dice en tono firme–. Solo me encargo de la comida. Estoy aquí para cocinar, pero de ninguna de las maneras voy a recogerle la ropa interior, señor Dorado.

—Yo no soy… Ah, ¡debe ser el nombre de mi personaje! ¡Ali te ha informado bien!

—Discúlpale –dice Sam–. No sabía que Ali había contratado a una encargada de la comida. Qué suerte, ¿no? ¿Estarás aquí con nosotros todo el tiempo?

—Iré y vendré –dice ella–. Vivo en el pueblo, más o menos a una hora de distancia, pero no se preocupen, estaré aquí a tiempo para servirles el desayuno por la mañana. Además, tengo un mensaje de la señora Tórtola. Lamenta decirles que no se unirá a ustedes esta noche –continúa Kamala, de nuevo con voz suave y profesional–. Dejó un mensaje en el contestador diciendo que se ha retrasado en Londres, pero que pueden empezar a jugar sin ella. Estará con ustedes a tiempo para celebrar la Navidad mañana y… –Sus ojos de repente se fijan en Pan–. ¡Oh, yo a ti te conozco!

Pan sonríe y se le marcan los hoyuelos de las mejillas. Irradia puro placer al haber sido reconocida.

–¿Eres una de mis «Personas de Pan»? No sabía si hay muchos seguidores míos por aquí.

–Bueno, conozco tu perfil, yo también publico un poco en TikTok –dice Kamala, y de pronto se le ensombrece el rostro. Tuerce las manos en gesto incómodo–. Ay, mierda, acabo de darme cuenta… Eres vegana, ¿verdad? Siempre veo que subes cosas sobre veganismo. No me dijeron que habría invitados veganos…, ni siquiera tengo suficientes castañas para asar. Pero puedes compartir mis salchichas veganas, y tal vez mañana podría hacerte un Wellington de calabaza. ¿Te parece?

Pan parece un poco incómoda ante la idea.

–No hay problema –dice con un gesto la mano–. No te preocupes por mí.

–No, no, todo bien –promete Kamala con genuina preocupación en su voz–, no te quedarás sin comer, te lo prometo. Podré preparar algo.

Sam se inclina y murmura algo al oído de Shona, lo suficientemente alto como para que Charley escuche las palabras:

–Si Pan es vegana de verdad, yo soy el dalái lama.

Kamala, demasiado lejos para oírlo, se sacude una pelusa invisible del peto, como si quedase zanjado el tema.

–De todas formas, la señora Tórtola dejó indicado que sus carpetas están en sus habitaciones. Hay un plano de la casa en la mesa del pasillo y sus maletas se subirán a las habitaciones… –Mira a Gideon–. Sí, vale, las subiré yo, pero no haré nada más.

La habitación de Charley es luminosa y está amueblada de manera sencilla con un antiguo tocador y armario de estilo art déco, todo de madera brillante y bordes suaves. Hay un edredón pesado en la cama, tan blanco como la alfombra del suelo. En la mesita de noche hay una cesta de mimbre con tapa, atada con una cinta de satén roja y coronada con un ramillete de acebo. Una cesta de regalo.

–¡Sí! –Charley dice para sí misma ante la perspectiva de comer algo.

Dentro de la cesta encuentra diversos manjares navideños: un Papá Noel de chocolate de comercio justo, una bolsa de seda roja que contiene saquitos de chocolate especiado con jengibre y algo llamado *clootie dumpling*, envuelto en muselina y atado con un lazo; piensa que debe de ser una versión escocesa del clásico pudin de Navidad. También hay un hombrecillo de jengibre festivo con un pequeño puñal glaseado clavado en el corazón. Charley dedica medio segundo a apreciar la atención al detalle de Ali, y luego se lo come casi entero.

Aun así, se siente temblorosa y desasosegada. Pasar horas con la Sociedad de la Mascarada Homicida, venir a una gran casa una vez más…, es difícil evitar que esos sentimientos enterrados desde hace tiempo vuelvan a aflorar. Se dirige al baño de la habitación y se da una ducha caliente de unos diez minutos, sintiendo cómo el agua la revive. Pero los recuerdos empiezan a regresar en ráfagas de claridad.

El cosquilleo en los labios la primera vez que Karl la besó.

Correr, reír por los pasillos de la mansión, sintiéndose especial por primera vez en su vida. Zambullirse en el agua fría del lago, jadear al sentir la conmoción en la piel.

Y luego unas manos que la hundían en la oscuridad del agua. Revolverse para respirar, pelear más fuerte, más fuerte…

Tuvo que haber sido uno de los que están ahora en Snellbronach, uno de los que han venido ahora. Eran las únicas personas que se encontraban en la mansión aquella noche. Hasta el cuidador se había ido a casa por Navidad, y el barman que Ali había contratado se había marchado hacía varias horas, amenazando con cobrarles por todos los vasos rotos.

Pero ¿quién de todos ellos habría sido capaz de intentar ahogarla? ¿Y por qué? ¿Sería porque pensaban que ella había robado un collar? ¿Sería porque no encajaba del todo en el grupo? A menudo habían dicho en broma que la mayoría de los miembros de la Mascarada encajaba en algún punto de la escala de sociopatía, pero intentar asesinar a alguien como castigo por un robo o por querer ascender socialmente parecía excesivo.

Charley tiene la piel enrojecida por el calor de la ducha. Le ha sentado bien, la ha reconfortado. Sale y recorre el frío suelo de baldosas. Se lía en una toalla de hotel demasiado pequeña. Es hora de mirar la información de su personaje.

En su cama descansa una carpeta negra que contiene toda la información que necesita para su papel en la velada de misterioso asesinato, así como el horario que marca cuándo debe suceder cada punto del programa. Esas carpetas siempre habían sido parte integral de los juegos de la Sociedad de la Mascarada Homicida: te decían quién eras, dónde debías estar y qué estabas ocultando.

En primer lugar, el perfil del personaje, su trasfondo y posición social. En los viejos tiempos, a Charley siempre le tocaban variaciones del personaje arquetípico de camarera, hasta que Karl se percató de su habilidad actoral y comenzó a darle papeles de *femme fatale*, que Pan y Ali no sabían interpretar bien. Shona prefería papeles que requirieran algún tipo de travestismo, o bien personajes extravagantes.

Después de la breve biografía había una lista de características: filias, fobias, mayores miedos. El tercer elemento era el secreto: ya fueran deudas ocultas o la misteriosa muerte de un primer marido, cada personaje de un misterioso asesinato ha de tener algo que ocultar, una razón para actuar sospechosamente. Por último, un sobre adjunto en la parte trasera de la carpeta contenía el rol que cada uno debía desempeñar en el juego: detective, víctima o testigo…, ese tipo de cosas.

Está claro que Ali ha dado el do de pecho a la hora de preparar esta carpeta. En la parte delantera, con una elegante tipografía estilo años veinte, se leen las palabras: DOCE MUERTES DE NAVIDAD. Justo debajo, una hermosa imagen en relieve estilo art déco de una perdiz en un peral. Es un archivador mucho más adulto que los de antaño, el tipo de objeto que se podría atesorar durante años como recuerdo. Al menos, quien quiera recordar la experiencia.

Dentro hay una lista del elenco: lady Perdiz, la señora Tórtola, madame Poule, la señorita Mirlo, el señor Dorado, el doctor Cisne, lord Longosalto.

Vaya, Ali realmente le ha sacado partido al villancico de *Los doce días de Navidad*. Aun así, a regañadientes, Charley tuvo que admitir que sonaba divertido. Vuelve a pasar otra página.

Nombre: Charley Sale
Rol: la señorita Mirlo, institutriz de los hijos de la señora Tórtola.

Charley pone los ojos en blanco. Sirvienta otra vez.

Características: la señorita Mirlo es reservada y tímida, pero su actitud servil oculta una naturaleza astuta.

Vale, institutriz astuta. Interesante. Charley continúa leyendo:

La señorita Mirlo es una arribista social sin reparos. Sus ambiciones la han llevado a iniciar un romance ilícito con el hermano gemelo de la señora Tórtola, Kurt Piper, a pesar del compromiso de este con la hija de un magnate del petróleo.

Charley siente un cosquilleo de inquietud. Este perfil de personaje se le antoja incómodamente cercano a la realidad. No creía que nadie en la Sociedad supiera que Karl y ella habían tenido una relación. Lo habían mantenido en secreto mientras él buscaba una manera de romper con su novia, Dasha Orlova. Dasha era glamurosa, directa, más rica que todos los integrantes de la Mascarada juntos. Sin embargo, tenía un temperamento temible y un padre oligarca aún más intimidante. Así que Karl y Charley se habían andado con mucho cuidado. El tipo de cuidado que hay que tener para evitar acabar con las piernas rotas. Ni siquiera Sam, el compañero de habitación de Karl, lo sabía.

Tras la desaparición de Karl, Ali había lanzado acusaciones demenciales contra casi todos los integrantes del grupo. Cuando la policía dio por cerrada la investigación, la joven tuvo un colapso total que había alejado a todo su entorno, hasta que finalmente, sus padres, afligidos y conmocionados, la enviaron a una costosa clínica psiquiátrica.

Durante todo ese tiempo, ni una sola vez había insinuado que supiera nada de la relación secreta que mantenían Karl y Charley. Sin embargo, este papel está demasiado cerca de la verdad para ser una coincidencia. ¿El hermano gemelo de la señora Tórtola, Kurt? ¿Prometido con la hija de un magnate del petróleo? Ali debía de haberlo descubierto hacía poco. Charley se estremece solo de pensar que su relación con Karl vaya a ser parte del juego de Ali.

Entonces pasa la página y el corazón se le encoje.

Secreto: la señorita Mirlo no tiene dinero y cree que mejorar sus perspectivas financieras la ayudará a arrebatarle el amor de Kurt a su adinerada rival. Ha robado un collar de valor incalculable que pertenece a la señora Tórtola y lo ha escondido en la cabeza de un ciervo disecado en el comedor. Planea recuperarlo cuando se reúna con Kurt después de Navidad y usarlo para financiar su nueva vida juntos. Por desgracia, lady Perdiz ha descubierto el delito y ha amenazado con revelar a todo el mundo que la señorita Mirlo es un fraude y una ladrona. La señorita Mirlo no puede permitir que algo así suceda. Ha organizado encontrarse con lady Perdiz en la biblioteca a altas horas de la noche y está decidida a detener su chantaje a cualquier precio.

Charley se siente mareada, le tiemblan las manos. Lo que en un principio había parecido un juego divertido se ha convertido en un vehículo para la animadversión que siente Ali hacia ella, un modo de desenterrar acusaciones antiguas que Charley esperaba que hubieran sido olvidadas hace mucho. Ahora, con los nervios a flor de piel ante lo inevitable, rompe el sello del sobre. Dentro está la tarjeta que revelará su rol en el juego. Y ahí está, justo como esperaba:

Tú, señorita Mirlo, eres la asesina.

Capítulo 4

Gideon

Hace doce Navidades, 15:00 h

Hacía rato que Gideon había perdido la sensibilidad de la pierna izquierda, pero, maldita sea, no parecía haber una forma cómoda de sentarse en aquel ridículo coche de Karl. Fuera, el paisaje gris y terso de la campiña envuelta en niebla pasaba rápidamente, inmutable, kilómetro tras kilómetro. Gideon volvió a removerse, inquieto, para evitar el hormigueo que sentía en los glúteos.

En la parte delantera del automóvil, Sam y Karl hablaban en voz baja de algún tema serio que Gideon no llegaba a captar y que, sospechaba, se encontraba por encima de su nivel intelectual. Sentía un resentimiento pertinaz. Era la persona más rica del coche; probablemente podría permitirse comprarlo solo con su asignación. Y sin embargo, ahí estaba, relegado al asiento trasero como un niño. «No deberías permitir esto», gruñía el pequeño tirano de su cabeza. Gideon había pasado la mayor parte de su vida con una versión diminuta y retorcida de su padre sentada en su cerebro, diciéndole qué hacer, cómo actuar. «DEMUÉSTRALES QUIÉN MANDA. DEJA DE LLORIQUEAR. NO SEAS COBARDE». Los espoleos del Tirano habían llevado a Gideon a la cima en la escuela, donde su tono de voz fuerte, su sentido de superioridad y su complexión musculosa habían encajado a la perfección en su papel natural: el del secuaz del abusón. Para cuando había llegado a secundaria, los chicos más jóvenes lo llamaban en secreto Crabbe, como el secuaz de Malfoy en *Harry Potter*. Gideon había sido incómodamente consciente de que las señas de identidad de Crabbe eran la codicia y la estupidez, no tanto la capacidad supe-

52

rior de liderazgo. Aun así, en opinión del Tirano, era preferible ser Crabbe que ser Ron Weasley.

La universidad, sin embargo, era diferente. Aquí gobernaban los frikis; a ninguno de sus compañeros parecía importarle que un ala de la biblioteca llevara el nombre de su familia. Gideon se esforzaba por mantenerse al día con esas conversaciones nocturnas, tan profundas y serias, sobre la presidencia de Obama y el impacto de las redes sociales en la sociedad.

Y luego estaban las chicas. Chicas que hablaban. Chicas con opiniones. Chicas como Pan.

—Pensaba que Pandora iba a venir con nosotros —dijo Gideon. Intentó decirlo en tono despreocupado, pero no lo consiguió.

—Ya te gustaría, ¿verdad? —se rio Karl—. Acurrucado ahí atrás con lady P. Las chicas van a ir todas juntas. Excepto Dasha, que va por su cuenta. Ah, y Charley también. Su padre vive por aquí cerca, así que la podemos considerar como nativa.

—Ah, o sea que Charley es de Norfolk —dijo Gideon—. Eso explica muchas cosas...

Tarareó la melodía del *Duelo de banjos* de la película *Deliverance*, señal universalmente aceptada de endogamia.

—¡Eh, calla! —se quejó Karl—. Seguramente tú seas más endogámico que todos nosotros juntos. Todos vosotros, las familias antiguas, lo sois.

—Eh —dijo Sam, y le dio un débil puñetazo a Karl en el costado.

Karl se echó a reír y cualquier tensión que hubiera entre ellos pareció disiparse. Mientras tanto, Gideon se recostó en el asiento, aliviado por haber logrado desviar la conversación de aquel monumental cuelgue que tenía con Pan.

Cuelgue. Nunca había pensado en esa palabra antes de conocer a Pan, pero resultaba muy apropiada. Cuando Pan entraba en la habitación, era como si lo colgasen, sentía presión en el pecho, le resultaba imposible respirar y hasta hablar. Por la noche, cuando el Tirano de su cabeza le permitía pensar en ella, aquel cuelgue aumentaba y lo dejaba paralizado en el colchón. Gideon siempre había sentido que no era lo suficientemente bueno para el Tirano, pero ahora sabía que tampoco era lo suficientemente bueno para Pan.

A veces parecía que Pan le correspondía. Miraba hacia él y sonreía de vez en cuando; y durante su última mascarada, Karl les había dado, ya fuese por amabilidad o por pura malicia, una subtrama de amor secreto que había propiciado muchos flirteos gracias a los papeles que interpretaban. La timidez de Gideon se había desbloqueado y había podido decirle a Pan que le parecía una chica exquisita. Ella había alargado la mano y le había acariciado la mejilla. El contacto le había provocado una cálida oleada que le bajó por el cuello y se extendió por todo su cuerpo. Si cerraba los ojos aún podía sentirla.

Pero en los días posteriores a la mascarada, cada vez que Gideon había intentado seguir con los flirteos, invitar a Pan a tomar un café o traerle un sándwich a la biblioteca, ella lo había rechazado. Estaba estudiando. Estaba ocupada. No le gustaba el café. «A las mujeres no hay quien las entienda –había dicho el Tirano–. Son débiles por naturaleza y se sienten atraídas por la fuerza…, no por los débiles».

–Lo hemos perdido –dijo Sam, mirando por encima del hombro–. Está en el Planeta Pan. Espero que le hayas comprado algo bonito para Navidad, Gids.

–Pues la verdad es que sí –se recuperó Gideon–. Le he comprado cinco mil seguidores para su cuenta de Instagram. Un compañero de la escuela conoce a un hombre que tiene una granja de bots en algún lugar del extranjero. Crean perfiles ficticios que la siguen y le dan al «Me gusta» en sus publicaciones, de manera que el algoritmo impulsa su cuenta y Pan consigue más seguidores reales.

–Es impresionante. –Sam sonaba sorprendido.

–Aunque no es muy romántico, ¿no? –añadió Karl–. Feliz Navidad, cariño. Toma, aquí tienes unas cuantas personas falsas.

Gideon le dio una patada al respaldo del asiento de Karl.

–Somos amigos, Karl. Es un regalo entre amigos. Además, ¿tú qué le has comprado a Dasha? ¿Otro collar?

–Por Dios, no. No pienso repetir. Ali le ha buscado unos pendientes de Liberty.

—Pues eso tampoco es muy romántico que digamos —señaló Sam.

Karl no respondió, e incluso Gideon entendió la señal. No todo iba de perlas en la relación de su glorioso líder. Para ser sincero, ni siquiera le sorprendía. Dasha era demasiado exigente para su gusto. Además, tal y como le había recordado el Tirano en su cabeza, nunca era buena idea casarse con una mujer más rica que uno mismo. Alteraba el equilibrio natural de poder.

Durante un tramo, el camino transcurrió junto a un muro de ladrillos antiguos y cubierto de hiedra. Ahora el navegador les indicó que giraran a la derecha y cruzaran unas enormes puertas.

Y allí estaba: la mansión Fenshawe. Gideon no era ningún entendido en arquitectura, pero como cualquiera que hubiera crecido entre grandes casas de campo, sabía reconocer un mamotreto isabelino nada más verlo. Se detuvieron delante de la mansión; las altas chimeneas y los techos a dos aguas se cernían sobre ellos. Un foso repleto de maleza rodeaba el edificio. Lo cruzaba un pintoresco puente que conducía a la puerta principal.

Era más pequeña que Stowerleigh, la casa de su familia, pero también mucho más bonita, con más personalidad. Aunque el Tirano nunca dejaría que Gideon lo admitiera en voz alta: todo lo que tenía la familia St. John era siempre mejor.

Karl no compartía las inhibiciones de Gideon. Bajó del coche de un salto y soltó un silbido bajito.

—Leo tenía razón, este lugar es absolutamente perfecto —dijo—. Ojalá no hubiera dejado que Ali escribiera este misterio; podríamos haberle dado mucho juego a ese foso. Apuesto a que mi hermana ni siquiera lo ha tenido en cuenta. Y por allí también hay un lago. No puedo creer que tengamos todo este sitio para nosotros. Sin personal, sin familia. El tío de Leo debe de haber perdido el juicio para confiarnos un sitio así, pero desde luego lo vamos a aprovechar al máximo.

—Eso no es un lago, es un estanque —corrigió Gideon.

Se bajó del coche a trompicones, casi deslizándose, como un cordero recién parido.

—Venga ya, Gids, ¡es enorme! Tal y como yo lo veo, cualquier sitio donde se pueda pescar es un lago —insistió Karl.

Gideon no tenía ganas de discutir, aunque el Tirano hizo un comentario burlón sobre el gusto de los nuevos ricos. Entonces Gideon vio a los demás. Shona y Dasha se hacían selfis junto a una escultura de piedra en el puente. Ali salió por la puerta principal con la carpetita de notas, y tras de ella... Gideon sintió una especie de sacudida y una presión en el pecho al vislumbrar la pequeña y curvilínea figura de Pan, vestida toda de blanco. Lo recorrió una sensación de esperanza. Tal vez aquella Navidad cambiarían las cosas. Quizá Pan empezaría a verlo como lo que era.

«POR EL AMOR DE DIOS, IDIOTA –gritó el Tirano–. TOMA EL MANDO».

«Sí –respondió Gideon–. Sí, joder, es lo que voy a hacer».

–Ven aquí y echa una mano, Gids –llamó Karl.

Había abierto el maletero y estaba ordenando montones de bolsas de disfraces. El Tirano emitió un quejido de desagrado mientras Gideon se apresuraba a ayudar, obediente. Aun así, ni siquiera el Tirano pudo destruir la sensación de esperanza que empezó a brotar en su interior. Aquel era su momento: Pan sería suya.

Sin embargo, en lugar de descargar los disfraces, Karl se cruzó de brazos y lo miró. Su sonrisa abierta y amistosa había desaparecido, para dar paso a una mirada fría. A Gideon no solía asaltarlo la inquietud, pero en aquel momento sintió cómo el pánico se apoderaba de él. Nunca había visto a Karl con esa cara.

–Mira, Gideon –dijo–, sé lo que lleváis haciendo tú y Sam todo el año. Tenéis que dejarlo ya.

Gideon se sonrojó, al tiempo que se le desbocaba el corazón. El puto Sam debía de haberlo traicionado. O tal vez Karl había estado husmeando de nuevo. ¿De eso habían estado hablando en el coche?

Su instinto le dijo que se lo tomara a broma.

–No sé a qué te refieres –dijo, y forzó una sonrisa–. La verdad es que Sam no es mi tipo.

Pero Karl no sonrió. Tenía la expresión dura, incluso enojada. Se parecía un poco al Tirano. El de tamaño real, el que vivía en Stowerleigh.

—Ya sabes de lo que estoy hablando, Gids. No me hace gracia, está mal, y se tiene que acabar ya.

Gideon infló el pecho y continuó negándolo todo. Era muy mal mentiroso, pero se le daba bien hacerse el indignado.

—No me hagas perder el tiempo –dijo Karl–. Mira, lo que estás haciendo perjudica a otras personas. Sé que en realidad te da igual, y puede que también te dé igual lo que yo piense, pero sé de alguien cuya opinión sí te importa. Si no paras, se lo contaré todo a tu padre.

Gideon miró a Karl con incredulidad, esperando ver una sonrisa burlona que le indicase que todo era una broma. Sin embargo, Karl lo miraba con ojos entrecerrados, inescrutables. Gideon tembló. Karl no podía hablar en serio, ¿verdad? Sir Nathaniel acabaría con él.

Karl le sostuvo la mirada durante unos incómodos segundos más, y luego le colocó un montón de pesados disfraces en los brazos. Volvió a esbozar una sonrisa, como si toda aquella conversación no hubiera ocurrido.

—Vamos, Gids, entremos. ¡El asesinato nos espera!

Capítulo 5

Charley hojea el resto de la carpeta, asimilando todos los detalles sobre el personaje y el disfraz, aunque se le hayan quitado las ganas de jugar. Había venido aquí buscando una oportunidad para dejar atrás el pasado y, en cambio, Ali planeaba sacar todo a relucir de nuevo, las mismas viejas mentiras combinadas con una verdad de antaño que Charley pensaba que nadie había sabido.

Pan siempre ha sido la cómplice de Ali, la más cercana, así que quizá sepa lo que está pasando. Tal vez por eso se ha mostrado amable con ella, por algún tipo de lástima o, peor aún, como parte del juego. Charley imagina que Pan interpreta a lady Perdiz. Pan es la heredera de una familia griega que se remonta, en palabras de Karl, «prácticamente hasta Platón». Por eso solían asignarle los papeles más aristocráticos. La carpeta indica que Charley debe reunirse con sus compañeros allí confinados para la cena. Hay varias pistas que debe plantar a lo largo de la noche. Y luego, a las tres de la mañana, tiene que encontrarse con lady Perdiz en la biblioteca para asesinarla. Habrá una bolsita de sangre y esperando *in situ*, junto al arma homicida.

Suenan golpecitos en la puerta. Charley cierra la carpeta de golpe y se pone una bata de lana, que se anuda convenientemente antes de abrir.

—La cena se servirá en el salón azul —dice Kamala.

Charley mira el reloj. Son casi las diez de la noche; lleva viajando desde las cuatro de la madrugada. Parte de ella solo quiere hundirse en la cama. Sin embargo, su estómago se muestra en desacuerdo con un gruñido. El hombre de jengibre apuñalado estaba delicioso, pero no había bastado para saciarla.

—Pues suena de miedo, ¡gracias!

–Está abajo a la izquierda de la escalera, señorita Mirlo.

Charley se ríe.

–No soy la señorita Mirlo, me llamo Charley.

Kamala se encoge de hombros.

–La señora Tórtola me dejó claro cómo debía dirigirme a todos ustedes, y si cumplo sus instrucciones al pie de la letra me espera una buena bonificación, así que…

–Señorita Mirlo, la malvada institutriz, a su servicio –dice Charley, que entiende lo bien que viene una bonificación.

–La señora Tórtola ha dejado dicho que tiene usted que ponerse el disfraz para la cena. La ropa del juego está en el armario.

–¿Has visto a Ali, quiero decir, a la señora Tórtola? ¿Digamos, por ejemplo, hoy?

La expresión de Kamala es neutra.

–No he llegado a conocer en persona a la señora Tórtola. Me contrató por correo electrónico, me envió páginas y páginas donde especificaba qué servir y dónde colocarlo todo. Estos jueguecitos de misteriosos asesinatos son realmente extraños.

Charley asiente. Suena mucho al comportamiento típico de Ali. Pero lo que resulta extraño es que Ali no esté aquí. Se ha esforzado mucho para montarlo todo, desde las invitaciones hasta el resumen de Kamala, ideando esa astuta y vengativa descripción del personaje de Charley. ¿Por qué preparar todo esto y no estar presente para ver cómo cunde el caos? No es típico de ella. Estaría aquí si pudiera.

El armario empotrado de teca que hay en un rincón de la habitación resulta estar lleno de ropa de institutriz estilo años veinte. Seguramente la habrán alquilado al proveedor teatral que Karl usaba en su día y la habrán mandado hasta aquí. Charley sabía que Karl y Ali tenían bastante dinero, pero toda esta producción de dos días, en esta casa, es harina de otro costal. Ali debe de estar ganando una buena pasta en la agencia.

Charley va pasando cada disfraz a lo largo del riel: una sobria chaqueta de *tweed* por aquí, un vestido de cintura baja en colores apagados y marronosos por allá. También hay un camisón blanco anticuado que llega hasta los tobillos, el tipo de prenda que usaría una Ebenezer Scrooge femenina. Todo resulta bastante deprimente y poco inspirador, hasta que Charley ve un destello de color en un rincón. Aparta las capas de marrones y grises con el objetivo de encontrar un vestido estilo *flapper* rojo escarlata, con capas de lentejuelas en flecos. La percha también tiene enrollado un largo collar de perlas, junto con una diadema emplumada. Es el vestido elegido para los cócteles de mañana, lo que siempre se ha conocido en la Sociedad como la «Fase de la verdad» dentro del juego. La gran revelación donde los jugadores finalmente desenmascaran al asesino… o no, si el susodicho juega lo bastante bien. La señorita Mirlo, que hasta el momento ha sido un personaje discreto y en segundo plano, pasará a ser una víbora asesina.

—Basta fijarse en cualquier novela de asesinatos —solía decir Leo—. Siempre hay que vigilar a los más calladitos. Los que le preparan un té al detective, los que despiertan simpatía.

Y esta vez será la modesta e insignificante señorita Mirlo quien será desenmascarada como una asesina despiadada.

Está tentada de mandar a la mierda las reglas y ponerse el vestido *flapper* esta noche, pero Ali podría llegar en cualquier momento y, al igual que le sucede a Kamala, Charley no quiere poner en peligro la bonificación que le ha prometido.

Escoge un vestido de noche de color violeta pálido con un broche de ópalo, la opción menos lúgubre de todo lo disponible para la institutriz.

Entonces se da cuenta de que Kamala no ha subido su maleta. Tal vez la ha dejado en otra habitación, pero por suerte hay algunos paquetes nuevos de ropa interior de algodón blanco y medias opacas en el cajón de la mesita de noche, así que puede comer ahora y buscar su maleta más tarde. Ali piensa en todo, la verdad.

Charley se está ajustando el broche cuando un agudo grito femenino desgarra el aire. Suspira. ¿Ya han empezado los asesinatos? ¿No pueden comer algo primero?

Charley corre por el pasillo hasta llegar al balcón de metal. Mira hacia abajo, al vestíbulo, y ve a Pan, que lleva un elegante vestido *flapper* en tono azul pavo real, con un patrón geométrico de pequeñas cuentas cosidas, parecidas a perlas. En la cabeza lleva una diadema a juego, adornada con una corta pluma azul brillante. El pelo de Pan no casa bien con el estilo años veinte, pues lo lleva peinado con esas suaves ondas que parecen encantar a los *influencers*. Además, todavía lleva esos anillos apilados unos encima de otros, tan característicos en ella. Sin embargo, esos anacronismos resaltan aún más el vestido, lo vuelven aún más elegante. En lugar de sostener una pitillera o un bolso de mano de lentejuelas, Pan enarbola su móvil. Lo agita en el aire y maldice a gritos:

—¡Nada, no hay una putísima mierda!

Leo está junto a ella. Lleva el cabello peinado hacia atrás y viste un elegante traje de color negro, estilo años veinte. Le queda bien; Leo realmente pertenece a otra época…, excepto porque también golpetea su propio móvil con un dedo, y parece mucho más estresado que cuando su esposa no apareció en el aeropuerto.

—¡Nada de nada! No entra nada. Ni noticias, ni Twitter, o como se llame ahora, ni ningún correo electrónico. Necesito estar al tanto de la iniciativa de diversidad del ministro de Educación, del escándalo de Odastra…, joder, si el primer ministro explota por una combustión espontánea ahora mismo, me lo voy a perder.

—Venga ya —dice Pan con un resoplido de desdén—. Estoy segura de que la señora Gupta y todos esos izquierdistas de Twitter pueden arreglárselas sin ti unas horas; pero si yo no publico, pierdo seguidores. Y si pierdo seguidores, pierdo impulso. Y si pierdo impulso, pierdo dinero. Pierdo todo por lo que he trabajado.

Leo mira a Pan, las aletas de la nariz dilatadas.

—Lo que hacemos no es comparable —dice—. Además…, ¿por qué mencionas a la señora Gupta?

—Bien sabes tú por qué.

Pan le hace un guiño teatral y exagerado. Leo gira sobre sus talones y se aleja, justo cuando Kamala aparece por una puerta cercana. La chica observa el frenético vaivén de teléfonos y una expresión de autosuficiencia le cruza fugazmente el rostro.

—Me temo que no tenemos wifi —dice. Habla con todo apenado, pero tiene las comisuras de la boca curvadas en un asomo de expresión jovial—. El dueño de Snellbronach está decidido a mantenerla apartada de las presiones del mundo exterior. Tampoco hay cobertura. Ahora no se ve, porque está demasiado oscuro, pero estamos en el fondo de un valle profundo; aquí la señal ni llega ni se la espera. Tenemos teléfono fijo disponible, si necesitan contactar con alguien de manera urgente.

—Por el amor de Dios —masculla Leo—. Esto es vergonzoso. Mi mujer nunca habría reservado este lugar de haberlo sabido.

—La señora Tórtola dijo que eligió este sitio justo por eso —dice Kamala.

Está claramente disfrutando del semblante horrorizado de Leo.

Leo arroja el teléfono sobre la mesa y emite un quejido de disgusto.

—¿Qué demonios ha tramado Ali?

—Mi maleta ha desaparecido —dice Gideon.

—La mía también —agrega Leo.

—Qué contrariedad —dice Shona con ligereza—. Yo tengo la mía; me pregunto qué habrá pasado.

Charley tiene demasiada hambre para hablar de sus maletas en este momento. Los deja interrogando a Kamala y se dirige al comedor.

El salón azul está pintado en un frío tono de azul verdoso. En el centro hay una larga mesa rodeada de elegantes pero incómodas sillas de respaldo alto. Charley encuentra un asiento con el nombre de su personaje y se sirve salmón frío, ensalada y pan fresco. Tras unos instantes, los demás entran y ocupan sus puestos. Pan se sienta frente a Charley, con Gideon a un lado y Leo al otro. Este último coloca una silla extra para que Audrey, que parece un tanto avergonzada con el jersey de Santa Claus que se ha puesto, se siente junto a él. Nadie ocupa la silla vacía en la cabecera de la mesa, donde debería estar Ali.

Charley se acomoda en el asiento. Alza la vista y se topa con los ojos tristes de una cabeza de ciervo disecada, colgada en la pared opuesta. No combina con el resto de la decoración de la estancia, de líneas claras y superficies lacadas. Tiene aspecto un poco triste y desgastado. «Pobrecito», se compadece Charley en silencio, y se pregunta si de verdad habrá un collar barato y llamativo escondido en su interior.

El grupo empieza a comer con un brío que roza la glotonería. En un primer momento, Pan picotea las salchichas veganas de aspecto pálido que tiene en el plato, pero luego, después de asegurarse de que Kamala ha salido de la habitación, se sirve una tajada de salmón.

—Lo siento. Intenté ser vegana, pero es demasiado difícil, ¿sabéis?

—Afrontémoslo, cariño, eres una carnívora nata —dice Shona, desgarrando con los dientes un trozo de salmón. Lleva otra estola de piel oscura, menos raída que la anterior, y un vestido de noche negro, con guantes largos negros y un gorro resplandeciente con borlas de cuentas que se balancean y juguetean en las suaves ondas de su cabello corto. De alguna manera, disfrazada parece aún más Shona que antes—. Mi pareja no come carne y apoyo su elección, pero creo que el veganismo solo sirve para alejarnos aún más del mundo natural, que tiene garras y dientes. A fin de cuentas, esto es lo que somos. Cuando el espíritu y el alma nos abandonan, solo queda la carne.

—Entonces, ¿todos somos poco más que chuletas de cerdo ambulantes? Me gusta —se ríe Sam, mostrando un destello del Sam de antaño, de cómo era antes de que su implacable trabajo lo desgastara. Juguetón y hedonista, igual que el resto de ellos.

Charley capta la mirada de Audrey y siente un poco de pena por ella.

—Esto debe ser superraro para ti —dice—. Espero que no te estés perdiendo una gran Navidad en familia por esto.

Audrey niega con la cabeza.

—No, las navidades no son particularmente especiales para mí. En realidad, es una fiesta para los niños. —Su voz es extraña, sin tonos, y su sonrisa tiembla como una guirnalda con el cable flojo—. Cuando solo hay adultos sensatos resulta muy aburrido, ¿no?

—En mi casa, no —dice Charley—. Mi padre en Navidad es como un niño grande. Te juro que su factura de electricidad debe de duplicarse en diciembre, con todas las luces y cacharritos musicales cursis que monta. A mí me sigue obligando a poner una funda de almohada al pie de la cama cada Nochebuena. Y la mañana de Navidad siempre solíamos…

Está a punto de contarles su otra tradición navideña, pero las palabras se le hielan en la boca. Hablar de ello podría desencadenar otro recuerdo, y lo que es peor: delante de todos.

–¿Funda de almohada? –se burla Leo–. En mi casa se colgaba un calcetín de lana, nada más. Los regalos siempre eran prácticos, artículos necesarios, como una navaja o una petaca. Mi tía Mags solía darnos a todos jabón para sillas de montar cada año. Luego íbamos a la iglesia, jugábamos a algo, nos dábamos un buen atracón de comida y luego algún paseo por la tarde antes de que oscureciera. No hacía falta nada más.

–Mi madre no estaría de acuerdo con eso –dice Sam. Sus padres son unos bohemios que pasan la mayor parte del tiempo creando obras de arte, patrocinando artistas y organizando fiestas–. Le gustan las luces y las decoraciones. Cuando yo era niño, organizaba una gran reunión en Nochebuena. Decoraba toda la casa y los jardines, que dejaba abiertos para que cualquiera viniese a verlos, y montaba unos preciosos *tableaux vivants* con sus amigos actores y modelos. Podías pasear por los jardines y toparte con un claro de hadas, o con un taller de elfos auténticos…, bueno, o con actores de verdad disfrazados de elfos. Cuando era niño, me parecía mágico de verdad. Venía a ser más o menos el único momento en que el demencial entorno artístico de mi familia tenía algún sentido.

Audrey parece un poco sorprendida. Tal vez no había llegado a entender lo excéntrica que es la familia de Sam. Shona sonríe al acordarse.

–Ay, sí, los *tableaux*, Sam –dice ella–. ¿Te acuerdas del año que hizo el Krampus? Creo que ahí empezó mi pasión por el folclore. La idea de una bestia cornuda y horrorosa que azota a los niños traviesos con ramas de abedul me atraía mucho más que ese Papá Noel gordo, con su aburrido saco de juguetes.

–Yo dejé de creer en Papá Noel muy joven –interviene Gideon–. Era difícil para mamá mantener la ilusión, porque siempre estábamos yendo a esquiar. Pero lo pasábamos genial, eso sí. La niñera solía cogerse vacaciones, así que solo estábamos mamá, Barty y yo, y a veces alguna *au pair* que en realidad solo venía por el viaje gratis. Recuerdo un año en que papá apareció por sorpresa en Val d'Isère en Navidad y me llevó a esquiar. Por aquel entonces, yo aún bajaba por las pistas para principiantes, pero nunca olvidaré cuando recorrimos juntos La Face. No he sentido tanto miedo en mi vida. Pero tampoco me he sentido nunca tan vivo, claro. ¿Y tú, Pan? ¿Tienes algún recuerdo navideño así?

Pan alza la vista de su copa de vino. Parece distraída, pero responde:

—Ah, lo mismo, sí, también esquiar. Me encanta La Face. Como dices, Gids, me sentí muy viva. Por desgracia, después de St. Moritz tuve que dejarlo; el médico me dijo que, tal como tengo la rodilla, sería una locura volver a esquiar. Pero me encantaría regresar allí alguna Navidad, solo por la nieve.

—Siempre cabe la posibilidad —se atreve a decir Gideon, y Pan le sonríe.

Ahí está. La llama sigue viva a pesar de las duras palabras de Pan antes.

—Sí, supongo…

—Mirad, todo esto es muy agradable y festivo —dice Shona—. Pero sé lo que diría Ali si estuviera aquí: hay que seguir…

—… el horario —corean todos.

Sus carpetas detallaban con claridad el horario de Ali: presentaciones en la cena de Nochebuena. Descubrimiento la mañana de Navidad. Investigación inmediatamente después. Acusaciones durante el almuerzo de Navidad. Y la verdad durante los cócteles a última hora de la tarde. Ya tendrán tiempo de ponerse al día con la vida real en la noche de Navidad y el día de San Esteban, antes de que todos se vayan a casa a la mañana siguiente.

—Así pues, en ausencia de Ali y su «carpeta del poder», empezaré yo —dice Shona. Se acomoda en el asiento, respira hondo y, cuando vuelve a abrir la boca, habla con un cursi acento francés—. Pegmitanmé pgesentagmé, *je suis* madame Poule, agtistá extgaogdinariá de París. Y no hagé esté acentó dugante todó el juegó pogqué ya me está tocandó los ovagiós.

—Yo soy lady Perdiz —dice Pan, y sonríe con elegancia, aunque esa mirada distante sigue presente—. Por desgracia soy viuda, pero tengo la inmensa suerte de que mi difunto marido me ha dejado muy bien provista.

Así pues, Charley estaba en lo cierto. Una vez más, Pan se lleva el papel de la rica aristocrática. Ali no se ha alejado apenas de la realidad al crear estos personajes.

—Y yo soy el señor Dorado —dice Gideon con su mejor voz de señoritingo británico, lo cual no le supone un gran esfuerzo—. Para no extendernos mucho: soy superrico y estoy localmente enamorado de lady Perdiz. O sea, voy a conquistarla con mi fabulosa riqueza.

Charley contiene una risa. A Gideon nunca se le ha dado bien actuar y siempre tiende a exagerar. Su disfraz también es exagerado: la pajarita y la chaqueta formal son de color dorado en lugar del negro reglamentario que visten los demás hombres. Casi parece salido de un espectáculo de cabaret.

—Eso, queridísimo Dorado, está por ver —interrumpe Leo.

Normalmente, Leo interpreta de una forma un tanto dispersa. Suele usar palabras anticuadas de sus adoradas novelas de misterio antiguas, pero las pronuncia con el acento relajado típico de cualquier joven aristócrata. Sin embargo, para este papel, ha empezado a canalizar el antiguo y elegante acento de su tío Tolly, y le queda bien.

—Yo soy lord Longosalto, ministro de gobernación, hombre del pueblo, y les digo a los presentes que lady Perdiz bien podría apreciar más a un tipo algo más sincero, comprometido. La clase de hombre que quiere cambiar el mundo.

Gideon suelta un resoplido burlón y Sam disimula una sonrisa, mientras que Shona se ríe con ganas. Ali ha creado una caricatura de la propia personalidad de Leo para que la interprete el propio Leo, que no parece haberse dado cuenta.

—Doctor Cisne, a su servicio —interviene Sam—. Médico titular de Harley Street.

La última pieza del rompecabezas de Ali encaja: el médico interpreta… a un médico.

—Encantado de conocerle, viejo camarada —dice el señor Dorado—. Así pues, solo queda esta jovencita junto a madame…

Sus ojos se clavan en Charley.

Desde que llegó, Charley ha estado indecisa, sin saber qué decir o cómo interactuar con estas personas, pero ahora ya no es Charley. Es la señorita Mirlo, la sirvienta de apariencia dócil que los desprecia a todos en secreto, y que tiene un plan de escape que le solucionará la vida. Baja modestamente la mirada, pero se permite una media sonrisa muy leve.

—Soy la señorita Mirlo, señor —dice.

Su voz ha cambiado: es más suave, más musical, pronuncia con más delicadeza la «t». Por mero impulso se ha decidido por un acento de Galway, de lo cual sabe que se arrepentirá, pero así se aleja más de sí misma y del papel que Ali quiere que interprete. Ali le ha dado el esqueleto básico de un personaje; es Charley quien decide qué hace con él.

—Soy la institutriz del señorito Tórtola. Suelo... cenar en las habitaciones del señorito, pero la señora Tórtola me ha pedido que venga para completar el número de invitados a la mesa, señor.

Mientras habla, el ambiente en la habitación cambia. Hasta entonces, todos eran ellos mismos, de forma clara y sólida: compitiendo por comparar éxitos, presumiendo de lo bien que les ha ido durante los últimos doce años..., y sus papeles asignados no eran más que extensiones de esa misma fanfarronería. Sin embargo, con esas palabras, Charley les ha lanzado un desafío. Les ha recordado los viejos tiempos, la época en que la Sociedad de la Mascarada Homicida era tan buena: hay que meterse en el personaje, señores.

La postura de madame Poule ha cambiado, ahora es toda elegancia francesa. Pan se abanica y los ojos de Sam brillan de puro desafío. Charley mantiene un control férreo sobre su propio semblante, pero siente un estallido de emoción. Por eso le encanta actuar. No importa lo que diga Matt; no todo el mundo sabe.

La etapa de presentaciones del juego siempre ha sido la favorita de Charley. Le gusta meterse en el papel, crear una historia con trasfondo y matices en su cabeza. Le encanta dar con formas de sembrar sus pistas asignadas de la manera más sutil posible.

Pero esta vez hay un problema inesperado. Charley no quiere revelar sus secretos, porque están demasiado cerca de la realidad.

A medida que continúa la conversación empiezan a vislumbrarse algunas de las posibles motivaciones de los personajes. Hay indicios de que, en sus últimos años de estudios, madame Poule y lady Perdiz participaron juntas en oscuros y secretos rituales de ocultismo. Lord Longosalto está encubriendo algún tipo de escándalo gubernamental, y el doctor Cisne tiene una visión muy dudosa sobre la eugenesia. Está claro que el señor Dorado está chantajeando a alguien en Londres. Gideon, por su parte, no deja de salirse del personaje, para enojo de todo el grupo.

La principal pista de Charley es física. Tiene un fragmento de una carta de amor de Kurt, que debe «dejar caer accidentalmente» en algún punto de la noche. Todavía no ha encontrado el momento adecuado, pero vacila. Durante más de una década ha mantenido su relación amorosa con Karl en secreto; una chispa oculta de felicidad, pero también el peso de la pérdida, que ha tenido que cargar ella sola. Una vez que deje caer esta nota, no pasará mucho tiempo antes de que alguno de los miembros de la Mascarada más astutos la descubra. ¿Realmente quiere que estas personas metan las narices en su desamor? Charley arruga la nota con fuerza en el puño.

—¿Qué tiene usted ahí? —pregunta Sam/Cisne, y de repente, todas las miradas convergen en la señorita Mirlo.

—¿Una nota, un *billet doux*, quizá? —dice madame Poule.

Charley/Mirlo protesta, dice que no es nada, al tiempo que aprieta la nota en el bolsillo.

—Es dinero. Esta chica ha robado algo —dice Gideon—. La Ratona Ratera vuelve a entrar en acción.

—Por el amor de Dios, Gideon, no te salgas del personaje —susurra Shona.

—Si no me salgo —él protesta, agudizando el tono una vez más—. Las clases bajas a menudo no pueden resistir apropiarse de los bienes de sus superiores.

—Es tgistementé ciegtó. —Shona se convierte en madame Poule

68

de nuevo y suspira–. Vamós, mademoiselle, cgeó que es mejog que nos muestgés lo que has estadó ocultandó.

Charley sabe que Shona se limita a actuar, al igual que Gideon y Sam. La señorita Mirlo no es real, la carta de amor de Kurt la ha escrito Ali. Todo esto no es más que una historia. Pero al ver que todos la miran fijamente, burlándose de ella, aprovechando la excusa de personajes para expresar sus anticuados prejuicios de clase, se echa a temblar. Se le llenan los ojos de lágrimas.

Hunde la nota en el bolsillo, protegiéndola con la mano por miedo a que se la arranquen a la fuerza.

–¡Basta! –dice lady Perdiz de repente.

Cierra el abanico de golpe y la mesa queda en silencio. A la luz de las velas, Pan no necesita ningún filtro de Instagram. Todas sus virtudes destacan, su piel bronceada es tan suave y perfecta como siempre. Sin embargo, se trata de una belleza artificial. Esos fascinantes ojos dorados, leoninos, son lentes de contacto; esas pestañas ultra largas son el resultado de un suero del que constantemente habla en sus *reels*. Pero hay en ella un cansancio que Charley no había notado antes. ¿Qué ha cambiado?

Desde el otro lado de la mesa llega la voz de Audrey:

–Todo esto es un poco raro. Creo que me voy a dormir. Nos vemos luego, Sam. ¡Buenas noches a todos!

Se levanta de la mesa. No le da un beso de buenas noches a Sam y nadie más le habla. Están demasiado concentrados en la partida.

–Tome un poco más de vino, señorita Mirlo –dice Leo/Longosalto con voz azucarada y depredadora, mientras llena la copa de Charley–. Aproveche al máximo su breve estancia en las alturas.

–Ignogé al agistocgatá hipocgitá esé. –Shona/Poule adopta un tono más amable y aparta a Longosalto con gesto perezoso, la mano cargada de joyas–. Cuentemé más sobré usted, mademoiselle. ¿Llevá muchó tiempó con la familiá? ¿Disfgutá de su tgabajó comó gobegnantá o ansiá algó más cgeativó?

Charley responde a las preguntas de Shona sin salirse del personaje, aprovechando el respiro que suponen para calmarse y volver a meterse en el papel. Shona asiente, sonríe y agrega de vez en cuando algún que otro «*Ça alors!*».

Charley apenas siente el susurro de un movimiento detrás de ella, el suave roce de una mano en su falda.

—¡Lo tengo! —grita Sam/Cisne, triunfante, agitando la nota—. Gracias por la distracción, madame Poule. Vamos, querida, no ha sido para tanto, ¿verdad?

Charley siente una oleada de ira y vergüenza. Tiene que recordarse a sí misma que esto es un juego.

Leo/Longosalto arrebata el papel de las manos de Sam, ávido de chismes de los sirvientes.

—¡Ja! Parece que la señorita Mirlo oculta un amorío secreto con alguien de una posición social más alta. ¡Nada menos que el hermano de nuestra anfitriona, Karl Piper!

—Kurt —corrige Charley en voz baja, pero nadie la oye. Cada uno reacciona a su manera teatral. Poco a poco se percatan de que esto es un chisme tan genuino como jugoso, entretejido en el falso misterio.

Los ojos de todos se desorbitan, ansiosos.

—Vaya pajarita traviesa has resultado ser, Mirlo —canturrea Shona/Poule.

—Esperad un minuto… —Gideon trata de distinguir la línea entre la realidad y la ficción. Tiene los ojos fijos en el techo y la mandíbula ligeramente desencajada en lo que Charley denomina «la expresión de pensar de Gideon»—. Eso significa que… ¿nuestro glorioso líder y la Ratona Ratera estaban liados?

Bajo la luz tenue, los rostros de los integrantes de la Mascarada parecen retorcidos y hambrientos, de dientes afilados y relucientes. La visión de Charley se nubla. Se muerde la lengua. No va a llorar, jamás llorará frente a estas personas.

—Es verdad —dice en cuanto se atreve a hablar—. Y no fue solo un rollo, no estábamos tonteando. Iba a romper con Dasha, pero luego… luego se fue.

—Vaya —dice Leo—. Siempre pensé que Ali sufría arranques de paranoia cuando decía que eras más astuta de lo que pareces, pero tenía razón. Ali tiene intuición para estas cosas. Tiene gracia, siempre ha estado convencida de que tú tuviste algo que ver con la desaparición de Karl.

Charley se queda sin palabras. Le arden las mejillas.

De todos los integrantes de la Mascarada, Ali había sido la única que había intentado tender puentes con Charley, a su torpe manera. Incluso le había dado un trabajo bien pagado haciendo un anuncio cursi destinado a comercializar un fármaco para el público americano.

El día que se grabó el anuncio, Ali había aparecido por el estudio. Se había mostrado tranquila, agradable y sorprendentemente paciente cada vez que Charley se confundía y llamaba al fármaco Vervestin en lugar de Vervestil. Incluso había llevado a Charley a almorzar después. Charley había llegado a casa esa noche y le había dicho a Matt que pensaba que la terapia había funcionado y que Ali finalmente estaba superando todo lo que había sucedido. Pero quizá Ali había albergado aquella amargura y aquel odio todo el tiempo.

—Oh, Ali —dice Shona con una risa—, ¡cómo se le ocurre revolver todo el pasado con estos personajes! Ojalá estuviera aquí para verlo.

Los demás también expresan sus opiniones:

—¿Karl y Charley? Pero ¿por qué? Dasha era multimillonaria y trabajaba como modelo de trajes de baño…

—Hay quien no puede resistirse a comer una hamburguesa aunque tenga un filete en casa…

—Ahora todo tiene sentido —agrega Gideon con el labio torcido.

—Karl se fue porque la situación era demasiado para él. Atrapado entre la aterradora Dasha y una pequeña trepa proletaria…

«No llores —Charley se repite a sí misma, los ojos fijos en el ciervo—. No te enfades. No te vayas. No muestres debilidad». Sabía con certeza que bastaría una grieta en su armadura para que todos enloquecieran al oler su sangre, con lo que la situación empeoraría aún más. Y, si se defiende, perderá el control y luego vendrán las lágrimas de frustración. Pero guardar silencio no le da otra opción que quedarse ahí sentada, soportar todo lo que le lancen, como una especie de víctima. «Tu problema es que no sabes defenderte», agrega la voz de Matt, y Charley quiere gritar.

—¡Por Dios, BASTA YA!

El rugido de ira, en cambio, proviene de Pan. Un rugido que los detiene a todos y los deja petrificados de pura sorpresa. La mandíbula de Gideon se descuelga en una expresión horrorizada. Leo y Sam intercambian miradas sorprendidas, las cejas arqueadas. Pan se cubre las orejas con las manos, y parece... Charley busca la palabra correcta... y la encuentra. Parece frágil. A punto de romperse en mil pedazos.

—Echad el freno, ¿vale? Sí, Charley estuvo tonteando con Karl, pero ¿acaso no hemos cometido todos estupideces en la universidad? Éramos críos, por el amor de Dios. Además, ¿qué tendrá eso que ver con su desaparición? Os olvidáis de que su otra novia tenía conexiones con la mafia rusa.

Los demás asienten con diferentes murmullos. Todos concuerdan tácitamente en que Charley es demasiado débil e insignificante para haber hecho daño al poderoso Karl.

—Pan tiene razón; seguro que Dasha estuvo implicada de alguna manera —añade Sam—. ¿Qué otra cosa explicaría la lentitud de la investigación policial? La familia de Dasha es la única que tendría poder para silenciar algo así.

—Pero Dasha iba en coche de camino a Londres en el momento en que Karl desapareció de esa habitación —dice Shona—. No pudo haber sido ella. Apuesto a que alguno de los que estamos aquí sabe algo.

Todos guardan silencio mientras digieren esa realidad no expresada. El tema ya no es que Karl se haya ido o haya desaparecido. Hablan de él como si hubiera muerto. No, no solo que hubiera muerto, sino que lo hubieran matado. Asesinado en esa última mascarada hace doce años. ¿Por qué piensan así de pronto? Y, si es cierto, ¿cómo es que no se encontró su cadáver?

Charley mira fijamente a Leo. En los días posteriores a la desaparición de Karl, Leo siempre había insistido que este se había ido. Tanto se había aferrado a esa conjetura que casi le costó la ruptura con Ali. Leo decía que Karl se las había arreglado para salir de la habitación cerrada, escabullirse hasta su coche y marcharse para no volver. Era una broma, había dicho. O tal vez solo quería algo de espacio, alejarse de Dasha. La policía parecía estar de acuerdo

72

con la hipótesis de Leo. A fin de cuentas, habían encontrado arriba el gorro de Papá Noel de Karl, lo cual implicaba a todas luces que este lo había dejado allí antes de marcharse. Charley había rezado para que la teoría de Leo fuera correcta, si bien no hacía sino añadir más tristeza y confusión a su dolor. ¿Y si de quién Karl trataba de alejarse era de ella? Al fin y al cabo, habían discutido aquella misma noche.

Ahora, mientras intercambian teorías sentados a la mesa, está claro que Leo ha cambiado de opinión sobre lo sucedido. ¿Por qué será?

Como si pudiera sentir su escrutinio, Leo se levanta, va hasta una mesa lateral sobre la que hay una botella de *whisky* Cairngorms de marca exclusivísima, con un nombre que Charley no sabe ni pronunciar. Vierte el líquido ámbar en seis vasos y coloca uno delante de cada comensal.

–Un brindis –dice–. Por los amigos ausentes. Por mi amada esposa, Ali, dondequiera que esté ahora mismo, y por Karl.

–Y por la señora Gupta –dice Pan con una sonrisa.

Leo se gira hacia ella.

–¡Ya vale con la señora Gupta! No es más que una de mis seguidoras de Twitter. Es maestra de escuela. Una dama encantadora, muy solidaria.

–Claaaaaro que sí. –Pan arrastra las palabras y toma un trago de *whisky*.

Leo le clava la mirada a Pan y se apoya en el respaldo de la silla de esta. Por primera vez, Charley nota que, a pesar de la barbilla débil y el aire afectado, Leo es en realidad un tipo grande, de hombros anchos. Se cierne sobre Pan, para a continuación inclinarse y mirarla a los ojos. Habla con tono amenazante:

–No sé qué tienes en mente, Pan, pero si sabes lo que te conviene, ve cortando ya el rollo.

Justo entonces, la puerta que hay frente a Charley se abre y Kamala entra con una bandeja. Leo se aleja al instante de Pan, como si lo hubieran sorprendido haciendo algo malo, y vuelve a su asiento. Kamala pregunta si la cena ha sido de su gusto y empieza a recoger los platos. Cuando llega al de Pan, se fija en que esta no ha tocado las salchichas veganas y ve los restos de salmón junto a ellas. Se le cambia la cara.

—Verás, es que no me gustan las salchichas veganas, ¿vale? —responde Pan con brusquedad, evitando la mirada de Kamala.

Hay un destello de ira en los ojos de Kamala, que fuerza una sonrisa, probablemente pensando en su bonificación.

—Es usted libre de comer lo que quiera aquí —dice en tono educado.

Tan pronto como Kamala sale por la puerta, Pan protesta:

—¡Estoy harta de los veganos santurrones! Dejé de comer carne en la iniciativa Vegaenero de este año y conseguí un par de buenos acuerdos de patrocinio, pero desde entonces no dejan de lloverme mensajes privados cada vez que uso un producto de belleza que no sea vegano. ¡Es absurdo!

Los demás muestran al unísono su conmiseración, si bien Charley está bastante segura de que Kamala está escuchando al otro lado de la puerta. Sonríe un poco para sí misma. Ha trabajado en suficientes restaurantes para saber que nunca hay que enfadar a la persona que trae la comida.

El *whisky* no ha sido buena idea. Al principio les ha ayudado a meterse en el papel, a jugar y a olvidar las tensiones que burbujean bajo la superficie. Todos se ríen hasta que les duele la cara, dicen cosas (cosas escandalosas) que nunca podrían decir en la vida real, pero que son perfectamente justificables para quien interpreta a gente rica de los años veinte. Pero a medida que el nivel de la botella baja y abren otra, sus papeles en la mascarada se desdibujan de nuevo y se ven reemplazados por sus personalidades reales. Expresiones borrachas; sudorosas, carnosas y grotescas. Leo y Shona salen a fumar a los escalones de la entrada y se llevan una botella, para volver a toda prisa instantes después, chillando a causa del frío. Luego, mientras Kamala recoge los platos del postre, Pan escapa al salón con la botella. Los demás la siguen y se dejan caer en sofás y butacas.

La corbata dorada de Gideon está aflojada, el gorro de Shona se ha deslizado, medio torcido, y Pan se quita los zapatos. Comparten recuerdos de Karl: la vez que robó un cerebro en un frasco de la oficina de su tutor para usarlo como accesorio en la mascarada, aquel misterioso día de Halloween donde los persiguió a todos por un aparcamiento desierto con un hacha cubierta de sangre falsa.

Durante toda la conversación, sin embargo, Charley permanece en silencio, acurrucada en una butaca de terciopelo gris entre la chimenea y el árbol. No puede beber *whisky*; el alcohol la deja hecha polvo, le da ganas de llorar y de vomitar. Además, ya está suficientemente alterada sin haber bebido. Sus sentimientos hacia Karl tiñen todos sus recuerdos; no quiere compartirlos con estas personas.

—Dios, cómo se pasaba a veces. —Gideon se limpia una lágrima de risa de sus ojos.

—Pero, a ver —dice Shona—, a veces podía ser muy moralista, joder.

Murmullos de asentimiento en la habitación. Gideon hace una mueca de reconocimiento. Sam asiente brevemente.

—Además, era muy cotilla ¿verdad? —añadió Leo—. Una vez lo pillé leyendo los mensajes de mi teléfono. Dijo que quería asegurarse de que no estaba engañando a Ali..., cosa que no estaba haciendo, por supuesto. Creo que fue solo una excusa; lo que quería era hurgar en mis asuntos privados.

—Oh, sí, Karl lo sabía todo —dice Shona, asintiendo con aire sabio.

—Y tampoco le importaba hacer algún que otro chantaje de vez en cuando.

—Mi padre prefiere la expresión «aprovechar las ventajas con las que se cuenta» en lugar de decir chantaje —dice Gideon.

—No hay nada malo en aprovecharse de algún dato que se haya descubierto. Así funciona el mundo de los negocios —añade Leo.

—Dirás más bien el mundo de los Scrooge avaros y pajilleros. Manipular a los amigos está mal, ¿verdad? —insiste Shona, mostrando un raro destello de integridad moral, aunque solo sea para molestar a los demás.

Gideon y Leo intercambian una mirada en la que se preguntan si han de responder con sinceridad, mientras Sam se ríe por lo bajini ante eso de «Scrooge avaros y pajilleros». Desde que Audrey se ha ido a la cama, Sam ha descartado del todo la fachada de médico agotado y ha desatado al miembro de la Mascarada que lleva dentro.

—Apuesto a que Karl sabía algo sobre cada uno de vosotros y lo aprovechó para salirse con la suya en algún momento. —Shona se ríe. Su cara está medio en sombras, iluminada solo por el fuego mortecino, lo cual le da una apariencia macabra, aún más siniestra de lo habitual—. Yo me uní a la Sociedad de la Mascarada Homicida porque Karl me obligó; sabía que me estaba acostando con mi tutor y me amenazó con contarlo. Estoy segura de que no fui su única víctima, así que vamos: han pasado años, nada de todo eso importa, soltadlo.

Hay una ráfaga de murmullos, de «Yo nunca haría algo así», de «De qué estás hablando». Todos se revuelven, incómodos. Charley no puede imaginar que Karl hubiese sido capaz de chantajearla, pero sí que recuerda cuánto le encantaban los chismorreos. Le había contado lo del tutor de Shona, por ejemplo. Y también que Sam se tomaba medicación para el TDAH para pasar los exámenes. Y algún que otro fetichismo aún más raro de Leo. En el primer trimestre de la universidad, Karl se había obsesionado con averiguar más sobre Pan, después de aquella vez que apareció un tipo la mar de raro en su puerta. De cualquier manera, Charley había tratado mayormente de ignorarlo todo. No le gustaba hablar de los integrantes de la Mascarada; pues solo servía para acentuar aún más el abismo social que tan dolorosamente los separaba. Aun así, la imitación que Karl hacía de Shona siempre le arrancaba una carcajada.

—Creo que cuanto menos hablemos de nuestros secretos, mejor. —Pan sube las piernas y se abraza las rodillas con fuerza.

—Vaya, Pan tiene algo que ocultar —dice Shona con voz cantarina. Una burla de patio de recreo.

—¿Un amante secreto, quizá? —añade Leo—. ¿O será que tienes un clon de Gideon atado en el sótano desde hace diez años?

—Sea lo que sea —dice Sam—, tiene que ser gordo. Apuesto a que Pan esconde mucho más de lo que se aprecia a simple vista.

Pan se encoge hasta formar una bola. Su rostro está pálido como una máscara, como si tratase de desconectar, de fingir que está en cualquier parte menos aquí.

Gideon parece consternado, impactado. Abre y cierra la boca, impotente, como si tratase de pensar en algo que decir para defender a su dama. Con repentina claridad, Charley ve lo que hay bajo todo el éxito, el dinero y esa molesta ostentación. Gideon está justo a su lado, con ella, en el escalón más bajo de la jerarquía de los miembros de la Mascarada. Es el tonto de turno, a quien todos toleran porque su estupidez resulta entretenida. A pesar de llevar una década cerrando tratos millonarios en Londres, en esta habitación no es nadie.

—Creo que deberíamos intentar adivinarlo —dice Sam—. Apuesto a que es algún asunto de dinero.

—No, Pan es demasiado rica para eso; apuesto a que se trata de sexo —dice Shona con deleite.

—Sí, yo también voto por el sexo —coincide Leo, claramente emocionado por poder vengarse de ella tras la insistencia de Pan con la señora Gupta—. Pan, no me irás a decir que también estabas liada con Karl, al igual que Dasha y Charley. De verdad, ¿de dónde sacaba tiempo este tío?

—Cállate —dice Pan en voz baja.

—Ah, pues sí que se trata de sexo —dice Shona.

—Pero no con Karl —añade Sam—. Creo que es con aquel tipo raro, ese que Karl no dejaba de mencionar. Era maduro, con pinta de ser de barrio, un poco siniestro. ¿Se acuerda alguien más de él?

Pan emite un grito de frustración. Se levanta de golpe y deja a su paso mantas y cojines por doquier.

—¡Os podéis ir todos a la mierda! Solo he venido porque Ali se ofreció a conseguirme un buen acuerdo de patrocinio con uno de sus clientes, y porque pensé que podría ser agradable jugar de nuevo con vosotros. No tengo por qué soportar estas gilipolleces, me voy a dormir.

Sale de la habitación en medio de un torbellino de lentejuelas azules brillantes. Se hace el silencio. Gideon hace ademán de levantarse, pero Shona lo vuelve a sentar de un empujón y le sirve otra bebida.

—No te preocupes por ella, es dura como el acero. Estará bien por la mañana —dice, y hace un gesto despectivo con la mano.

Cuando Charley se levanta, sin embargo, nadie intenta detenerla.

En el pasillo, la figura de lady Perdiz se apoya con aire ebrio en el pasamanos al pie de las escaleras. Se gira, encuentra la mirada de Charley y una expresión extraña cruza su rostro. Parece pánico, pesadumbre o incluso miedo.

—Estoy bien. —Se gira de nuevo—. No necesito tu ayuda. Vuélvete con los tiburones y sigue bebiendo.

Charley duda. Si hubiera estado con una amiga, insistiría en romper la barrera, en decirle que pase de esa gente horrible de la sala de estar, en animarla a hablar de ello. Pero esta chica no es amiga suya. Esta chica es Pan, la persona que exigió que la arrestaran cuando desapareció el collar de Dasha. La que siempre agarraba su bolso con ademanes ostentosos cuando Charley entraba en la habitación, la que revisaba su cartera cuando Charley se iba. Una vez oyó a Pan cuchichearle a Ali: «Bueno, nunca ha sido una de nosotras de verdad, ¿no?»

—Vale, pues nos vemos por la noche —dice Charley.

—¿Qué? —Pan suena distraída—. Ah sí, la partida. Nos vemos a las dos y media. Yo traeré los secretos oscuros, tú trae el arma del crimen. Bueno, de hecho… —Comienza a decir algo, pero cambia de opinión—. Te lo diré después.

A estas alturas, Charley está tan agotada que apenas le funciona la cabeza. Algo de lo que Pan acaba de decir le ronda la cabeza, pero está demasiado exhausta para saber qué es. Sube a trompicones las escaleras, y a los tres minutos de meterse en la cama y poner la alarma se queda dormida.

Capítulo 6

Leo

Hace doce Navidades, 16:00 h

Leo no estaba acostumbrado a mover cajas, nunca había tenido que hacerlo, ni siquiera en la escuela, y eso que su educación había sido muy estricta y disciplinada. Recordaba algo así como que había que levantar con las piernas, no con la espalda, pero ¿había algún truco para sostener la caja sin lastimarse los dedos? Porque lo que le dolía de verdad eran los dedos. Se estaba arrepintiendo de haberse ofrecido voluntario para ayudar a Ali. Pero, claro, eso era lo que había que hacer al principio de una relación nueva y emocionante: todo lo que pidiera la pareja.

Entre los dientes llevaba un mapa antiguo de la mansión Fenshawe, garabateado a trazos bastos con la desordenada letra de Ali: «Cuchillo y sangre falsa en el salón». «Maceta en la mesa justo afuera (si la mesa es demasiado antigua poner en el suelo)». «Decoraciones navideñas en la recepción de la planta baja para los cócteles». «Por favor, cuelga tantas como puedas. Sí, sé que históricamente no son apropiadas, pero ¡se supone que es un misterioso asesinato navideño, tiene que ser divertido!».

Ali conocía a Leo a la perfección. Leo ya odiaba el título del juego: «Muerte de Papá Noel». En los años treinta, los niños británicos dejaban medias para Papá Noel, pero no para ese advenedizo estadounidense que vendía Coca-Cola. Ahora, la idea de colgar espumillón barato en una habitación en la que se habían alojado al menos tres primeros ministros irritaba a Leo, le escocía tanto como si le lijasen el cráneo. Sentía una necesidad visceral y profunda de fumarse un pitillo.

Había prometido a Ali que intentaría dejar de fumar; incluso había dejado en casa el mechero y los Marlboro Lights, cosa que ahora lamentaba amargamente. Entonces se acordó.

Con un gemido de alivio, dejó la caja en una silla dorada georgiana que había ahí mismo y se dirigió al desván. La cerradura estaba echada, pero la oxidada llave maestra seguía colgada en la parte superior del marco de la puerta, como siempre. A Leo le costó ahora mucho menos alcanzarla que la última vez que lo había intentado, de pequeño. La bombilla desnuda parpadeó al principio, pero se mantuvo encendida y, por un instante, Leo se detuvo para disfrutar del olor a casa antigua.

Leo había sido criado en casas que tenían siglos de antigüedad, educado en antiguos salones y dormitorios. Cualquier mueble construido después de 1900 le parecía insustancial, como de papel. Había odiado vivir en residencias universitarias con paredes hechas de bloques de hormigón y escritorios baratos de Argos. Se sentía mal, como un pez primitivo de un lago antiguo atrapado de pronto en un acuario. El desván, lleno de basura polvorienta de siglos de antigüedad, le olía a hogar.

La luz se filtraba en la atestada habitación a través de una ventana sucia y cubierta de telarañas. Necesitó dar un par de empujones para abrirla, pero cuando lo consiguió, disfrutó de una vista sobre el parque envuelto en niebla que era tal y como recordaba. El antiguo baúl escolar todavía estaba ahí mismo, debajo de la ventana. Lo más seguro era que los miembros de la familia Fenshawe lo llevasen a la escuela en tiempos de la Gran Guerra, pero ahora solo se usaba para guardar cosas; era el lugar perfecto para que sus primos escondieran alijos de contrabando. Leo levantó la tapa del baúl, deslizó los dedos dentro y… ahí estaba. Cerró la mano sobre un paquete de Lucky Strike. Bingo.

Leo había empezado a fumar en esta misma casa a la edad de doce años, durante un largo verano que había pasado en la finca Fenshawe con los bulliciosos y engreídos de sus primos. Al principio se habían burlado de su forma de hablar anticuada, su obsesión con las novelas de asesinatos de la Edad Dorada y la ropa de *tweed* que tan adorable le parecía a su madre. Pero luego aprendieron a aprovecharse de su pequeño primo: lo mandaban a escamotear botellas de brandy, vino de la bodega o puros del estudio del conde. Como recompensa, Leo había dado comienzo a dos adicciones con las que lucharía toda su vida: la nicotina y la necesidad compulsiva de ganarse amigos e influencia.

Su padre nunca había sabido lo primero, pero aprobaba lo segundo de todo corazón.

–No importa cuánto sabes, sino a quién conoces. –Había sido uno de sus dichos favoritos. Lo repetía a menudo y con deleite, como si lo hubiera inventado él mismo–. En realidad, eso es lo que estás haciendo en la escuela y la universidad. Da igual si sabes de cálculo dentro de veinte años, pero si haces los contactos adecuados en la escuela, te beneficiarás de ello el resto de tu vida.

Desde entonces, Leo había coleccionado amigos como otros niños llenan álbumes de pegatinas, seleccionando y orientándose a individuos útiles que lo hacían más interesante como persona, y que podrían ofrecerle oportunidades en el futuro. En la universidad apenas había prestado atención a los diferentes cursos y conferencias que se daban. Lo que había hecho era volcarse en estudiar la lista de grupos sociales. El primero de su lista era el histórico Club Stagworth, una organización secreta a la que uno solo se podía unir por invitación. El Stagworth había sido un hueso bastante duro de roer, y una vez dentro, Leo no había disfrutado la experiencia. Su antigua nobleza no impresionaba a nadie, todos en el club eran de rancio abolengo. Aun así, estaba seguro de que acabaría por dar sus frutos y proporcionarle los contactos que necesitaba para abrirse camino en el mundo.

Un caso completamente distinto era la Sociedad de la Mascarada Homicida. No solo representaba la oportunidad de recrear los tropos de las novelas de misterio de las que tanto disfrutaba en su juventud, sino que también le había permitido reunir su colección más impresionante de seres humanos hasta la fecha. La hija del oligarca, la heredera griega, el hijo de un intermediario del poder de Londres y los gemelos Boniface, cuyo padre se había hecho de oro en el *boom* de los PC de los años ochenta y noventa. La familia de Shona McBride poseía una cadena de galerías internacionales y dominaba la sección de arte y cultura,

Sam estaba claramente destinado a alcanzar un estatus alto en medicina, e incluso Charley aportaba una agradable diversidad. Si alguien acusaba a Leo de vivir en una burbuja más allá de las escuelas públicas, podía señalar con orgullo a Charley, su amiga de clase trabajadora.

Leo era plenamente consciente de su privilegio, pero no se veía a sí mismo como uno de los malos. Su plan era usar el sistema para ascender hasta la cima y luego reconstruirlo desde dentro. Una especie de caballo de Troya aristocrático, por así decirlo. Pero para tener el éxito suficiente que le permitiera cambiar las reglas del juego primero había que jugar a ese mismo juego.

Como ya había hecho muchos años antes, Leo se sentó en el desmoronado alféizar de la ventana del desván, sacó las piernas por fuera y se puso a balancearlas. Había pasado muchas tardes felices allí, con sus primos, dando patadas a la antigua pared para que lloviesen trozos de musgo del techo, a ver si aterrizaban sobre los miembros del personal que pasaban por allí.

Ahora que era un hombre adulto, no era tan cómodo sentarse allí. Experimentó un vértigo y un pánico completamente nuevos al mirar hacia abajo, pero aun así se sentía bien. Se apoyó en el marco de la ventana, dio una larga y satisfecha calada al cigarrillo, que sabía ligeramente a moho, y contempló el paisaje. Césped verde y bien cuidado, un sendero bordeado por setos de boj meticulosamente recortados y, más allá, la superficie fría y tranquila del estanque. La luz invernal teñía el agua de color gris pizarra y el aire era fresco. Aún había integrantes de la Mascarada que deambulaban por el césped afuera, matando el tiempo mientras Ali y él preparaban la partida.

Karl, Dasha y Shona estaban alineando algo en el banco de piedra en el césped. Bajo aquella luz tenue, Leo no alcanzaba a ver qué era, pero al menos se alegró de que los demás hubieran logrado distraer a Shona de su empeño de cazar fantasmas. Leo era un hombre racional; no creía que la mansión estuviese embrujada. Lo que no quería era que Shona husmeara en las habitaciones de arriba y descubriera el secreto familiar.

Abajo, en el jardín, las tres figuras se alejaron del banco para acercarse al edificio, saliendo de su campo de visión. Leo se preguntó qué estarían tramando, pero entonces: bang.

El sonido de un disparo le desbocó el corazón. Uno de los objetos que habían dejado en el banco saltó por los aires y los tres integrantes de la Mascarada se deshicieron en vítores.

—¡Otra vez, otra vez! —gritó Shona.

Otro bang. Otro objeto, Leo se dio cuenta de que era una botella de la bodega, que se tambaleó y acabó cayendo. Un líquido oscuro se derramó sobre la piedra pálida.

Uf, mierda, su tío iba a cabrearse. ¿Quién había traído un arma? Al haberse criado en la campiña, Leo tenía una opinión firme sobre las armas de fuego: cada quien tenía todo el derecho de poseerlas y usarlas, pero un gran poder conllevaba una gran responsabilidad. Las armas debían ser solo para cazar y había que guardarlas bajo llave cuando no se usaban.

Además, aquellos disparos no sonaban como los de las escopetas a las que estaba acostumbrado.

Dasha lanzó una carcajada, se apartó del edificio para volver a colocar una botella y Leo vio un atisbo del arma que sostenía. Era una pistola. Pequeña, de cañón corto, diseñada para llevarla guardada como defensa personal. Que él supiera, ese tipo de arma era ilegal. Se le heló la sangre.

—Por supuesto que podéis usar la mansión —había dicho su tío Tolly—. Pero ojito con los comportamientos inapropiados. No quiero ningún escándalo.

Los Fenshawe estaban muy en contra de todo lo que pudiera erosionar su dignidad. Cualquier tipo de alboroto estaba prohibido. Y disparar un arma de fuego en la propiedad era prácticamente lo más escandaloso y ruidoso que se podía hacer.

Quizá una versión más madura y segura de Leo habría bajado y confiscado el arma de inmediato. Pero este Leo se limitó a quedarse quieto, ahí sentado, retorciéndose de frustración mientras veía cómo explotaba otra botella.

Estaba atrapado, porque un paso en falso podría dar al traste con toda la Sociedad de la Mascarada Homicida.

De todos los integrantes de la Mascarada, Leo era el único que veía lo frágil que era la Sociedad, lo cerca que estaba del punto de ruptura. Gideon llevaba al borde de un ataque de nervios la mayor parte de la tarde, Sam parecía ajeno a todo; sus estudios en el hospital se habían intensificado y había dicho varias veces que las mascaradas empezaban a parecerle triviales en comparación. Karl, evidentemente, se había ofendido, pero también había discutido con su hermana sobre algún tema desconocido y crucial. Leo tenía que admitir que, últimamente, Karl se comportaba de manera fría con él, desde que se enteró de lo del Club Stagworth. ¿Qué era lo que le había dicho? «Tú sabrás a quién eres leal». Como si ser fiel al código del Stagworth y pertenecer a la Sociedad de la Mascarada Homicida fuese incompatible.

Sí, todo había empezado a desmoronarse antes incluso de que desapareciera el collar de Dasha. Las divisiones no habían hecho sino acentuarse. Pan y Ali habían iniciado una campaña contra Charley; juraban que nunca más confiarían en ella. Shona estaba encantada de aumentar la tensión, Karl y Sam afirmaban que todos estaban armando mucho alboroto por nada. Y Dasha estaba furiosa no por la pérdida del collar, que ya había reemplazado, sino por la idea de que alguien se hubiera atrevido a robarle.

Entonces, la noche anterior, mientras yacían juntos en la cama, Ali le había dicho que Karl estaba planeando abandonar el grupo para siempre.

Todas las grietas en la Sociedad, todos los malos sentimientos, todo recaía sobre Karl. Él era quien lo había comenzado todo, y quien estaba a punto de enviarlo a freír espárragos.

Si Leo no hacía algo, el grupo podría implosionar y perdería su preciada colección de personas interesantes. Y peor aún, podría perder la joya de su corona: Dasha. Nunca encontraría otra Dasha, miembro de la alta sociedad internacional cuyo padre podía mover mercados con solo levantar su poblada ceja.

Y justo por eso, Leo no tenía la menor intención de bajar allí y regañar a Dasha como si fuera una niña. No era ningún estúpido. Leo era un ingeniero social. Algún día, esperaba, podría manejar la ingeniería social de todo el país, pero por el momento, aquel pequeño grupo de conejillos de Indias mimados le serviría. Así pues, aguardaría a que llegase su momento. Si aquella noche salía como él quería, mañana a aquella misma hora serían de nuevo un grupo unido de amigos. Alterados, y quizá un poco asustados, pero si Leo jugaba bien sus cartas, todos terminarían brindando por su absoluta genialidad y brillantez.

Porque Leo tenía un plan. Había ideado una manera de llevar la partida del misterioso asesinato de Ali a un nivel completamente nuevo. Iba a presentar un giro argumental asesino. Un giro que los dejaría a todos boquiabiertos.

Capítulo 7

La alarma suena: un pitido furioso que arranca a Charley de un sueño de risas crueles, caras burlonas y agua fría, muy fría. En el sueño, todos estaban a su alrededor, turnándose para hundirla bajo el agua, hasta que finalmente apareció Karl, con una burla cruel en su apuesto rostro, y le tapó la nariz y la boca con la mano para forzarla a hundirse aún más.

Cuando Charley despierta, no se permite pensar en el sueño, en la posibilidad de que haya sido Karl quien ha intentado ahogarla. Se dice a sí misma que no podía ser él: Karl había vuelto a la casa, estaba muy lejos, Charley le importaba, él nunca haría algo así… Y sin embargo, su yo soñador no deja de volver a esa idea, de recordarle que, aunque Karl conseguía que Charley se sintiese como la persona más importante del mundo, siempre se ponía a sí mismo en primer lugar. Tenía una vena arrogante y egoísta. Por eso pegaba tan bien con Dasha como pareja.

—Lo único que queda de nuestra pareja es el nombre —le había dicho Karl en muchas ocasiones.

Estaba esperando el momento adecuado, no quería hacerle daño a Dasha, ni enfurecer a su padre, pues era demasiado poderoso para enemistarse con él. Charley creía todo lo que decía Karl, pero aun así estaba segura de que había una parte de él que adoraba el hecho de haber conquistado a aquella heredera tan guapa como peligrosa. Una chica más rica que todos ellos, que ni pestañaba si se dejaba un collar Bulgari de cinco mil libras tirado por ahí, donde cualquiera pudiera llevárselo. A Karl le estaba costando más tiempo de lo esperado abandonar el sueño de formar junto a Dasha una poderosa pareja internacional.

«Pero es que Karl me amaba a mí», se dice Charley.

Con la vista nublada comprueba la hora en el teléfono. «Mierda». Las tres y diez. Había puesto la alarma a menos diez, lo que significa que debe de haberla pospuesto dos veces sin despertarse del todo. Ay. Pan se iba a cabrear.

Retira las capas que forman el edredón y la colcha, y el frío de la casa se le mete en los huesos. La calefacción debe de haberse apagado durante la noche. Desearía haber encontrado su maleta, en la que llevaba un cálido pijama de cuerpo entero de los Minions, aunque de todos modos no podría habérselo puesto, pues iba en contra del espíritu de la mascarada. Sin embargo, lo que hace es echarse por encima de la ropa interior una camisola digna de Ebenezer Scrooge y meter los pies en sus zapatillas anacrónicas.

Justo cuando está a punto de abrir la puerta, oye un sonido. Un suave arañazo procedente de arriba, demasiado fuerte para que sean ratones. Charley piensa que hay ratas pululando por el hueco del techo sobre su cama, y se estremece.

Se asoma al oscuro corredor. Casi no hay luz, excepto por una delgada franja debajo de la puerta de Shona, en la habitación de al lado, y un suave resplandor proveniente del piso de abajo. Todo está en silencio, extrañamente tranquilo; es como si alguien le hubiera metido algodón en los oídos mientras dormía.

La puerta de Pan se abre y Charley siente una oleada de alivio. Su primer instinto es correr hacia ella y decir: «¡Ay, gracias a Dios, tú también te has quedado dormida!», pero no es así como se juega a los asesinatos misteriosos. Pan es la víctima y Charley, la asesina. Retrocede hasta la oscuridad de su habitación, solo para darse cuenta de que la persona que sale no es Pan, a no ser que Pan se haya puesto un peto de flores.

Kamala mira con cautela por encima del hombro mientras cierra la puerta con suavidad y pasa de puntillas. Sus pies embutidos en calcetines no hacen ruido en la alfombra de pelo grueso. En el extremo opuesto del corredor hay una escalera en la que Charley no se había fijado antes. Kamala sube con cuidado, de puntillas, y se queda inmóvil cuando un peldaño cruje. Lleva algo en la mano, algún tipo de paquete de plástico. La idea de que Kamala ha robado algo pasa por la mente de Charley, pero luego se da una bofetada mental. Precisamente ella es la última persona que debería sacar conclusiones precipitadas.

Aun así, resulta extraño. La habitación de Pan está a oscuras y Kamala había cerrado la puerta en silencio y con cuidado: estaba claro que no había entrado allí a charlar con Pan.

Charley continúa por el rellano y baja por la gran escalera. Roza con los dedos la balaustrada, tan fría al tacto que los retira de nuevo. No hay forma de que Pan la esté esperando con esta temperatura.

De repente, un recuerdo aletea en su cabeza. Las últimas palabras que le dijo Pan, cuando estaba medio dormida y demasiado cansada para digerirlas. Pan había dicho dos y media, no tres. Charley suelta un gimoteo. Llega incluso más tarde de lo que pensaba.

Los eventos de la Sociedad de la Mascarada Homicida siempre seguían un horario estricto. Por supuesto, Charley no espera que Pan vaya a tumbarse en el suelo de la biblioteca, fingiendo ser un cadáver, hasta que todos se levanten al día siguiente. Lo que haría sería bajar a la mañana siguiente, a una hora preestablecida, evitando en lo posible cruzarse con los demás. A otro jugador se le habrían dado instrucciones para ir a la biblioteca a una hora concreta al día siguiente y encontrar su cadáver. Sin embargo, Charley y Pan tenían que estar juntas en el momento de la muerte, y casi todos tendrían instrucciones que se asegurarían de que estuvieran despiertos y merodeando aproximadamente a esa misma hora. De esa manera, todos serían sospechosos, nadie tendría una buena coartada.

Pero Charley lo había estropeado todo por llegar tarde.

Ahora ya da igual bajar a asesinar a Pan, pero ya que está despierta puede seguir con el juego, así que termina de bajar la escalera. En el pasillo percibe unos resoplidos extraños y constantes procedentes de la sala de estar. Se asoma y ve que allí, desplomado en una silla junto al lujoso árbol, está Leo. Suelta unos ruidosos ronquidos, con un vaso vacío todavía en la mano. Charley reprime una risita: alguien (es decir: Shona) le ha escrito a Leo SCROOGE AVARO Y PAJILLERO en la frente con rotulador.

Los restos del fuego se aferran a la vida en la chimenea, y Charley se detiene un momento al lado para calentarse con las brasas resplandecientes. De pronto se da cuenta de que es la mañana de Navidad. Debería estar con su padre; despertarse con una funda de almohada llena de calcetines extravagantes, libros de chistes navideños o de memes de gatos y sets de baño de Boots. Tomarían champán a las once, almorzarían pavo y verían el especial navideño de *Strictly Come Dancing*. En lugar de eso, su padre ha sido condenado a pasar el día muerto de aburrimiento en casa de la tía Elsa, y ella está aquí, escuchando los ronquidos alcoholizados de un Scrooge avaro y pajillero. Y ni siquiera ha podido bajar a la hora establecida para el asesinato.

Charley se gira y capta un atisbo de movimiento cerca de la puerta del salón azul. Una chispa de esperanza: tal vez no haya perdido comba después de todo.

En medio de la oscuridad del pasillo, Charley ve no una sino dos personas que se mueven. Una está vestida con lo que parece ser un largo *negligé* de seda, propio de la época en la que están jugando a este asesinato misterioso. La otra lleva ropa moderna; puede que una sudadera negra con capucha.

—¿Pan? —susurra—. ¿Eres tú?

Al oírla hablar, la figura de negro se gira y sube las escaleras a toda prisa. Charley apenas ve una cara pálida, nada más. La otra figura cruza la puerta que da al salón azul, con un revoloteo de faldas de seda blanca. No muy segura de si todo eso forma parte del juego, Charley se detiene un momento, tras lo cual se pone en marcha. Entra en la habitación, pero la encuentra vacía. El ciervo le dedica una mirada crítica mientras ella inspecciona las otras dos puertas de la habitación. Antes, Kamala había traído la comida por la puerta de la izquierda, así que debe de conducir a la cocina. La segunda, según el plano mental de Charley, conduce a la biblioteca: la escena del crimen.

Charley entra. Está incluso más oscuro aquí, lejos de la luz de la sala de estar, pero puede ver una tela pálida que ondea en el extremo más alejado de la estancia.

—¿Lady Perdiz? ¿Pan? Lo siento mucho, he llegado tarde. Me he quedado dormida. ¿Podemos hacerlo ahora?

Sus dedos buscan en la oscuridad hasta que encuentran un interruptor. La luz la deslumbra y Charley se estremece. Acto seguido enfoca la vista poco a poco.

La biblioteca no es enorme como la de la mansión Fenshawe. Hay unas pocas hileras de volúmenes antiguos, encuadernados en cuero y grabados en oro, pero están intercalados con *thrillers* y novelas románticas de lomos agrietados, libros superventas y novelas de crímenes en la campiña inglesa; el tipo de libro que la gente lee de vacaciones y no se molesta en llevarse cuando se marcha. Hay un sillón de lectura junto a la chimenea vacía y un sofá con un cobertor. Los propietarios han diseñado la biblioteca para que sea un lugar cómodo y tranquilo en el que los huéspedes puedan leer, no tanto una excusa para presumir de fabulosos gustos literarios. Sin embargo, este lugar también resulta estéril: se nota que aquí no vive nadie, y hace incluso más frío que en el resto de la casa.

Frente al sofá, sobre una mesita de café de vidrio, hay algo que no encaja del todo con el resto de la habitación: un cuchillo largo y brillante. El padre de Charley es chef; ella ha crecido rodeada de cuchillos y sabe reconocer un Sabatier genuino nada más verlo. Su padre siempre decía que eran los más afilados, los mejores, ignorando las hojas japonesas que preferían los chefs más modernos. Este, peligrosamente afilado y fuerte, parece el cuchillo para deshuesar que su padre usaría para preparar pollo. Junto al cuchillo descansan los consabidos sobres de sirope de maíz color rojo sangre que Charley y Pan usarán para empapar tanto la ropa de esta como el cuchillo. Además, Charley dejará algunas pistas truculentas: una mancha en un marco de puerta, un rastro de gotas que llevará hacia una nueva pista. Esto es todo lo que necesita para terminar con lady Perdiz, pero ¿dónde está la víctima?

−¿Pan? −llama Charley, sin respuesta.

De nuevo, atisba movimiento por el rabillo del ojo, pero no es más que el aleteo de la cortina a su izquierda, pues la puerta que cubre está abierta de par en par y corre el aire.

Charley se acerca y empieza a sentir un frío cortante. Copos de nieve gruesos y pesados caen en espiral por el aire y chocan en un chapoteo contra el vidrio. Algunos copos, perdidos, quedan atrapados en el cabello de Charley. Debe de llevar un rato nevando, lo que explica el curioso silencio que Charley notó hace un rato. La nieve se asienta, espesa, en el suelo. A Pan no se le habrá ocurrido salir vestida así, con un camisón de seda y nada más, ¿verdad?

Charley contempla la oscuridad, pero no ve nada. Fuera no hay huellas ni figuras humanas, solo las siluetas de los árboles azotados por el viento, borrosos por la oscuridad y los copos de nieve al caer. Charley cierra la puerta de golpe. El viento se detiene, para su alivio.

Un pensamiento nuevo y desagradable le brota en la cabeza: ¿se negará Ali a pagarle si el asesinato no sale como estaba planeado? Necesita poner a Pan de su parte para que responda por ella cuando Ali aparezca. Algo así como una coartada inversa: por supuesto que Charley estuvo aquí, por supuesto que me mató.

Por ahora, todo lo que puede hacer es rociar el cuchillo con un poco de sangre y salpicar la habitación tal y como indican las instrucciones, con la esperanza de que Pan baje por la mañana y asuma la posición que se espera de ella.

Mientras vuelve a su habitación, Charley llama a la puerta de Pan, pero no hay respuesta. Sigue sin atisbarse luz en el interior. Charley suspira y se gira hacia su propia puerta, muerta de ganas de irse a la cama. Entonces percibe el suave crujido de un paso en el rellano. Se le eriza la piel. Alguien la observa desde la oscuridad; está segura de ello. Se gira, despacio, y mira el pasillo vacío.

–¿Pan? –intenta de nuevo, pero sabe instintivamente que no se trata de Pan.

No hay respuesta.

Charley se despierta con los sentidos embotados; la luz a través de la ventana tiene una cualidad pesada y turbia que evidencia la nieve que hay fuera, y la que queda por caer. La parte adulta de Charley quiere quedarse bajo las mantas, leer un libro y no levantarse hasta la hora del almuerzo, pero gana la parte infantil: ¡es

Navidad! Aparta las mantas, corre hacia el alféizar de la ventana y se queda sin aliento.

Su habitación está en la parte frontal de la casa, y la vista es espectacular. Charley sabe que lo que se ve desde allí no son técnicamente montañas; según el folleto de bienvenida de Snellbronach son colinas y munros. Sin embargo, a ella se le antojan lo bastante montañosas: rocosas, con picos nevados, cortando las nubes bajas. La noche anterior, Kamala mencionó que hay un rebaño de renos cerca de allí, en Cairngorms. Charley desea con toda su alma poder verlos. Ver renos en un día de Navidad cuajado de nieve sería maravilloso.

Charley decide que, una vez que acabe el juego del misterioso asesinato, va a pasar tanto tiempo como sea posible fuera. Evitará a los demás miembros de la Mascarada y disfrutará del paisaje.

Entre las colinas y la casa no hay más que árboles, una infinitud de hoja perenne. No es la primera vez que Charley ve árboles cargados de nieve; normalmente suele haber un atisbo de verde oscuro bajo la capa nevada, pero esta vez las ramas, incluso algunos de los troncos, son de un blanco brillante. Es como si un espíritu navideño excesivamente entusiasta hubiera pintado el mundo entero con aerosol.

Mira hacia abajo y ve que la entrada de gravilla ha desaparecido por completo, cubierta bajo una espesa nevada. Hay un conjunto solitario de huellas que se dirigen hacia el bosque. A juzgar por la profundidad de las huellas, la nieve debe de llegar al menos hasta la rodilla. Se nota que quien salió de la casa tuvo que esforzarse para caminar. Lo único que queda de los setos bajos y recortados con esmero que la noche anterior rodeaban la entrada son unos montoncitos de nieve uniformemente espaciados.

Charley oye un crujido de hojarasca. Un pájaro sorprendido se aleja con un aleteo al tiempo que una figura emerge de los arbustos. Parece un trol desaliñado, con un sombrero forrado de piel, cargado con los pellejos oscuros y andrajosos de sus víctimas. La figura sostiene despreocupadamente un hacha en una mano embutida en un guante negro. Con la otra mano lleva el cadáver de un pino joven de un metro ochenta. El trol alza la vista hacia su ventana y

Charley vislumbra el rostro de Shona: labios morados, apretados en una mueca de sombría determinación, cejas fruncidas.

Shona suelta el hacha y agarra con ambas manos el tronco destrozado de árbol para arrastrarlo con dificultad a través de la nieve recién caída. Deja tras de sí un rastro de barro, hojas y nidos abandonados.

Nada le apetece menos a Charley que ayudar a Shona a decorar, pero justo cuando está a punto de regresar a la cama, esa sensación vuelve a aparecer. Una vieja y persistente emoción que creía haber superado: «Si la ayudo, podría simpatizar conmigo. Podría invitarme a su próxima exposición. Quizá podría ganarme su confianza…». Los siguientes pensamientos lo deciden: «Podría decirme qué está planeando Ali… o revelarme algún dato nuevo sobre Karl…».

Se levanta y se pone un vestido de lana color marrón ratón, que pica muchísimo. Se calza un par de robustos zapatos de tacón bajo que aguardan en el fondo del armario. Luego baja las escaleras para ofrecerse voluntaria.

Charley encuentra a Shona distraída, entre murmullos sombríos sobre espíritus y demonios, sobre el bien y el mal. Rápidamente se ofrece voluntaria para encontrar algún tipo de cubo en el que sostener el árbol y escapa a la cocina.

Kamala ya está allí, cortando pan de masa fermentada mientras escucha música *grime* a todo volumen. Charley tropieza con una escoba que alguien ha dejado por ahí. El utensilio arma un buen estrépito, y Kamala se da la vuelta.

—¡Me cago en la puta, qué susto! —luego recuerda—: Esto…, qué susto, señorita Mirlo.

—Te has levantado temprano —dice Charley, y luego le pregunta—: ¿Te fuiste a dormir tarde anoche?

Kamala le devuelve la mirada con expresión neutral.

—Tuve que quedarme despierta hasta tarde para preparar todo lo de esta mañana. Ah, bueno, y feliz Navidad, por cierto.

—Igualmente, feliz Navidad —dice Charley.

—Yo no celebro la Navidad. Por eso estoy aquí, trabajando.

—Claro —dice Charley—. Lo que no sabía era que pensabas quedarte.

—De hecho esperaba no tener que hacerlo, pero anoche nevaba demasiado para aventurarse en la carretera, y ahora la nieve está demasiado profunda; no hay manera de volver a casa. Es complicado llegar a Snellbronach. La carretera de la finca es privada y, si cae una nevada fuerte, hay que esperar a que los de la finca Strathcarn la despejen. Aquí no suele venir nadie en invierno; está a kilómetros de cualquier lugar, y en esta época del año, el sol prácticamente no toca la mayor parte del valle. Por eso hace tanto frío; las capas de escarcha se acumulan en los árboles y los vuelven blanquísimos. Es bastante bonito, pero yo no lo elegiría como destino vacacional, la verdad. ¿Té o café?

Se acerca a la máquina de café exprés y obra algún tipo de magia ruidosa con ella. Para alivio de Charley, Kamala parece menos arisca esta mañana. Charley toma asiento en una de las sillas de la cocina mientras espera.

—Escucha, lamento que algunos de los demás sean tan… e…

—¿Gilipollas redomados? —dice Kamala. Charley estaba a punto de decir «excéntricos»—. No te preocupes, estoy acostumbrada. Este sitio es un alquiler vacacional de lujo, así que he visto bastantes imbéciles privilegiados y señoronas blancas mimadas. Me hierve la sangre todo ese rollo de «Soy vegana, pero en realidad no» por la hipocresía que conlleva, aunque la verdad es que es algo muy común.

—Yo puede que haga el Veganero en esta entrada de año… —susurra Charley.

—No hace falta que digas esas cosas para que me sienta mejor. Si te gusta la carne, come carne. Yo te juzgaré cuanto me dé la gana… y te juzgo; te estás cargando el planeta. Sin embargo, te juzgaré aún más por disculparte por ser la persona que eres.

Kamala se corta, se da cuenta de que se está tomando demasiadas confianzas con una cliente, aunque sea una cliente de segunda.

—De todos modos, hay huevos para el desayuno, así que no hace falta que te hagas la vegana hoy. Aunque tengo aquafaba para hacerle tortitas a lady Perdiz. Por si acaso esta mañana se levanta con el pie herbívoro.

Ansiosa por cambiar de tema, Charley casi se alegra al acordarse de que su equipaje ha desaparecido.

–¿No habrás visto mi maleta? Es pequeña, de color rosa, con ruedas. Quizá la hayan dejado en alguna parte por error.

Kamala corta pan y se encoge de hombros.

–Tal vez alguien se equivocó y la dejó en el bus. Sé que algunos de los otros han tenido el mismo problema.

Charley trata de recordar si sacó ella misma el equipaje del bus, y se da cuenta de que entró corriendo en el edificio para calentarse, al igual que hicieron todos los demás, y luego lo olvidó por completo. Rayos. Parece que estará atascada en la década de 1920 durante el resto de la Navidad.

Regresa al pasillo y ve que Shona ha dejado el árbol y se encuentra en la misma puerta, esparciendo un rastro de polvo oscuro en el umbral, mientras murmura para sí misma.

Levanta la vista hacia Charley, con la mirada tensa.

–La sal negra es para protegerse –dice. Da un paso hacia delante, extiende una mano engarfiada y Charley se tensa por mero instinto–. Ahuyenta el mal.

–Claro –dice Charley con tono neutral, cauteloso.

Shona da otro paso hacia ella. Su cara escamosa y repintada está a centímetros de la de Charley. Le huele el aliento a café y a algo más, un aroma amargo y extraño.

–¿Profesas alguna religión, Charley? –susurra Shona–. ¿Alguna creencia? ¿Eres una feligresa fiel, o bien te atrae más el mero placer de *instagrammer* pajillera como a Pan?

Charley duda. Retrocede y choca contra la mesa Mackintosh.

–Pues soy... ¿abierta de mente?

Shona se inclina, con la mirada ávida.

–Hay más en este mundo de lo que aparenta a simple vista, señorita Mirlo. Anoche, nuestra joven cocinera nos dijo que, aparte de nosotros, este valle estaba desierto. Hoy, la mañana de Navidad, he visto una figura de blanco observándome desde los árboles. Una anciana con la cara hueca y huesuda, nariz ganchuda y un pie vendado. Justo como Frau Perchta, la bruja de Navidad, también conocida como la Resplandeciente o la Cortatripas.

Charley se retuerce, trata de rodear la mesa y alejarse de Shona, pero está atrapada contra el borde, incapaz de moverse.

—Algunos dicen que Perchta es la diosa de los intersticios, de los planos intermedios —continúa Shona. Está tan cerca que Charley puede ver cada grumo de rímel que se le acumula en las pestañas—. Lugares entre la seguridad y el peligro, entre el bien y el mal, entre la vida y la muerte, entre la Navidad y la Noche de Reyes. Antes protegía a mujeres y niños, pero luego se volvió vengativa. Con el inicio de la temporada festiva, Perchta surca los cielos con una cacería salvaje de demonios a sus espaldas, y raja con su cuchillo de trinchar los vientres de quienes se portan mal.

Charley lucha contra el instinto de estremecerse, no piensa mostrar debilidad ante Shona.

—Int-tentas asustarme, pero no te va a funcionar. No tengo doce años.

Shona frunce el ceño y se encoge de hombros con desprecio; las pieles en sus hombros tiemblan. No se aparta de la cara de Charley.

—Escucha, señorita Mirlo, en cada historia de Navidad, desde el Krampus hasta Scrooge, reside un tema dominante: recompensa para los virtuosos y castigo para los pecadores. Así que ha llegado el momento de preguntarte: ¿eres una pecadora?

Shona le sostiene la mirada durante un instante, y luego un instante más. Charley tiembla ante la cercanía y la extrañeza de la situación. Siente que el sudor empieza a empaparle el vestido de institutriz, pero instintivamente sabe que Shona quiere que se encoja, y se niega a hacerlo. Tiene que recurrir a todas sus dotes como actriz para mantener una expresión neutra y la mirada fija en Shona.

Tras lo que parece una eternidad, la boca de Shona se tuerce en una sonrisa.

—Está bien, señorita Mirlo. Pongamos este árbol.

Con manos temblorosas, Charley quita la hojarasca del árbol y se esfuerza por reprimir la incomodidad que le ha provocado el extraño comportamiento de Shona. Pero no consigue quitársela de encima mientras enderezan juntas el árbol y lo clavan dentro del cubo para el carbón lleno con una mezcla de grava del camino, pesados troncos de la chimenea. Añaden una plegaria para que se mantenga derecho.

Sin espumillón ni adornos, el árbol tiene un aspecto tan primitivo y natural como ya predijo Shona. No tiene luces decorativas, así que es como si Shona hubiera traído un pedazo de salvajismo, de oscuridad, a la casa. El olor a pino llena la habitación; de los extremos de las ramas gotean restos de nieve que empiezan a derretirse. Al lado, el árbol artificial completamente nuevo tiene un aspecto levemente ridículo.

Justo entonces, Sam aparece con una taza de café y les dice que el árbol está torcido. Audrey lo acompaña, con el brazo entrelazado al suyo. Parece aún más cansada de lo que se siente Charley, a pesar de haber sido la primera en irse a la cama.

—Las cosas se salieron de madre anoche en la cena, ¿no creéis? —dice Sam con los ojos fijos en Charley—. Lo siento. Hablaré con Pan cuando se levante. Ya va siendo hora de que dejemos atrás todas esas viejas rencillas.

—¡Así se habla!

Leo aparece, resplandeciente, con una bata de seda con estampado de cachemir. Debe de ser parte de su disfraz, pero con Leo nunca se sabe. Sostiene una taza anacrónica con el dibujo de una vaca de las Tierras Altas. En la frente le queda apenas el descolorido fantasma de la pintada: SCROOGE AVARO Y PAJILLERO.

—*Bonjour*, madame Poule —dice con un gesto del mentón hacia Shona—. Gracias por compartir tu arte conmigo. Si hubieras firmado, mi frente valdría una fortuna.

—*Tout est à propos de l'argent* —se burla Shona, con un encogimiento de hombros de aires galos. Ya no queda ni una sombra de temor en su rostro—. Contigo y con el señor Dorado, siempre se trata de dinero.

Es entonces cuando Gideon baja las escaleras, agarrado a la barandilla, con el tipo de pijama de rayas que llevaría un niño de nueve años y una sonrisa en el rostro.

—¡Qué mañana tan hermosa! ¿Estáis hablando de dinero? ¡O sea, música para mis dorados oídos!

La conversación les recuerda a todos que están aquí por un asesinato: en algún momento de la mañana se descubrirá un cadáver.

Pero queda tiempo en el horario para desayunar.

En el salón azul, los asientos están repartidos igual que la noche anterior, aunque se ha añadido un asiento extra para Audrey. La silla de Ali (o la señora Tórtola) a la cabeza de la mesa sigue vacía.

Sobre la mesa hay cinco cajas envueltas con buen gusto. Cada caja es del mismo tamaño y, aunque Charley no está segura de cómo eran los regalos de Navidad en los años veinte, la combinación de papel marrón y cinta de raso resulta bastante convincente. Los regalos no son para ellos, son para los personajes. Efectivamente, el que está en el lugar de Charley lleva una etiqueta que dice «Señorita Mirlo».

—Oh, Ali, qué genial —dice Shona, y agarra el suyo—. Esto va a ser bru-tal.

—No son regalos de verdad —le explica Sam a Audrey—. Son parte del juego. Tendrán pistas, el modo en que cada uno de los personajes reaccione a su regalo podría traicionar su propio secreto.

—Vaya, qué complicado es todo —dice Audrey con voz débil.

Charley no llega a distinguir si habla con tono de admiración o desaprobación y, por un instante, ve todos los juegos de la Sociedad de la Mascarada Homicida desde fuera, como quizá los vería su padre. Un grupo de ricos interpretando fantasías demasiado caras. Su padre había pasado la mayor parte de su carrera cocinando para ricos, y a menudo volvía a casa con todo tipo de historias sobre banquetes lujosos y entretenimientos decadentes.

—Están todos locos —decía su padre, al tiempo que negaba con la cabeza—. En cuanto se acumula demasiado dinero en el banco se pierde el contacto con la realidad.

Demasiado tarde para preocuparse por eso; ahora Charley está aquí, metida en una de esas fantasías. Bien que le gustaría interrumpir el juego de alguna manera, hasta que Pan despierte y pueda verificar si está dispuesta a fingir que el asesinato ocurrió anoche según lo programado.

—Quizá no deberíamos abrirlos hasta que llegue la señora Tórtola —dice con voz de señorita Mirlo.

—No tiene sentido esperar a la señora Tórtola —tercia Kamala—. El camino hasta la casa será intransitable hasta que quiten la nieve más abajo. Y nadie va a venir a quitarla el día de Navidad. Ni siquiera puedo llamar para decirles que estamos aquí porque nos hemos quedado sin línea fija. Otra vez. —Pone los ojos en blanco.

Charley observa a Leo en busca de señales de que esté enojado con Ali o triste por no pasar la Navidad con su esposa. Sin embargo, cuando Leo abre la boca, lo que hace es quejarse por la falta de internet.

Charley piensa en Matt, y en el sarcasmo y la rabia que le dedicaría si no apareciese en algún sitio donde él la esperase, aunque no pudiera llegar por culpa de una avalancha. Se maravilla ante la idea de lo diferente que es cada pareja.

—No hay regalos para la señora Tórtola ni para lady Perdiz —observa Leo—. Y ambas están ausentes en el desayuno. Espero que no hayan sufrido ningún percance.

Shona no puede esperar más: comienza a tirar de las cintas de su paquete. Gideon alza las manos, horrorizado.

—Madame Poule, en este país no abrimos nuestros regalos hasta después de la cena —dice—. Hacerlo antes es propio de… —Mira a Charley un instante, tan breve que a esta casi se le escapa—. Bueno, del pueblo llano.

Todos los presentes lanzan gemidos de protesta. Audrey le dedica a Gideon una mirada de desprecio.

—Bobadas, Dorado —interrumpe Sam—. Soy tan de buena cuna como tú, y en mi casa siempre abrimos nuestros regalos después del desayuno. Además, estos no son regalos de verdad; es todo parte del juego.

—Y papi no está aquí para juzgarte —añade Leo.

Gideon se sonroja. Desde el momento en que ha bajado tan ostentosamente por las escaleras, ha estado tan emocionado como un *golden retriever*, pero parte de esa energía positiva se esfuma.

–Quizá debería llevarle a lady Perdiz una bandeja con el desayuno… –dice Charley.

–¡Ya voy yo! –se ofrece Gideon con entusiasmo, pero es demasiado tarde.

Los otros miembros de la Mascarada están abriendo sus paquetes.

–Por turnos, por favor, y recordad que no podéis saliros del personaje –dice Leo, mirando a Gideon–. Lo digo por usted, señor Dorado.

–¡Espléndido! –exclama el señor Dorado, y vuelve a sentarse a la mesa–. ¡O sea, ideal!

Tira la cinta, mete la mano en la caja y saca un objeto brillante y dorado. Es un pequeño birrete antiguo, cubierto de purpurina y lentejuelas.

–Vaya, es muy elegante, aunque un poco llamativo –dice el señor Dorado. Al inclinarlo, cae del interior un rollo de papel de colores. Son billetes del Monopoly–. Ooooh… –La cara de Gideon se congela en una sonrisa fingida y cruza una mirada breve con Sam. Luego recuerda que no debe salirse del personaje–. Vaya, qué bien, un montón de dinero de mentira. O sea, lo que haré será añadirlo a la gran piscina de efectivo en la que me baño cada noche.

Al César lo que es del César; Gideon ha adoptado un perfil de personaje endeble y se ha ajustado a él. Pero ¿qué significa el regalo?

Leo echa mano de su caja y la sacude junto al oído.

–No pesa nada –dice con voz de lord Longosalto. Arranca con gesto descuidado el papel y abre la tapa. Saca un puñado de plumas–. Esto parece el envoltorio…

Vacía la caja sobre la mesa y más plumas se esparcen frente a él, formando un montón.

–Plumas blancas… –dice el doctor Cisne–. Son solo plumas blancas…, el símbolo militar de los cobardes.

Durante un breve instante, Leo se pone pálido; tensa y destensa la mandíbula, como si hiciese un esfuerzo por reaccionar. «No está actuando –piensa Charley–. No es tan buen actor». Entonces, Leo parece recordar dónde está y quién finge ser:

–¡Esto es indignante! –dice Longosalto–. ¡Mi historial de guerra es impecable! ¡Serví a mi rey y a mi país!

Casi resulta convincente, pero en su manera de actuar hay un toque de hiperactividad. Esas plumas significan algo más, algo que va más allá del juego, algún mensaje privado entre marido y mujer. Y desde luego no tiene nada de romántico.

–Me pica la curiosidad por ver cuál será el regalo de la pobre y humilde señorita Mirlo –dice el señor Dorado–. Ella, por supuesto, tiene mayores apuros económicos que el resto de nosotros.

Charley sabe lo que es antes incluso de abrir el paquete, antes de levantarlo y escuchar el pesado tintineo del interior. Con determinación desenvuelve el paquete y saca una gruesa cadena de oro.

No se parece en nada al collar de Dasha: es gordo y alargado, y tiene unas ridículas joyas multicolores de gran tamaño. El collar de Dasha era de buen gusto, delicado, con un colgante de diamantes y malaquita de color verde. Era bonito, y Charley una vez cometió el error de decirlo, cosa que luego se usó como prueba en su contra.

–¡Vaya, vaya! –dice el señor Dorado–. Lady Perdiz dice que es hora de perdonar y olvidar, pero ¡puede que la señora Tórtola tenga otra idea en mente!

–Señor, no sé a qué se refiere –dice la señorita Mirlo–. Solo soy una institutriz, no necesito joyas…

–¡Ja! –Longosalto hace un aplauso lento–. Vamos, señorita Mirlo, ninguna chica joven es tan humilde. Póngase el collar. Disfrútelo.

En la carpeta de Charley dice que la señorita Mirlo desprecia a Longosalto todavía más que al resto, pero todo lo que tiene que hacer es mostrarse sumisa, hasta que pueda escapar de Snellbronach con su botín robado. Se coloca el collar.

En ese momento todos se dan cuenta de que Shona no ha dicho nada desde hace rato, aunque fue la primera en abrir la cinta de su caja. Está sentada en su sitio, con la mirada baja, fija en el regalo. Charley nota que la parte inferior de la caja está húmeda, empapada de algún tipo de líquido.

–¿Qué le han regalado, madame Poule? –pregunta el doctor Cisne.

–Tripas. –Shona habla con su propia voz, sin acento francés–. Me han regalado tripas.

Mete la mano en la caja y saca un puñado de entrañas resbaladizas y viscosas que se deslizan enroscadas entre sus dedos. Son pequeñas, podrían ser de pollo, o de cualquier otra ave que Kamala vaya a cocinar para ellos en la cena. Shona nunca ha sido aprensiva, hace esculturas e instalaciones con huesos de animales que encuentra por ahí y subproductos de la industria cárnica. Por eso no le supone problema alguno tocar entrañas. Sin embargo, su rostro sigue siendo una máscara de puro horror al contemplar la sangre que se le acumula en la mano. Charley recuerda lo que Shona le dijo sobre Frau Perchta, la Cortatripas, y se echa a temblar.

Al otro lado de la mesa, Audrey emite un gemido de repulsión y se tapa la boca con la mano. Sam le pasa el brazo sobre los hombros con firmeza. Gideon parece horrorizado; las aristocráticas fosas nasales de Leo están dilatadas en una mueca de disgusto.

Shona deja caer las húmedas entrañas en la caja y se limpia las manos con una servilleta de lino de Snellbronach. El ambiente en la mesa del desayuno ha cambiado. La caja del doctor Cisne sigue cerrada frente a Sam.

–Supongo que me toca –dice él.

–No –dice Audrey–. Esto ya no es divertido.

–No puede ser peor que…

Señala con un gesto del mentón hacia el horror de regalo que ha recibido Shona, para a continuación desatar el lazo del suyo con movimientos precisos. Se inclina un poco y mira dentro. Una expresión de confusión cruza su rostro, seguida de asombro.

–Lo siento, Audrey –dice–. Es un pájaro. Un pájaro muerto.

Lo levanta con delicadeza, casi con ternura; a Charley le pasa por la cabeza un pensamiento: puede que Sam sea un médico muy cuidadoso y considerado. Es un pájaro negro, con un pico amarillo brillante. Las patitas están inmóviles en el aire y sus ojos, como cuentas brillantes, siguen abiertos. Pero hay en la criatura algo antinatural, algo que no encaja al ver a un pájaro cantor tan inmóvil.

—Q-qué horrible —dice Charley, con náuseas en el estómago.

Sabe que Ali puede ser dura y un poco despiadada, pero ¿cómo ha sido capaz de matar a un pobre pajarito solo por un juego?

—Es peor que horrible —dice Shona, mirando al pobre pájaro emplumado. Su rostro, como una máscara, es una imagen de la estupefacción misma—. Es un pájaro cantor. El cadáver de un pájaro. ¿No lo entendéis?

Caras de incomprensión alrededor de la mesa.

—¿Es que no sabéis nada de folclore? —Por una vez, Shona habla con tono neutro, carente de burla—. En el villancico de *Los doce días de Navidad*, el verso «cuatro pájaros piando» es relativamente nuevo. Antes, la gente decía «cuatro mirlos cantando». De ahí que Charley sea la señorita Mirlo, no la señorita Pájaro. Lo que el doctor Cisne tiene en las manos, lo que le han dado empaquetado con un lazo como regalo de navidad, es un mirlo muerto.

Capítulo 8

Charley se refugia en la sala de estar, en un sillón a la sombra oscura del árbol de Navidad de Shona, y se acurruca con las rodillas apretadas contra el pecho.

La puerta del pasillo sigue abierta, y Charley escucha a Sam, que le pregunta a Kamala de dónde han salido esos paquetes.

—Estaban en la despensa cuando llegué. —La voz de Kamala es ligera y suena confusa, como si no entendiera a qué viene tanta preocupación. Está claro que no tiene ni idea de lo que había dentro de los paquetes.

—La señora Tórtola me dijo que habría regalos, y que debía colocarlos en la mesa del desayuno la mañana de Navidad. Me pareció un detalle muy bonito.

—Pero ¿de dónde han salido? Algunos paquetes contenían cosas que… que necesitan refrigeración.

—Pues no lo sé. Hace bastante frío en esta época del año, sobre todo en sitios como la despensa y los establos.

Charley intenta desconectar, centrarse en el significado del regalo de Sam. ¿Tiene que ver con el juego? ¿Intentaba Ali insinuar que la señorita Mirlo, la asesina, sería también asesinada algo después? En la carpeta no ponía nada al respecto. Sin embargo, la otra explicación era mucho peor: el regalo iba dirigido a Sam, al Sam de verdad, no al doctor Cisne, el personaje. Ali trataba de acusarlo de algo.

¿Había sido Sam quien le había hundido a Charley la cabeza en el agua?

Charley tiembla. Sam y ella nunca han tenido una relación estrecha pero tampoco han tenido roces. De todos los integrantes de la Mascarada que estuvieron aquella noche en la mansión Fenshawe,

Sam era el único que no pensaba que Charley hubiera robado el collar. Aparte de Karl.

Quizá todos los regalos de los miembros de la Mascarada tenían algún tipo de significado más allá del juego. El birrete de Gideon lo tenía, desde luego; y Leo había sido incapaz de disimular su reacción ante las plumas.

Justo entonces entra Leo, con un plato de huevos escalfados y salmón ahumado. Nadie quiere sentarse a comer a la mesa del desayuno. Leo se acomoda en el gran sofá de terciopelo y enciende el televisor. Toquetea el mando a distancia y comprueba que solo hay dos canales, pero suspira aliviado, porque uno de ellos es la BBC One. La conocida sintonía de BBC News llena la habitación, seguida de un videoclip de personas cantando villancicos a la puerta de Downing Street. La lista habitual de titulares navideños de puro relleno corre por la franja de la parte inferior de la pantalla:

SMEDLEY SE DISCULPA POR SU METEDURA DE PATA EN TEMAS DE DIVERSIDAD

MANIFESTANTES EN CONTRA DE LA CAZA INTENSIFICARÁN SU CAMPAÑA EL SEGUNDO DÍA DE LAS FIESTAS

EL DISCURSO DEL REY SE CENTRA EN LA AMABILIDAD

ODASTRA: EL CEO ESTABA AL TANTO DE LOS PROBLEMAS DE LA COMPAÑÍA

Charley siente el familiar aleteo de la culpa al escuchar esa última noticia, pero lo reprime: al igual que el CEO de Odastra, ella no puede cambiar lo que sucedió; no había modo de saberlo. Mira a Leo por el rabillo del ojo, pero él la ignora; con una mano se lleva comida a la boca y con la otra garabatea unas notas. En el mundo de Leo, todos los matices de estas noticias resultan fascinantes. Tal vez esa mujer a la que se refirió Pan, la señora Gupta, estaba relacionada con alguna noticia de Leo. Charley mira con curiosidad por encima de su hombro, pero Leo escribe con una letra horrible.

La pantalla del televisor se congela, pixelada, y la imagen desaparece. Leo suelta una maldición. Toca reanudar la mascarada. Charley cambia de postura en su silla y adopta unos ademanes más propios de la señorita Mirlo.

—Lord Longosalto, ¿puedo ayudarle en algo?

Él deja el cuaderno a un lado y se gira hacia ella, metido en el personaje.

—Ese collar le queda muy bien, señorita.

Uf. ¿Esto es parte de la historia? ¿Se supone que Longosalto está flirteando con ella? Quizá solo sea un torpe intento de sonsacarle información.

—Gracias. Espero poseer algo de valor genuino algún día. —Y luego, al recordar el secreto de su personaje, agrega maliciosamente—: Bien sabe Dios que es ciervo…, digo, cierto.

Justo entonces, Charley se percata de que hay otra cabeza de ciervo colgada en la pared sobre la chimenea, similar a la del salón azul. Alrededor de la cabeza se aprecia un tenue contorno en la pared que indica que en ese mismo lugar colgaba un cuadro, o tal vez un espejo. ¿Será este ciervo otro de los objetos de atrezo de Ali?

Charley se obliga a centrarse de nuevo en Longosalto.

—Su regalo parecía un poco… inusual, para un político. Sé que su historial de guerra es impecable. ¿Puede que la señora Tórtola le haya enviado las plumas por otra razón? ¿Quizá algo más real?

Él la mira y durante un momento angustioso se diría que va a echarse a llorar. Empieza a perder el control de su expresión facial, que parece a punto de desmoronarse…, hasta que recuerda con quién está hablando y logra mantener la compostura.

—No te olvides de tu lugar, Charley…, quiero decir, no se olvide, señorita Mirlo. Puede marcharse; no tengo mucho tiempo para acabarme el desayuno. Tengo una cita en la biblioteca a las once en punto.

Charley se levanta de un salto. Así que es él quien tiene que encontrar el cadáver de lady Perdiz. Necesita hablar con Pan de inmediato.

Antes de irse, se quita el ridículo collar y lo deja en la mesita junto a él.

En el rellano de arriba, Charley da unos golpecitos a la puerta de Pan, sin respuesta. Golpea más fuerte. Ya debería estar despierta, ¿no?

—Pan, por favor. Son las once menos diez, y en la carpeta de Leo pone que tienes que estar en la biblioteca a las once en punto. Aún tenemos tiempo para prepararlo todo. Por favor. Ali me paga para jugar, y necesito el dinero. Además, ¿qué pasa con el acuerdo de patrocinio que te prometió?

Vuelve a llamar, un poco más fuerte, pero sigue sin haber respuesta.

Entonces recuerda que Pan hizo en una ocasión una serie completa de *reels* de Instagram sobre unos tapones para dormir que, según afirmaba, le habían cambiado la vida. Abre la puerta un poco.

En el interior, la cama está revuelta pero vacía. Por el suelo se reparten extraños montones de enseres dispuestos al tuntún. Disfraces con lentejuelas y libros de bolsillo antiguos de la biblioteca, un jersey de cachemira colocado junto a una crema para la piel y algún tipo de suero. Pan ha estado haciendo composiciones para sus fotografías de Instagram. «Puede considerarse dichosa, al menos no ha perdido la maleta», piensa Charley con fastidio.

Entre tanto desorden, ve que la puerta del baño de Pan está abierta. Charley da otro par de golpecitos y se asoma dentro con timidez.

Está vacío.

Está empezando a sentir pánico. Se reprocha haber perdido el tiempo abriendo esos desagradables regalos y hablando con Leo. ¿Dónde estaba Pan? ¿Se estaba escondiendo a propósito para buscarle un problema a Charley? ¿O quizá había pasado la noche en otro lugar?

«Tal vez…».

Regresa a toda prisa a su habitación, saca el plano del piso de la carpeta y localiza el dormitorio de Gideon.

Esta vez no se molesta en llamar, sino que entra de golpe. Gideon está sin camisa, abotonándose un par de anticuados pantalones de *tweed*. Suelta un agudo chillido de sorpresa indignada y estridente. Sin embargo, Charley lo ignora. Pasa de largo y entra en el baño de la habitación. También está vacío, solo hay utensilios de afeitar, unos pañuelos arrugados y… el envoltorio vacío de un condón.

Ah, así que aquí es donde ha pasado la noche Pan.

Gideon la ha seguido al baño. Cruza los brazos sobre el pecho casi lampiño, refunfuñando.

—Estoy buscando a Pan —dice Charley—. ¿Sigue aquí?

Gideon murmura unas palabras inconexas: «No sé a qué te refieres… Yo estoy comprometido… Muy feliz…». Pero luego se da por vencido:

—No la he visto desde anoche. Dijo que iba a encontrarse contigo.

—Esto… no nos llegamos a ver.

Charley no tiene fuerzas para regañar a Gideon y Pan por haber compartido información entre ellos, porque es hacer trampas en el juego. Seguro que todos han hecho trampa desde el principio y que ella es la única que juega siguiendo las reglas.

Al salir del cuarto de Gideon, oye un sonido procedente del pasillo. El reloj antiguo junto a la puerta está dando las once. Charley hunde los hombros. Ha fallado. Adiós al dinero que le había prometido Ali, adiós a un nuevo comienzo y un nuevo piso. Y también adiós a la aprobación, la exoneración, a que la acojan de nuevo en el grupo. «¡La tontorrona de Charley no es capaz de interpretar ni un papelito pequeño sin joderlo todo!».

Oye los pasos de Leo, que cruza el pasillo embaldosado como si le perteneciera, y el sonido de la puerta del salón azul al abrirse. Se queda inmóvil en lo alto de las escaleras, con una mano en la barandilla curvada, para escuchar cómo se desencadena su fracaso.

El sonido de la puerta de la biblioteca. Y silencio.

Y silencio.

Y silencio.

Y luego, un grito de pánico.

—¡Mierda! ¡Hostia, mierda, mierda, MIERDA! ¡BAJAD AQUÍ, TODOS! ¡QUE ALGUIEN LLAME A EMERGENCIAS…!

La voz de Leo es un gemido. Suena preñada de un horror tan realista que, durante un instante, Charley olvida que es parte del juego.

Pero luego el alivio recorre su cuerpo mientras baja corriendo las escaleras.

«Ay, Pan, ¡qué maravilla! Siento haber dudado de ti. Gracias, gracias, gracias…».

Los demás también van llegando, con emoción y anticipación en el semblante. Se acabaron las tonterías, basta de dejar pistas por aquí y por allá: empieza el juego de verdad.

Capítulo 9

Pan

Hace doce Navidades, 17:00 h

—Vaya, este baño es enorme —suspiró Charley.

Ali reprimió una risa, Pan puso los ojos en blanco con gesto exagerado.

—Charley, bonita, qué básica eres.

Era la nueva palabra favorita de Pan, la usaba mucho siempre que estaba cerca de Charley.

Aunque Charley tenía razón: aquel baño era grande incluso para lo que podía esperarse de una heredera griega. Pero, como suele ser el caso en la mayoría de las casas de campo británicas, grande no siempre equivale a lujoso. Había espacio para una ducha, un bidé e incluso una enorme bañera con patas. Sin embargo, lo único que había era un espacio de azulejos sobrios con un inodoro que goteaba, un lavabo manchado de óxido, una antigua mesita de tocador medio coja y una bañera de hierro fundido que había sido instalada junto a la ventana, que no estaba helada pero dejaba pasar la corriente de aire. Era probable que todos aquellos accesorios dataran de la época eduardiana.

—Dará el pego —dijo Ali.

Hizo espacio en el tocador y comenzó a colocar sus productos de maquillaje. Pan vio el poco espacio que había disponible y se unió a ella para delimitar su territorio.

Aquel misterioso asesinato navideño estaba ambientado en la década de los años treinta, lo que le daba a Pan y a Ali la oportunidad de experimentar con peinados de estrellas de cine clásicas y audaces lápices de labios de tonos frutales. Asimismo, Shona la podía aprovechar para ponerse una capa de noche de piel de conejo por la que había pagado una pequeña fortuna en el mercado de Camden.

Dasha, que había decidido no participar en la mascarada y solo había venido porque no tenía nada más que hacer, se había acomodado en la bañera vacía y fumaba por un hueco en la ventana. Sus largas piernas, embutidas en unos vaqueros ajustados de mil dólares, colgaban del borde. Pan sintió una punzadita de envidia. Todo lo que hacía Dasha era genial y audaz. Uno de los mayores miedos de Pan, el tipo de miedo que la asaltaba a las tres de la madrugada, era que Dasha comenzara a crear contenido en Instagram y consiguiera más seguidores que ella de la noche a la mañana.

Durante el día, Pan podía dejar de lado aquellas preocupaciones y afirmar que seguía teniendo el control, pero era más difícil mentirse a sí misma a las tantas de la mañana, sola en la oscuridad. Necesitaba echarse un trago para dormir. No es que no pudiera dormir sin bebida, pero prefería no intentarlo siquiera. Luego, a las tres de la mañana, el alcohol abandonaba su cuerpo y se despertaba en medio del espectáculo del terror que tenía lugar detrás de sus párpados. La aterraba cometer algún error, ponerse la ropa equivocada. La aterraba que sus padres consiguieran su nuevo número, o que alguien (Ali, Shona o, peor aún, Gideon) se percatara de todo lo que iba mal en su vida, que abriera los ojos y la viera. A la verdadera Pan. Recientemente, se había añadido un nuevo terror a la lista: todo lo que giraba en torno a Karl y a Charley. Y lo que ambos sabían.

Pan llevaba suficiente tiempo guardando secretos como para saber que incluso el más pequeño desliz podría causarle problemas, y el desliz que había cometido no había sido precisamente pequeño. Ali y ella habían organizado una reunión para planificar la mascarada en su apartamento. Había corrido el vino, había puesto la música alta y, durante unos instantes, Pan se había permitido relajarse, incluso hasta el punto de coquetear con Gideon. Él se sonrojaba con facilidad y a ella le encantaba conseguir que se sonrojase.

Habían tenido una conversación demencial. Habían discutido

si sería posible cometer un asesinato en la vida real sin ser descubiertos, teniendo en cuenta la tecnología forense moderna y todas las inconvenientes cámaras de seguridad que había por todas partes. ¿Sería capaz alguno de ellos de cometerlo? La mayoría había dicho que sí lo serían, al menos si se encontrasen en una situación desesperada.

—Pan no podría; es un pedacito de pan —había dicho Gideon, a lo que ella respondió de inmediato con brusquedad:

—¡Por supuesto que podría! Deja de idealizarme, Gids.

—Esta te mataría en un instante, colega —había añadido Karl.

—Ah, ¿sí? Pues mejor ni hablemos de lo que sería capaz de hacer tu novia —había respondido Gideon.

Luego se dio cuenta de que había reconocido sin querer que Pan era su novia y se puso rojo como un tomate.

Justo entonces se oyó el timbre de la puerta. Pan estaba tan convencida de que era el repartidor de *pizzas* que ni siquiera se molestó en mirar por la mirilla. Error de principiante.

Abrió la puerta y se lo encontró de cara. Estaba allí plantado, con aquella sonrisa encantadora y chispeante fija en ella.

—Hola, cariño, ¿me has echado de menos?

Su voz, demasiado alta, con demasiado acento anticuado del norte de Londres, resonó por el pasillo. Pan se quedó petrificada, con la mandíbula floja y el corazón al galope.

Desde el interior se oyó la voz de Ali, que preguntó:

—¿Quién es?

Leo respondió:

—Por el acento yo diría que es alguien del elenco de *EastEnders*.

«Haz algo, idiota», se dijo Pan a sí misma, pero se quedó allí, inmóvil e impotente ante él durante unos segundos…, hasta que, por fin, se limitó a cerrarle la puerta en la cara.

Giró sobre sus talones y se topó con Karl y Charley, que estaban justo detrás de ella, mirando.

El corazón de Pan latía desbocado. Miró por el rabillo del ojo hacia la puerta cerrada y elevó una plegaria a cualquier dios que pudiera escucharla: «Por favor, que no vuelva a llamar. Que capte el mensaje. Que se vaya».

—Un tío que se ha equivocado de puerta —dijo con un encogimiento de hombros.

Sin embargo, hasta ella misma se dio cuenta de que su sonrisa era demasiado brillante, su tono demasiado casual. Había metido la pata al contar aquella mentira: si realmente hubiera sido un desconocido habría sido más amable, más educada. Debería haber dicho que era un testigo de Jehová. O algún vendedor a domicilio de cristales dobles para las ventanas. Ya era demasiado tarde para hacer algo al respecto. Tendría que agregar el incidente a la hoja de cálculo mental que mantenía abierta en su cerebro con todas las mentiras que había contado.

Se preguntó si él todavía estaría allí fuera, si estaría escuchando. No tenía forma de saberlo. En cualquier caso, no volvió a llamar.

Karl la miraba, con una ceja levantada, pero Pan se dijo a sí misma que pronto lo olvidaría.

Karl no lo olvidó. Lo que sucedió fue que empezaron las preguntas. No eran preguntas intrusivas, solo el tipo de pregunta casual que los amigos se hacen todo el tiempo: preguntas sobre conocidos mutuos, el centro de esquí al que ambos habían ido al mismo tiempo antes de conocerse, la tensa obsesión por la seguridad que compartían sus familias. Todo inofensivo…, aunque en ocasiones Karl le preguntaba lo mismo más de una vez. Solo había una razón para que se comportara así.

Desde hacía tiempo, Pan había notado que Charley también la miraba con sospecha. ¿Podrían estar tramando algo Karl y ella juntos?

La tensión de Pan empezaba a ser insoportable; cada vez se volvía más y más liosa, la hoja de cálculo mental era cada vez más intrincada. Para cuando llegó la Navidad, ese miedo de las tres de la mañana ya no se ceñía al horario asignado, sino que la visitaba cada hora, todas las noches.

Pan se inclinó hacia delante y aplicó con delicadeza un audaz tono de lápiz labial llamado *Santa Baby*. Apretó los labios con satisfacción.

A veces, incluso ella misma se asombraba de lo tranquila y segura que parecía por fuera.

«Vamos –se dijo con firmeza–. Eres Pandora Papadopoulos, literalmente una diosa griega, heredera millonaria de Hellenicor. Podrías comprar esta vieja mansión sin pensarlo, así que hazte valer».

–Te queda bien, tía –dijo Shona–. ¿Me recuerdas quién eres?

–La señorita Cartwright, arqueóloga emprendedora –dijo Pan, al tiempo que se ponía un par de gafas de media luna y se las bajaba por la nariz. «Eso está mejor»–. ¿Y tú eres la duquesa?

–Me encanta ser duquesa, puedo ser prepotente con todos. –Shona sonrió, feliz–. Ali es la elegante señorita Trimble y Charley vuelve a ser, como siempre, la zorra.

Ah, hora de despellejar a Charley. Pan suspiró aliviada. Este era un terreno seguro para ella, o al menos mayormente seguro. Sus ojos se desviaron hacia donde estaba su presa. En el tocador no había espacio para los productos de maquillaje de Charley, así que esta se había visto obligada a equilibrar sus cosas en el borde del lavabo. Se estaba aplicando rímel de pestañas con el diminuto espejo que llevaba en su triste y pequeño neceser de maquillaje Nº 7 de Boots.

Charley fingía que no las escuchaba, pero se había quedado de piedra. El cepillo del rímel le temblaba en la mano. Pan no se permitió sentir ni un ápice de compasión; y lanzó su propia pulla:

–Me sorprende que hayas escrito un papel para Charley, Ali –dijo–. Con todo lo que está pasando.

–Karl me obligó. Es inocente hasta que se demuestre lo contrario.

Dasha emitió un sonido burlón, pero no apartó la vista de su teléfono.

–Seguro que ha estado estudiando el lugar desde que llegó –susurró Pan.

Ali se rio, y Shona asintió sin más, lo que le dio a Pan un destello de confianza que la impulsó a continuar.

–Este lugar debe de estar lleno de cosas de valor que se pueden robar. Ali, deberías decirle a Leo que vigile todo lo que no esté atornillado al suelo.

Pan siempre había desconfiado de Charley, incluso al principio, cuando el resto de la Sociedad la había acogido. Todos la habían invitado a unirse y se habían interesado sobre cómo era vivir con un préstamo estudiantil. Sin embargo, no tardaron en compartir la opinión de Pan, después del escándalo que armó Dasha por la desaparición del collar.

Tenía todo el sentido sospechar de Charley. Después de todo, era la única integrante de los enmascarados que necesitaba dinero a todas luces. A Pan le convenía mantener la presión sobre ella. Sin embargo, Charley debería haberse derrumbado hacía tiempo: ni siquiera debería estar allí, en aquella mascarada. No debería ser tan fuerte.

Pum. Se oyó el sonido del neceser de maquillaje de Charley al caer del lavabo al suelo. Rodaron tubos de maquillaje barato, el colorete se hizo pedazos al chocar con la desgastada alfombra. Charley se arrodilló y empezó a recogerlo todo. Luego intentó ponerse de pie, con los productos de maquillaje y el disfraz apretados contra el pecho.

—Tal vez deberías buscarte otro baño —dijo Pan, y a continuación se acercó a la puerta y la abrió.

—Mejor, sí. —Charley intentaba sonar valiente y segura, pero le temblaba tanto la voz como el labio.

«Esto marcha bien —pensó Pan—. Por fin le está afectando». Charley la miró al cruzar la puerta. Un destello en sus oscuros ojos marrones, fijos en los de Pan, que de repente se dio cuenta de que las lágrimas que asomaban provenían de la ira, no de la vergüenza. Charley todavía no se había roto.

—Deberías pensar bien con quién te metes, Pan —le dijo Charley. Acto seguido se inclinó para acercarse y, con voz suave y baja, para que nadie más pudiera oírla, añadió—: Karl me ha contado todas tus mentiras.

Charley se alejó por el pasillo, y ahora era Pan la que temblaba. ¿Era un farol? ¿Qué sabía realmente?

Se giró de nuevo hacia el interior del baño, asegurándose de poner una sonrisa satisfecha en el rostro.

Las demás seguían hablando de Charley; imitaban sus maneras y reían a carcajadas al recordar aquella vez que pensó que Glyndebourne era un tipo de *whisky*.

—Buf, qué aburrimiento —dijo Dasha. Dejó su teléfono con un suspiro y se estiró en la bañera—. Charley por aquí, Charley por allá. Pronto descubriremos si esta *cyka blyat* fue quien me robó el collar. Tengo mis métodos. Recibirá su merecido.

—No me extraña que te lleves bien con Karl —dijo Shona con ironía—. Le encanta descubrir los secretos de la gente.

—Bueno, yo no lo hago por chismorrear ni por chantajear a nadie —replicó Dasha—. Solo por castigo. Hay dos maneras de castigar a tus enemigos. La más fácil y limpia es actuar deprisa y administrar justicia, bang. La segunda es esperar a que tu enemigo piense que está seguro, que ha ganado, y luego jugar con él, aumentar la presión, provocarle pesadillas.

—Deberías escribir un libro de autoayuda para jefes de departamento —dijo Ali mientras se aplicaba delineador.

—Bueno, olvidaos ya de Charley y vamos a comenzar la fiesta. Pandora, tengo vodka del bueno en mi mochila.

La magnitud y audacia de la personalidad de Dasha sorprendía a menudo a Pan. Para ella, que tenía experiencia en esos estatus sociales, la hija de un oligarca, armada, malhablada y amante del vodka casi resultaba demasiado grandiosa para ser genuina. Tal vez Dasha ocultaba un lado secreto y sensible, una afición por las novelas románticas o por cuidar bonsáis, pero Pan lo dudaba. Dasha no tenía motivo alguno para ocultar nada. Criada entre privilegios, sin un ápice de autoconciencia que la frenara, era producto de su entorno natural. Quizá los demás veían a Pan del mismo modo. Eso esperaba.

Rebuscó en la mochila y sacó una botella de Stoli, junto con un sofisticado juego de vasos de chupito en un estuche de cuero, pulcramente guardado junto a la pistola. Ali sacó un iPod y un altavoz y puso una lista de reproducción navideña, para meterse en ambiente festivo.

—Estos villancicos no tienen sentido —dijo Dasha—. ¿Quién quiere cuatro pájaros piando en Navidad? ¿Por qué saltan los lores?

—Bueno, se trata de la muerte —dijo Shona, y Pan se esforzó por no soltar un suspiro y poner cara de hastío—. Hay un cuento sobre un rey de antaño cuya hija estaba gravemente enferma. El rey visitó a la Muerte en su palacio y le rogó que permitiese que la princesa sobreviviera al invierno. Le ofreció una perdiz gorda recién cazada. La Muerte aceptó el regalo, el rey colgó la perdiz en un peral y la princesa sobrevivió otra noche. Pero entonces la Muerte dijo que no era suficiente, así que al día siguiente el rey le ofreció un par de tórtolas, luego tres gallinas francesas y luego cuatro pájaros cantores. Aun así, la Muerte vino y dijo que no era suficiente. El rey lo intentó con oro, pero el alma de la princesa valía mucho más que eso.

»Por último, el rey recurrió a un sacrificio humano. –Shona sonreía con deleite–. Las sirvientas que ordeñaban fueron las primeras en caer. A continuación, las damas que bailaban. Diez de sus señores más poderosos se quejaron por tantos asesinatos, así que el rey también los sacrificó.

»Finalmente, el rey ordenó la muerte de doce tamborileros, pero cuando el verdugo levantó el hacha, la Muerte apareció en el cadalso. Dijo que en su palacio ya había demasiado ruido, con las criadas parlanchinas y las damas bailarinas y los gaiteros tocando las gaitas, y que no tenía necesidad de tamborileros. Preferiría llevarse a una princesa tranquila en su lugar. Los tamborileros, liberados, se volvieron contra el rey y lo despedazaron. Así, padre e hija entraron en la casa de la Muerte juntos, cogidos de la mano.

Shona descorrió una amplia sonrisa de dientes manchados con lápiz labial rojo. Parecía una vampira.

Pan frunció el ceño, no muy segura de cómo reaccionar. ¿Era aquella historia algún rollo cultural que ya debería conocer? ¿Pensarían que era una estúpida si confesaba que nunca había oído hablar de ella?

Sin embargo, Ali parecía igual de confundida.

Dasha soltó una carcajada.

—Menuda chorrada. Te lo acabas de inventar.

Shona rio entre dientes.

—Pero os habéis asustado, ¿a que sí? Algún día podría hacer una escultura basándome en esa historia, intentar introducirla en el

117

folclore británico. En realidad, así comienzan todos los cuentos de hadas: una historia de pura maldad que suena auténtica aunque no lo sea.

–Dime, Shona, ¿cómo van las cosas en tu planeta natal? –Ali rio–. Venga, pásame esa botella, Dasha. Vamos a preparar el asesinato.

PARTE 2

DESCUBRIMIENTO

Capítulo 10

Charley entra en la biblioteca con los demás, esperando ver a Pan tendida teatralmente en el suelo, cubierta con copiosas cantidades de sirope de maíz rojo. Sin embargo, la habitación está tan ordenada y carente de víctimas como la noche anterior.

Han apartado la cortina y la tenue luz matutina entra junto con el aire helado. La puerta lateral está abierta de nuevo, y hay huellas en el exterior, en la nieve.

Charley cruza una mirada con Sam. Ambos se encogen de hombros y salen por la puerta, seguidos de cerca por Shona y Audrey. El frío azota a Charley en cuanto sale, penetra en sus músculos mientras camina. En verano, este lugar debe de ser un refugio encantador, escondido en la parte trasera de la casa, protegido del viento por altos setos de aligustre. Pero ahora el jardín está frío y muerto. La nieve hasta las rodillas le envuelve las piernas y le empapa las medias. El agua helada comienza a acumularse alrededor de los dedos de sus pies. Charley levanta la vista. Leo está a unos metros de ellos, mirando un árbol.

No, mirando algo que cuelga del árbol.

Al principio, a Charley le parece que es un muñeco de nieve, ladeado junto al tronco. Al menos tiene forma vagamente humana y está cubierto de blanco. Pero hay algo que no encaja, algo repulsivo. La mirada de Charley se detiene en un detalle. Una mano pálida. No es la típica rama bifurcada de muñeco de nieve, sino una mano de verdad. Lleva docenas de anillos amontonados en los dedos.

Y, con una claridad enfermiza, todo cobra sentido.

—¿Qué es esto, algún tipo de… broma? —A Audrey le tiembla la voz—. ¿Es parte del juego?

121

Charley ve el rostro de Pan, parcialmente cubierto por la nieve recién caída, desprovisto de color, de vida, los ojos cerrados. Y luego ve una soga entre los mechones congelados de su cabello, una cuerda que sube hacia una rama gruesa del árbol. Entre la nieve aún se atisba el elegante vestido azul pavo real que llevaba Pan la noche anterior.

—Oh, Pan —dice Shona en voz baja.

El asombro ha derrumbado toda su bravuconería, su cortante exterior.

Se oye un ruido detrás de ellos, una especie de jadeo estrangulado, un sonido animal que solo es capaz de emitir un ser humano cuando no hay palabras para su dolor. Gideon está ahí mismo, vestido a toda prisa con ropa de *tweed* y una gorra de cazador, el semblante gris. Es un hombre que nunca ha perdido nada que le importe, que recorre la vida sobre suaves y brillantes rieles, amortiguado por el dinero y poder, sin necesitar nada. Y ahora, la única persona a la que realmente quería se ha ido.

Los demás se apartan para dejarle paso mientras se acerca a ella, ignorando los montículos de nieve, los copos frescos que caen del cielo. Alarga la mano y aparta con cuidado un mechón de cabello del rostro de Pan.

—Lady Perdiz… —murmura.

Nadie lo corrige, están demasiado entumecidos, demasiado impactados para hacer otra cosa que no sea mirar.

—Yo no sabía que estuviese tan mal —dice Shona—. Sabía que estaba sometida a mucha presión, pero no tenía ni idea…

—Ninguno de nosotros lo sabíamos. —La voz de Leo es neutra, inexpresiva—. Nunca habría imaginado que Pan fuera a hacer algo así.

Gideon se gira hacia ellos. La ira brilla en sus ojos.

—¿Creen ustedes que se ha suicidado? Lady Perdiz nunca haría algo así. No sería capaz. Tenía toda una vida por delante, especialmente ahora, porque iba a casarse conmigo.

—Gideon, basta —dice Leo—. No es momento de gracietas.

—¿Qué Gideon ni Gideon? —ruge él—. No me llamen así. Déjenme en paz, necesito estar con ella, a solas.

Se hunde de rodillas en la nieve, abraza las piernas de Pan y se deshace en sollozos incontrolables.

Como una sola persona, de forma tácita, el grupo acuerda ignorar el sufrimiento de Gideon, centrarse en Pan, en qué hacer a continuación. Leo vuelve a mantener la compostura, se aferra al pragmatismo. Todo su cuerpo tiembla, pero jamás reconocerá esa debilidad.

—No podemos dejarla ahí —dice—. Está mal, es irrespetuoso. Necesitamos algo para cortar la cuerda.

—Traeré el hacha —dice Shona, que se gira para entrar.

Charley quiere bajar a Pan, sacarla de ese horrible lugar, pero algo la retiene. Encuentra la fuerza para hablar:

—¿Está bien que la movamos? —dice—. ¿No deberíamos esperar a que venga la policía?

—La policía no llegará hoy —dice Sam. La nieve se arremolina a su alrededor, más espesa—. No podemos contactarlos por la línea fija, la sirvienta dijo que estaba cortada, y las carreteras están bloqueadas. No podemos dejarla aquí durante días.

Gideon emite un sonido ahogado de horror.

—Se ha quitado la vida, Charley —dice Leo en voz baja—. Habrá una investigación forense…, o como sea que lo llamen en Escocia. Pero parece un caso bastante simple. Tal vez alguno de nosotros debería sacar fotos de la escena, aunque suene horrible, para demostrar que actuamos de buena fe.

Una pequeña parte del cerebro de Leo está pensando en el escándalo.

—Yo me encargo —dice Sam—. Soy médico.

Charley asiente y se cruza de brazos con fuerza, intentando mantener cualquier calor restante. Apenas puede ver nada a través de la nieve ahora, mientras Sam busca su teléfono y trata de desbloquearlo con dedos congelados.

—No se ha suicidado —repite Gideon—. Ella nunca haría algo así. Nunca lo haría.

Después de ver el rostro de Pan la noche anterior, la preocupación y la tensión que llevaba grabadas en él, Charley no está tan segura.

Gideon es quien carga con Pan, en brazos, como si fuera una damisela en apuros. Está rígida por el frío y por el *rigor mortis*, pero Gideon se niega a aceptar cualquier tipo de ayuda. Como también se niega a llamarla Pan. Pan no está muerta, esta es solo lady Perdiz, la amada del señor Dorado. Al final del juego, los dos se quitarán los disfraces, se reirán de toda la pantomima y estarán juntos de nuevo.

Gideon quiere tenderla dentro, en la cama, pero Sam logra que atienda a razones y la llevan al bloque de establos vacío que mencionó Kamala, detrás de la casa. En silencio, deshacen un viejo fardo de heno y lo esparcen para hacerle una cama que cubren con un edredón traído de la biblioteca. Shona saca velas de alguna parte, así como una varilla de incienso, y coloca ramas de acebo y muérdago alrededor del dorado cabello cubierto de nieve de Pan.

Solo entonces accede Gideon a volver a la casa.

Siguen todos en la biblioteca, temblando, entumecidos por el frío y la conmoción, cuando Kamala aparece en la puerta, sonriente, ruborizada por el calor de la cocina.

—¡La cena de Navidad está servida! —Se le descompone el rostro al ver el ambiente que impera en la estancia—. ¿Qué? ¿Qué ha pasado?

Comen. Charley no cree que sea posible, pero la comida está ahí, sobre la mesa. Un suntuoso ganso relleno, carne asada, coles de Bruselas y todos los aperitivos que Kamala ha preparado y dispuesto en su neblina musical de feliz ignorancia. Charley siente el cuerpo entumecido por el frío, y el calor de la comida la atrae a la mesa. De repente está hambrienta.

Hay algo primordial en la forma en que comen. Los dientes de Shona se hunden en una pata, el jugo le chorrea por la barbilla. Leo desmenuza los huesos con dedos grasientos. Sam corta con fruición el jugoso centro rosado de su carne asada. Nadie prueba el Wellington vegano de calabaza.

Solo hay dos personas que no han tocado la comida. Audrey está clavada en el sitio, impactada, en el rinconcito que le han asignado, temerosa de ocupar el lugar de Pan, pasmada ante el hambre canina de los demás. Gideon lleva una corona de papel roja ladeada en la cabeza, nadie ha querido abrir el cilindro de cartón de la suerte con él, así que lo ha hecho solo. En una mano sostiene una copa de vino tinto demasiado llena, y el papelito del cilindro en la otra.

–¿Por qué pudo Santa dejar el trineo encima de la casa? –lee el chiste del papelito. Nadie responde–. ¡Porque era un todo-te-reno!

Nadie se ríe.

–Así que Santa dejó el trineo encima de la casa –reflexiona Gideon–. Debe de ser una pista…, quizá haya algo en el tejado de la casa. O tal vez sea el plan del asesino para atraerme hasta allí y acabar conmigo…

–Déjalo, Gideon –dice Leo con voz tensa–. No es una pista, es un chiste navideño. Y además hemos dejado de jugar.

–Vamos, vamos, Longosalto –responde Gideon–. Esto no es ningún juego, y no hay necesidad de hablarme así solo porque lady Perdiz me haya elegido a mí en lugar de a usted, jajaja.

Su risa hueca continúa mucho después de que deje de resultar natural, después de que a cualquiera le resulte cómodo escucharla. La realidad es demasiado dolorosa para Gideon, ha desconectado. Atrapado dentro de su personaje, se niega a abandonarlo. De nuevo, se toma la decisión unánime y silenciosa de ignorarlo. Su dolor es demasiado crudo, demasiado extraño para que nadie sepa cómo tratarlo.

–Bueno, yo por mi parte voy a hacer un brindis –dice Shona–. Por Pandora: era rápida, ingeniosa y muy divertida. Ojalá hubiéramos sabido que se encontraba mal, ojalá hubiera confiado en nosotros. Tal vez podríamos haberla ayudado.

Charley se queda boquiabierta y se le escapa una risa de puro asombro al recordar las palabras burlonas de Shona, cómo chinchaban los demás a Pan. «Apuesto a que Pan esconde mucho más de lo que se aprecia a simple vista… Apuesto a que se trata de sexo».

—¿Por qué demonios iba Pan a confiar en ti después de anoche?

Hay un destello en los ojos de Shona. Tristeza, tal vez, o incluso un atisbo de culpa. Pero luego tensa la mandíbula.

—Lo de anoche no fue nada, solo una charla normal. Pan lo entendía, chinchaba a la gente igual de bien que soportaba que la chinchásemos. No, tiene que haber otra explicación. Este lugar. Puedo sentir que aquí hay algo malvado. En el bosque…

—Basta ya, Shona —dice Leo, cansado—. Este valle está deshabitado. No hay ninguna bruja en el bosque.

Shona escupe un juramento, pero Leo se gira y centra su atención en Sam, el contrapunto racional a la espiritualidad de Shona.

—Shona tiene razón en una cosa: anoche, Pan no se comportaba como siempre —dice—. Acordaos de la llamada telefónica que recibió en el aeropuerto; parecía una mala noticia.

—Estaba bien, Longosalto —responde Gideon con brusquedad—. De hecho, estaba más que bien cuando me dejó anoche para encontrarse con… la señorita Mirlo.

Gideon señala con un dedo tembloroso a Charley, en tono lúgubre y acusatorio. Todos los comensales se giran para mirarla y, por instinto, Charley se vuelve a meter en el papel de la señorita Mirlo. «Muéstrate sumisa, mantén la cabeza baja».

—Yo no la… —Charley se da cuenta de que vuelve a hablar con acento de Galway, se detiene—. No la vi anoche.

Explica que se quedó dormida, pero incluso para ella misma suena poco convincente, como una ficción.

—¡Valiente zorra advenediza! —grita Gideon, y la señala de nuevo, apuñalando el aire como con un cuchillo—. Ha sido ella. Ha matado a mi dama. ¡Ha sido ella! ¡Ha sido ella!

Gideon mete la mano en el bolsillo y saca un fajo de papel, el dinero del Monopoly de antes. Se lo arroja a Charley y le grita que se lo lleve, que tome todo el dinero si quiere, pero que confiese.

Los demás están petrificados de horror en sus asientos, excepto Shona, que se inclina y estudia la cara torturada de Gideon, como buscando señales de esa gran maldad a la que se refería antes.

Charley se levanta, su silla raspa en el parqué, y retrocede de la mesa hasta chocar con el aparador a su espalda. No puede soportar mirar a Gideon, así que en su lugar clava la vista en la cabeza del ciervo, mientras el resto de la habitación gira a su alrededor.

Escucha a Shona murmurar para sí misma en tono sombrío. Leo pregunta a Sam si tiene algo para calmar a Gideon.

—Esto no es una novela de asesinatos de fin de semana en la campiña inglesa —dice Sam, irritado—. Los médicos de hoy en día no hacemos eso. No tengo ningún gran maletín de cuero lleno de jeringas y sedantes.

—Creo que Pan tiene algunos tranquilizantes —dice Charley, agradecida por la excusa que se presenta para dejar la habitación—. Iré a ver.

Sube las escaleras a toda prisa. La voz de Gideon la sigue, alta y estridente, ofreciendo una recompensa de diez mil guineas al primero que la lleve ante la justicia.

Todo el cuerpo de Charley tiembla; siente las piernas como si fueran de goma, le pica la piel como si tuviera una plaga de hormigas bajo la lana del vestido de institutriz. Corre a su habitación, se echa agua en la cara y recuerda sus ejercicios contra el miedo escénico de la clase de actuación: inspiraciones rápidas, por la nariz; respiraciones cortas, agudas y ruidosas. No se calma; de hecho, su corazón late más rápido.

No le resulta fácil entrar en la habitación de Pan, sabiendo que ya no está. Sortea los montones de las composiciones, los productos alineados para fotos que ya nunca se publicarán, y entra en el baño. El enorme bolso de maquillaje de Pan está volcado sobre un tocador de madera oscura. Allí, tal y como vio Charley antes, hay una caja de tranquilizantes, y después de buscar un poco también encuentra un paquete de lo que parecen ser antidepresivos. Que Sam decida qué administrarle a Gideon.

Junto al bolso, Charley ve la carpeta de personaje de Pan. La coge por mero instinto. Quizá los papeles de todos ellos tenían tantos secretos como el suyo. Quizá haya algo aquí que, combinado con la llamada que Pan recibió en el aeropuerto, la había llevado a tomar una decisión tan terrible. Por la carpeta asoma un sobre abierto que contiene la información del rol asignado a Pan. Charley mira.

```
Tú, lady Perdiz, eres la primera víctima.
```

Charley sabe que era solo un juego, y encima ya no están jugando, pero el uso de la palabra «primera» la estremece.

Oye un ruido proveniente de arriba.

Una voz de mujer, fuerte y enojada.

—Esto es ridículo, ¡no está bien! Tienes que aparecer.

El sonido viene del ático. Acto seguido se oyen pisotones de unos pies calzados con Doc Martens. Instintivamente, Charley se escabulle a su habitación hasta que Kamala pasa de largo, y luego sube en silencio al ático.

Hace frío allí arriba, y está oscuro. La pantanosa luz crepuscular de la tarde se filtra a través de una sucia ventana circular al final del pasillo. Hay una anodina hilera de puertas cerradas, Charley intenta girar cada pomo. La primera puerta, pequeña y deslucida, tiene escrito MANTENIMIENTO Y LIMPIEZA; claramente es un armario de algún tipo. Las otras puertas se abren y dan a pequeñas habitaciones gemelas, ordenadas y vacías, probablemente se usan como habitaciones infantiles para celebraciones familiares más grandes. Cada una tiene un pequeño baño al final. Toda la planta está desierta.

En una habitación, una de las camas ha sido usada. Algunas cosas de Kamala están esparcidas en la mesita de noche, incluyendo su teléfono, enchufado al cargador. «Ah, así que eso es». Kamala no estaba hablando con nadie aquí arriba. Tiene un teléfono que funciona, y por alguna razón no se lo ha dicho a nadie. Charley se acerca y enciende la pantalla, pero ahora no hay señal.

Espera que Kamala haya hablado con la policía, pero no daba esa impresión. ¿Con quién habrá hablado?

Charley no tiene ningún deseo de enfrentarse a Kamala, y no piensa volver al salón azul ni borracha, ni aunque Gideon necesite de verdad la medicación. La deja en la mesa Mackintosh, donde alguno de los otros invitados la verá. Acto seguido recoge su abrigo invernal acolchado del armario junto a la puerta principal. Sienta bien volver a usar una prenda del siglo XXI.

Fuera ha dejado de nevar y se ha instaurado un frío penetrante, con el cielo despejado y un silencio sofocante. El sol ha desaparecido detrás de las colinas escarpadas y desnudas, pero hay suficiente luz para ver, en la distancia, una fila de pequeñas sombras como siluetas oscuras sobre la nieve, moviéndose a lo largo de la ladera. Ciervos, o tal vez incluso los famosos renos locales, buscando comida. Hay un mundo afuera que no ha sido paralizado por la tragedia.

La nieve recién caída ha cubierto sus huellas hacia el establo, aunque Charley aún puede ver un rastro de suaves hendiduras en el suelo por donde Gideon caminó cargado con su dama perdida. Charley sigue esa senda.

El interior del establo está oscuro, y las velas de Shona todavía están encendidas. El ambiente es algo más cálido que el de fuera, lo bastante como para derretir la nieve que se había acumulado en el cabello de Pan, en el que brillan pequeñas gotas de agua, como joyas. El contorno que Pan se aplicó a conciencia ha aguantado toda la noche en la nieve, de modo que su rostro todavía tiene el color de los vivos, si bien no hay nada de paz en él. El *rigor mortis* debe de haberse adueñado del cuerpo horas antes de que la encontraran, y no habían podido cambiar su expresión torturada, la posición extraña y torcida de su cuello. Es una manera horrible de morir. Horrible.

Charley se arrodilla. Tal y como le había dicho a Shona, mantiene una mente abierta en cuanto a lo sobrenatural, todo lo que Matt denominaría «esa basura esotérica». Hace mucho tiempo, su padre había cocinado para una viuda anciana que gastó gran parte de su fortuna en espiritistas, tratando de contactar con su marido en el más allá. Una vez le había dicho a Charley, en una rara visita a la cocina, que los muertos permanecen con nosotros, quedándose cerca del cuerpo durante horas o incluso días después de que hayan pasado al otro lado. En un día como hoy, Charley está dispuesta a creerlo. Se arrodilla junto a su antigua némesis y empieza a hablar:

–Pan, quería decirte que lo siento. Querías hacer las paces y no te escuché. Pensé que estabas jugando conmigo, pero estabas tan atrapada como yo por todo el grupito de la Sociedad. Y si no me hubiera quedado dormida tal vez podríamos haber hablado, tal vez…

A Charley se le quiebra la voz. Se seca una lágrima con gesto impaciente y, al hacerlo, ve que alguien le ha quitado a Pan algunos anillos de los dedos rígidos. Tal vez se los llevó Gideon como recuerdo. A Pan le cae un mechón de cabello sobre el rostro, y de repente a Charley le parece ofensivo, absurdo, dejarlo ahí. No quiere tocarla. Antes ya lo había evitado, había preferido dejar que Gideon y Shona la acomodasen. Sin embargo, ahora extiende los dedos con vacilación y aparta el mechón sin llegar a tocar la piel de Pan. Y entonces lo ve.

Pan tiene una mancha roja cerca de las raíces del cabello. Charley aparta las suaves ondas de pelo y despeja una herida abierta en el lado izquierdo del cuero cabelludo, cubierta con una costra de sangre. Ninguno de ellos la vio antes; debía de ocultarla la nieve.

Charley se detiene. Lo comprueba de nuevo. Definitivamente está allí, y hay más sangre apelmazada en el pelo, alrededor de la herida. Pan había recibido un golpe en la cabeza antes de morir. Había alguien con ella, y ese alguien le hizo daño.

Charley experimenta una sensación en el estómago, como si algo cayera, un abismo que se abre. Se pone de pie, retrocede, deseando no haber visto lo que acaba de descubrir. Su mente avanza a marchas forzadas y piensa en todo tipo de cosas en las que preferiría no pensar. Había algo extraño en la escena, algo extraño en ese árbol…

Cierra la puerta del establo tras de sí y arrastra a toda prisa los pies por la nieve hacia el árbol donde encontraron a Pan.

Los restos de la cuerda todavía están allí, parcialmente ocultos bajo la nevada, con el extremo deshilachado por el hacha de Shona. Junto a la cuerda hay alguna clase de fruta aferrada a la rama, demasiado marchita y negra para que se pueda comer. Parece una pera en descomposición.

«Lady Perdiz en el peral».

Charley ve ahora algo que no había notado antes. El árbol es mucho más pequeño que la mayoría de los otros árboles alrededor de Snellbronach. La rama de la que cuelga la cuerda está a unos dos metros del suelo, y sobresale hacia arriba. Parece lo suficientemente robusta para soportar el peso de Pan, pero ¿habría aguantado si Pan se hubiese retorcido y sacudido en el aire? No parece el lugar ideal para poner una soga. Este árbol fue elegido a propósito, como una especie de retorcida broma navideña.

Y no lo eligió Pan.

Entonces Charley se percata de un tercer detalle, algo en lo que ninguno de ellos había reparado antes por culpa del asombro y el dolor. La gente que se ahorca tiene que subirse a algo, un taburete o una silla, y tirarlo de una patada. No habían visto ningún soporte al pie del árbol esa mañana. Tampoco lo hay ahora, ni se ve rastro de nada parecido en la nieve.

El estómago de Charley se revuelve de pánico. Da un paso atrás, tropieza con la raíz de un árbol oculta por la nieve y cae de espaldas, mareada y desorientada por la repentina certeza de que Pan ha sido asesinada.

Se levanta, se sacude la nieve de las manos heladas y regresa a trompicones a la casa. Necesita contárselo a alguien; necesita decírselo a… ¿a quién? Se detiene de golpe en los escalones delanteros. Una certeza nueva y horrible se apodera de ella. No hay nadie más en kilómetros a la redonda, lo que significa que quien mató a Pan es uno de los invitados en Snellbronach.

No solo la mató, sino que la golpeó hasta dejarla inconsciente y luego la llevó afuera para colgarla de un peral, en una parodia enfermiza de su papel en el juego.

¿Quién podría hacer algo así? Charley había visto crueldad en la Sociedad de la Mascarada Homicida, pero ¿quién era capaz de esto? Repasa la lista de miembros en su cabeza: ¿Shona? Tenía una imaginación macabra, pero ¿por qué iba a matar a Pan? ¿Sam? Tal vez, pero era médico. ¿Gideon? Bueno, estaba lo bastante obsesionado con ella. ¿Leo? No querría poner en peligro su reputación, pero ¿y si Pan lo hubiera amenazado de alguna manera...?

Sea como fuere, Charley tenía que decírselo a alguien. Audrey parecía la única con los pies en la tierra; toda la rareza de los miembros de la Mascarada la asustaba, por no mencionar la muerte de Pan. Parecía vulnerable en cierta manera. Charley no quería asustarla aún más.

Quedaba Kamala. Parecía bastante resiliente, pero había ocultado que su teléfono funcionaba, y Charley la vio merodeando delante del cuarto de Pan anoche. ¿Cuánto sabían sobre ella?

A Pan le había salido ya algún que otro fanático demente, e incluso un acosador. Era una de las desventajas de ser una *influencer* tan exitosa. Pan lo consideraba una insignia de honor. «No tienes éxito hasta que alguien quiere verte muerta», había dicho en broma. Pero ¿y si Kamala era fan de Pan? ¿Y si se había llevado una amarga decepción al ver que su heroína había resultado ser una hipócrita?

«A ver, estás paranoica», se dice a sí misma. Pero una parte de ella podría llegar a creerlo. Las reglas normales del mundo han cambiado, se han deformado hasta convertirse en algo que Charley no reconoce. ¿En quién puede confiar?

Capítulo 11

Sam

Hace doce Navidades, 18:00 h

Los cócteles se servían en la sala a las seis. Ali había contratado a un barman con un elegante carrito de bebidas estilo *art déco*, una coctelera plateada brillante y un menú de cócteles apropiados para el misterioso asesinato. De fondo, un iPod escondido con sumo cuidado y un altavoz hacían las veces de un cuarteto de cuerda, tocando adaptaciones clásicas de música navideña.

Los jugadores vestían elegantes ropas de gala, excepto Santa/Karl, que todavía se esforzaba por poner una pose gallarda con aquel gorro con pompón y pantalones con ribetes de piel. Entrechocó la copa con madame Carlotta, alias Charley, que se desternillaba de risa por un chiste que había hecho el Vicario/Leo. Ali revoloteaba por ahí; ahora limpiaba una mancha de suciedad del hombro del Vicario, ahora revisaba su carpeta portapapeles, ahora comprobaba la hora en el reloj. Pan ojeaba coqueta por encima de las gafas a cualquier hombre que cruzase la mirada con ella. La Sociedad de la Mascarada Homicida estaba dándolo todo; soltaban pistas y se metían en sus personajes ficticios, pavoneándose con sus disfraces.

Pero cada vez que Sam cerraba los ojos, lo único que veía era sangre. Muchísima sangre. Caliente. Rojo rubí. Fluyendo entre sus dedos. Podía oír la voz del médico residente que le ladraba: «¡Presión, idiota! ¡Mantén la presión! ¡Lo estás perdiendo!».

Sam nunca había perdido así a un paciente, jamás había estado tan cerca de alguien cuando la vida abandonaba su cuerpo; cuando pasaban de ser una persona viva (padre de tres hijos, cuidador a tiempo parcial, fanático de la Fórmula Uno) a convertirse en un cascarón vacío. Ojos vidriosos, mandíbula floja, muerto. Había sucedido hacía menos de una semana, y aquí estaba Sam ahora, en la mansión con foso del tío de Leo, junto a aquellos idiotas con demasiados privilegios, jugando a los asesinatos. Trivializando con la línea delgada y frágil entre la vida y la muerte.

Sam no sabía cómo había superado esas últimas horas de su turno en el hospital, pero se le debía de notar la conmoción en el semblante, porque nadie le había pedido que se quedara hasta tarde. En cambio se había quitado la ropa quirúrgica manchada de sangre, se había lavado las manos una docena de veces o más y había regresado a las habitaciones que compartía con Karl.

Había querido descansar, pero Karl estaba acabando con su reserva de marihuana para deshacerse de todo antes de las vacaciones y tenía muchas ganas de charlar. Estaba tendido en el sofá, afable y relajado, incapaz de darse cuenta de lo hecho polvo que estaba Sam. Le pidió que se sentase, se relajase y le hiciese compañía.

Sam había intentado contarle lo que había sucedido, hablarle de ese momento, de la mirada en los ojos del hombre y la abrumadora avalancha de emociones que había desencadenado su muerte. La opinión de Karl al respecto no fue de gran ayuda:

—Sentirse así es parte del trabajo —había dicho—. Si no puedes soportarlo, quizá no deberías trabajar en medicina. Resulta preocupante, de hecho. ¿Seguro que estás hecho para esto, Sam?

Al recordarlo, Sam sintió una oleada de rabia. ¿Acaso no era esa misma reacción lo que lo convertía en la persona perfecta para ser médico? Nadie quería robots insensibles al frente de un hospital.

Además, las palabras de Karl se habían parecido demasiado al tipo de comentario que podría haber hecho su madre: «La medicina es demasiado fría, demasiado científica. Sammy, tú tienes arte en las venas. No desperdicies tu talento». Sin embargo, lo que Sam quería era ser útil, marcar la diferencia.

Y sin embargo había acabado en aquel sitio. Miró con desdén su cóctel, y luego paseó la vista entre los integrantes de la Mascarada allí reunidos. Todos estaban más borrachos de lo debido, porque Dasha había comenzado a repartir vodka puro prácticamente desde que llegó. La bebida había eliminado la fina capa de civi-

134

lización que usualmente llevaban y dejado al aire la avaricia, la inseguridad y el secretismo que subyacían en ellos.

Ahí estaba Pan: su risa sonaba demasiado alta y nerviosa. Estaba tramando algo y se comportaba con nerviosismo. El semblante de Ali mostraba su expresión habitual: la de una bomba a punto de explotar. La mirada de Leo aleteaba ansiosa entre ella y Karl. Sam podía adivinar qué estaba pasando, a juzgar por los últimos chismorreos de Karl: Leo había vuelto a ser un chico malo.

En cuanto a Charley, le sorprendía que se hubiera presentado después del mes que había pasado, de todas las habladurías y el acoso al que la habían sometido por ese collar. Había sido duro para ella. Al ver el rostro ansioso y tenso de Charley en las reuniones de planificación, Sam se había preguntado cuánto tiempo más aguantaría en aquel pozo de víboras que era la Sociedad de la Mascarada Homicida. Pero aquí estaba, disfrutando del papel de madame Carlotta, mujer de la vida y seductora. Llevaba los labios carmesíes, el cabello peinado hacia atrás y un vestido que le dejaba los pálidos hombros al aire. Bromeaba con el pobre Vicario/Leo. En cierta ocasión le había confesado a Sam que quería ser actriz, y lo primero que él había pensado era «Sí, tú y todas las otras chicas bonitas del departamento de inglés». Aunque quizá Charley sí que tenía madera.

Y luego está Gideon, que suda muchísimo con el disfraz de lord Trimble y se sale de personaje más de lo habitual.

—Karl nos tiene en el punto de mira —había dicho con urgencia mientras se ponían los disfraces—. Va a contárselo a Padre. Tienes que detenerlo, va a acabar conmigo.

Sam había reprimido una oleada de irritación, el impulso de decirle que le echase cojones y se enfrentara a Karl él mismo. O incluso mejor, que le plantase cara al poderoso Padre. Gideon era el peor cómplice imaginable.

—Te puedo pagar —había dicho Gideon—. Quinientas libras si me lo quitas de en encima.

Aquello había captado la atención de Sam. Sus padres habían sido muy poco generosos con su asignación; todavía esperaban que volviera al arte. Últimamente andaba corto de fondos. Pero

¿cómo podría cerrarle la boca a Karl? Sobre todo porque, últimamente, Karl parecía estar en otra longitud de onda completamente distinta.

Quería abofetear a Gideon, decirle que aquello no era más que una pequeña complicación en su vida; que unas pocas palabras duras, y posiblemente algún castigo financiero por parte de su padre, no iban a acabar con él. El futuro de Gideon estaba grabado en mármol: una carrera en la empresa de su padre, una mujer florero como esposa, aprobada por papá (pero que no fuera Pan. Pan era demasiado complicada, jamás obtendría la aprobación de sir Nathaniel). Para Gideon no habría ropa de quirófano empapada en sangre ni parientes llorando: pasaría por la vida sin que lo tocase siquiera el desordenado espectáculo de vivirla. Desde esa perspectiva, Sam entendía lo que estaba haciendo Karl. Gideon necesitaba pasar por algo así para madurar un poco.

Pero Sam tenía que asegurarse de que nadie sabía que él estaba involucrado. Tenía que ganarse la insignia de médico. Toda la experiencia de la última semana había servido para convencerlo.

De todos los integrantes de la Mascarada, la única que parecía completamente relajada era Shona. Se apoyaba en el armarito de los cócteles y coqueteaba con el barman; sin importarle lo más mínimo que su papel fuera de anciana viuda. Sam sonrió con afecto: se había unido a la facultad por Shona, que era amiga de la infancia y que lo obligó a formar parte de aquella sociedad de imbéciles. Fuera como fuese, Shona aún era capaz de arrancarle una carcajada, así que estaba perdonada.

Sam sabía que tenía que empezar a participar pronto, soltar sus pistas y hablarle a la señorita Cartwright de los venenos que había descubierto en una tumba egipcia, tal y como decía su carpeta de personaje. Pero en aquel momento, al margen del juego y saboreando su Muertini, Sam se sentía desconectado de todo.

–¡Valiente ridiculez! –Dasha apareció junto a él. Sostenía una copa de cóctel que antes había contenido algún tipo de líquido rosa, pero que Dasha había llenado generosamente con vodka. Cualquier otro había arrastrado las palabras o se habría tambaleado después de pasar horas bebiendo, pero Dasha estaba perfecta–. Jugar a matar. ¿Qué somos, niños? Es una locura.

–Creo que eres la persona más cuerda que hay aquí –dijo él.

–No, según Karl soy una auténtica chiflada –respondió ella, complacida con lo que evidentemente consideraba un cumplido. Luego fulminó con la mirada a los demás–. Pero no soy el mismo tipo de loca que estos.

«Ni tú ni yo», pensó Sam, revolviendo su cóctel. Pasara lo que pasase, Sam sabía que aquella era su última mascarada. Estaba harto de aquellas personas y sus problemas del primer mundo. Ahí fuera había un mundo real que esperaba que Sam marcase la diferencia.

Capítulo 12

El calor de la casa sacude a Charley cuando vuelve a entrar. Se quita los empapados y helados zapatos de institutriz, pero se deja el abrigo puesto. No está segura de si su cuerpo recuperará alguna vez una temperatura normal.

El resto de los miembros de la Mascarada, excepto Gideon, se ha retirado al salón. El televisor muestra la cara del rey, sombría y patricia. Charley oye palabras como «bondad» y «gentileza» con un familiar acento estándar de la Corona británica. Leo y Shona están repanchingados en el gran sofá; ambos sostienen vasos llenos de líquido ámbar y discuten sobre la monarquía como concepto. Es casi como si nada hubiera sucedido, como si Pan no hubiera sido asesinada, como si su cadáver no yaciese ahí fuera.

Al mirarlos, Charley sabe que tiene que contarles a todos lo que ha sucedido, y que debe hacerlo lo antes posible. Permanecer en silencio daría al culpable más tiempo para encubrir sus huellas. Aun así, Charley duda. Después de haber sido ignorada durante años, de que la acusasen de robar el collar, se siente como un perro apaleado, temeroso de ladrar por si la vuelven a golpear.

Nunca llegó a contarles que alguien había intentado ahogarla hacía años. Después de que la figura que la había estado hundiendo en el agua la soltase y desapareciese, Charley había regresado a la casa, entre toses, aterrorizada. Lo primero que quería hacer era calentarse y secarse; luego encontrar a Karl y caer en sus brazos entre sollozos. Karl lo arreglaría todo. Karl tendría las respuestas.

Regresó a su habitación y encontró una toalla grisácea y agujereada sobre la cama. A pesar de toda su riqueza, la tía de Leo era muy tacaña. La toalla parecía el forro de una cesta de perro. Charley tenía los dedos arrugados del frío, le temblaba todo el cuerpo. Tenía experiencia nadando en aguas abiertas, sabía cómo calentarse el cuerpo, pero no consiguió dejar de temblar ni siquiera después de secarse y envolverse en mantas. No era el frío, sino la sensación de las fuertes e implacables manos que la habían agarrado y sumergido. La primera persona de quien había sospechado era Dasha. Quizá había regresado, los había seguido al lago y la había atacado en un arrebato de celos. O quizá había ordenado a uno de los socios de su padre que la quitara de en medio.

Podría haber sido un miembro de la Mascarada, pensó.

O Karl.

No. Apartó de sí aquel pensamiento traicionero, pero ya estaba allí, enterrado en el fondo de su mente. Y a medida que pasaran los años, crecería más.

Cuando por fin dejó de temblar, se volvió a poner el hermoso pero no muy cálido disfraz de Carlotta. Llegó al siguiente punto clave donde la esperaban para el juego con apenas un par de minutos de retraso. Aunque Ali le lanzó una mirada particularmente malvada, nadie pareció haber notado su ausencia.

Más tarde se abriría la puerta del salón y allí habría un cojín tirado en el suelo junto con un montón de sirope de maíz rojo. Lo que no habría sería rastro alguno de Santa/Karl, y entonces todo cambiaría para siempre. En comparación con la desaparición de Karl, lo sucedido en el lago parecía insignificante. Charley ni siquiera se molestó en contárselo a la policía; prefería que se concentraran en encontrar a Karl.

Ahora, en cambio, Charley necesita hablar. Sam y Audrey están sentados en el otro sofá cerca de la chimenea. Audrey se inclina hacia delante, abrazada a sus rodillas, con una mirada vidriosa centrada en la televisión. El brazo de Sam descansa sobre su hombro. Ahora mismo, Sam es el menos amenazador de todos los integrantes de la Mascarada. Al menos se ha disculpado por lo de la noche anterior. Charley se vuelve hacia él.

—Escuchad… —habla con voz débil, casi como si su cuerpo intentara impedirle contarles lo que ha descubierto. Decirlo lo volverá real, y Charley no quiere que lo sea—. Creo que Pan fue asesinada.

Charley no estaba segura de qué esperar; un grito, una melodía dramática de banda sonora, un suspiro de incredulidad. En cambio, lo que pasa es que Leo se ríe: un breve «ja» cargado de desdén, seguro de que la actriz se está inventando más dramas. Shona ni siquiera la ha escuchado, está lanzando insultos republicanos a la televisión. Sam y Audrey, sin embargo, se enderezan en sus asientos con expresión conmocionada.

—¿Qué te hace pensar eso, Charley? —dice Sam.

Una vocecita en el cerebro de Charley dice «No te respeta lo suficiente como para creerte».

Charley les habla de la herida que tiene Pan en la cabeza, lo del árbol y el hecho de que no haya taburete.

—Venga ya. ¿Por qué iba nadie a matar a Pan? —dice Leo.

—No lo sé, pero así ha sido. —La voz de Charley suena ahora más fuerte. Sabe lo que ha visto.

Sam la cree; puede verlo. Audrey une su brazo al de Sam y susurra en voz baja, algo tipo: «¡Oh, no! No puede ser».

Shona ha dejado de mirar la televisión y da un gran sorbo de su *whisky*.

—Ya os avisé de que hay maldad en este valle —murmura—. Tengo que seguir trabajando.

Se levanta y sale de la habitación. Instantes después se oye el sonido de la puerta de su dormitorio al cerrarse de golpe.

Leo está en silencio, los labios apretados. Intenta mantener la cabeza fría, atar cabos. Charley casi puede ver cómo le trabaja la mente, concentrándose. Leo no habría sobrevivido en redacciones y eventos políticos durante toda una década sin la capacidad de mantener la calma en una crisis.

Entre personas normales que no pertenecieran a la Mascarada habría un momento de incredulidad, una discusión. Alguien diría: «Qué horror». Otro preguntaría: «¿Quién sería capaz de hacerle algo así a Pan?». Otra persona agregaría: «Estamos a kilómetros de cualquier lugar, no puede haber sido un extraño al azar». Y al fin, uno de ellos diría en tono confuso: «Estás diciendo que es uno de nosotros, ¿verdad?».

Pero después de años jugando a los misteriosos asesinatos, los integrantes de la Mascarada no necesitan pasar por todo eso; ya van un paso adelante. Sin necesidad de formalidades sociales, Leo y Sam llegan a la conclusión que Charley ya ha interiorizado: que el asesino de Pan está aquí, en Snellbronach.

Leo se levanta y deja el vaso.

—Gideon fue la última persona que la vio con vida —dice—. Subiré a hablar con él.

—Voy a ver a Pan otra vez —dice Sam—. Audrey, mejor quédate dentro.

No necesita agregar que dentro estará segura.

Sin decidirlo conscientemente o incluso sin saber por qué, Charley sigue a Leo escaleras arriba. Él no se percata de su presencia hasta que llama a la puerta de Gideon. Sus fosas nasales se tensan en gesto de irritación. Le hace un gesto con la mano para que espere fuera y le explica que verla podría provocar a Gideon.

Charley retrocede y se encoge ante la idea. La puerta se abre y ella vislumbra a Gideon en el interior, acurrucado bajo el edredón, sollozando en silencio. En la mesita de noche están las cajas de pastillas que Charley dejó abajo. Ahora Gideon debe de estar sedado.

La puerta se cierra parcialmente detrás de Leo. Charley se queda fuera y hace un esfuerzo por escuchar.

—Estábamos tan unidos, Longosalto, tan unidos —llora Gideon—. Por fin me dijo todo lo que había hecho, lo que me estaba ocultando, y todo tiene sentido a la perfección. La perdono; de hecho, la amo aún más…

Leo se gira y acaba de cerrar la puerta. Charley da media vuelta y regresa a su propia habitación para cambiarse las medias mojadas y ponerse otro atuendo de institutriz oprimida. El que elige está hecho de algodón rígido, pica menos pero también es menos cálido. Toma la rebeca deslucida que reposa sobre su cama y ve que debajo está la carpeta de Pan. Comienza a leer.

Nombre: Pandora Papadopoulos

Rol: lady Perdiz, estrella de cine mudo convertida en viuda alegre.

Características: la astuta lady Perdiz es miembro de la alta sociedad, pero tiene orígenes humildes. Sus papeles en las primeras películas mudas conquistaron el corazón del lord Perdiz, un hombre mayor con problemas cardíacos que murió cinco años después de contraer matrimonio. Se cree que es rica, pero, en realidad, el lord legó toda su fortuna al Fondo para Gerbos Desamparados, así que lady Perdiz debe encontrar otro marido adinerado para sobrevivir.

Secreto: lady Perdiz tiene una hermana que está gravemente enferma y necesita con urgencia un tratamiento muy costoso.

Charley observa las palabras impresas y se pregunta qué significarán. Los personajes de todos los demás estaban cerca de la realidad, pero Pan no estaba sin blanca y, desde luego, no era de origen humilde. Había pasado toda su vida en yates, el acento griego pulido en costosos internados británicos. Tampoco tenía ninguna hermana, ni ningún otro familiar inmediato.

Charley sigue leyendo.

Sabe que la señorita Mirlo ha robado un valioso collar y planea chantajearla, prometiendo silencio a cambio de una parte del valor de las joyas. Lady Perdiz ha acordado encontrarse con la señorita Mirlo en la biblioteca a las tres de la madrugada para poner en marcha su plan.

Charley era capaz de creer lo del chantaje. Otro detalle se filtra en su conciencia. Se sienta de golpe: las tres de la mañana. Charley revisa la hora en su propia carpeta.

Sí, las tres de la mañana.

Charley había bajado a la hora correcta. Entonces, ¿cómo podía ser que Pan se hubiera equivocado? Justo entonces ve una esquina de papel que asoma por la carpeta de Pan. Es un sobre de tono blanco crema, el mismo color que las tarjetas de invitación, pero ligeramente diferente al papel de la carpeta. Dentro hay una hoja A4 del color idéntico, con las siguientes palabras impresas:

```
Cambio de hora de reunión en la biblioteca: las 02:30
h de la madrugada. No se lo digas a nadie.
```

De pronto, Charley siente más frío que nunca. Alguien debió haberle dado este sobre a Pan antes de la cena, cuando todos estaban arriba, preparándose en sus habitaciones. ¿Se lo habían entregado en mano? ¿Lo habían deslizado por debajo de la puerta?

Este asesinato no ha sido un crimen pasional, no fue un arrebato: alguien se había tomado la molestia de buscar un sobre y papel que coincidieran con las invitaciones, lo imprimió de antemano y le tendió una trampa a Pan para que esta se levantara más temprano y no hubiera testigos. La mató de forma ostentosa y llamativa, diseñada para impactar y asustar al resto de los miembros de la Mascarada. No era solo un crimen terrible, sino algo aún más monstruoso.

De pronto, Charley se percata de que está dejando sus huellas dactilares en el papel, y lo suelta sobre la cama. Demasiado tarde. Sus huellas están por todas partes. Las suyas y las del asesino.

Tiene que salir de aquí. Tiene que contactar con la policía de alguna manera. Debe de haber una forma.

Charley se cambia de nuevo. Se pone las mallas y el jersey manchados del viaje, mete las pocas pertenencias que tiene en la mochila, junto con la carpeta de Pan y el sobre. Está a punto de salir de la habitación cuando oye la voz de Leo en el pasillo. La puerta está entreabierta, así que Charley se asoma por la rendija. Atisba a Leo justo delante de la puerta de Gideon. Se sacude, nervioso, y retuerce las manos torpemente, mirando a Gideon.

—Bueno, sí, lo sé. —Leo intenta sonar conciliador—. Pero si pudieras cerrar la boca al respecto te estaría eternamente agradecido. Está claro que Pan leyó algo en internet y lo malinterpretó por completo. La señora Gupta no es más que una simpatizante que comparte muchos de mis puntos de vista sobre el sistema educativo.

Charley arrima la oreja más cerca de la puerta para escuchar la respuesta de Gideon. Él habla con voz baja y ronca, como si antes se hubiese desgañitado con tanto grito. Charley apenas puede entender lo que dice.

—Pan no había malinterpretado nada. Creo que pronto entenderás que Pan siempre estaba en lo cierto sobre casi todos nosotros: sobre Shona, sobre ti y, especialmente, sobre Karl. Con la única con quien se equivocaba era con Charley.

Ella oye el golpe de la puerta de Gideon al cerrarse de golpe. Se queda allí, petrificada, apoyada contra su propia puerta. Oye los pasos de Leo al regresar a su habitación. También oye el sonido de su propio corazón al galope.

Espera hasta que deja de oír a Leo. Solo entonces se atreve a salir. Sus nudillos vacilan a pocos centímetros de la puerta de Gideon. Sonaba como si por fin hubiera vuelto en sí, como si hubiera recordado que no es el señor Dorado, pero ¿seguirá echándole la culpa a ella? Pan se equivocaba con Charley..., tal vez eso era lo que quiso decir; que Pan había defendido a Charley la noche anterior pero luego Charley la había matado.

Se aparta de la puerta.

Abajo, en el vestíbulo, Audrey también parece lista para irse. Lleva puesta su chaqueta acolchada y va cargando con la maleta.

—¡Pues me voy a pie! —Habla con tono agudo, preñado de pánico—. Me da igual. Caminaré hasta que me congele. No puedo más, no soporto estar aquí.

Sam alarga la mano y le toca el hombro, pero Audrey se aparta, enfadada.

—Por favor, Audrey. Hace demasiado frío. Ya está oscuro; no estarás a salvo.

—No estarás a salvo en absoluto. Este lugar es malévolo —agrega Shona.

Para sorpresa de Charley, Audrey se vuelve hacia ella y grita:

—¡Estoy harta de que digas esas cosas todo el tiempo! Solo quieres asustarnos a todos. Esto ya no es un juego. No puedo seguir aquí. No puedo. No puedo. No puedo…

Audrey se hace un ovillo en el suelo, encogida sobre sí misma.

Shona respira hondo, como si se preparara para una discusión, pero luego se aleja con una expresión atormentada en el semblante. Audrey tiene razón; Shona ha tratado de asustarlos desde que llegaron. Siempre le había encantado provocar discusiones o meterles miedo en el cuerpo con cuentos sobrenaturales. Pero el comportamiento de Shona esa mañana, había alcanzado un nuevo nivel de intensidad, sujetándola con las manos, con una mirada insidiosa.

—Ninguno de nosotros se va a ninguna parte —dice Leo.

Está de pie en mitad de la majestuosa escalera, su voz autoritaria resuena por el vestíbulo embaldosado. Vestido de *tweed*, con ese rostro aristocrático, tiene todo el aspecto clásico de detective. Curva los labios en una ligera sonrisa; en cierto modo disfruta de todo esto.

—La nevada es demasiado intensa. Antes, en las noticias, han dicho que es la mayor nevada que se ha visto en la campiña de Inverness en toda la década. Las carreteras están bloqueadas, está oscureciendo, y hace aún más frío ahora que esta mañana, cuando la encontramos. Propongo que nos pongamos cómodos, tanto como podamos. Yo trataré de recopilar los hechos.

Shona suelta un gemido de desagrado.

—Esto no es ningún juego de misteriosos asesinatos, Leo. No tiene sentido tratar de resolver el misterio.

Sam no dice nada, su atención está concentrada en Audrey. Le agarra el rostro con delicadeza y la mira a los ojos. Con voz tierna, dice:

—Sé que eres capaz, Audrey. Sé lo valiente, fuerte y serena que eres. Puedes con esto.

—Puedo con esto —repite Audrey, como si tratara de convencerse a sí misma.

Se abrazan, y Charley siente una extraña punzada de envidia. Se pregunta qué estará haciendo Matt ahora, si ha vuelto con sus padres por Navidad y les ha hablado de la zorra perdedora que lo ha dejado. O si ya se ha buscado a otra chica rota.

Leo baja la escalera y saca un bolígrafo dorado del bolsillo.

—Charley, acompáñame a la biblioteca; hablaré contigo primero.

No mira atrás para ver si Charley lo sigue. Su familia lleva siglos dando órdenes que todos obedecen.

Sin embargo, aunque Charley no confía en Leo, y está bastante segura de que lo que dice de la señora Gupta es mentira, necesita compartir con alguien lo que ha descubierto, discutir la situación, dar sentido a las pistas que giran en su cabeza. Así pues, como una campesina indefensa que sigue a su señor feudal, va tras Leo.

PARTE 3

INVESTIGACIÓN

Capítulo 13

Leo es el tipo de hombre que siempre lleva un cuaderno Moleskine metido en el bolsillo interior del pecho. Lo saca y lo coloca sobre la antigua mesa del despacho. Le indica a Charley con un gesto que tome asiento al otro lado, como si estuvieran en una auténtica investigación policial. Charley se sonroja, con esa culpa injustificada que se siente al pasar por la aduana en el aeropuerto, incluso cuando se sabe a ciencia cierta que no hay nada de contrabando en el equipaje.

Hay un cuenco de dulces Quality Street en la mesa. Charley toma uno y se lo mete en la boca, solo por hacer algo. Demasiado tarde, se da cuenta de que es de crema de fresa.

—Está bien, cuéntame todo lo que sucedió anoche —ordena Leo.

Se reclina en la silla y abre el envoltorio verde de un caramelito de forma triangular. Leo siempre opta por un sabor sólido y clásico: sencillo y práctico.

Charley se lo cuenta todo. Le dice que le había tocado el papel de asesina, que se asomó a la biblioteca y vio figuras que cuchicheaban en la oscuridad.

—Ahora sé que la persona con el camisón no era Pan, porque cuando la encontramos aún llevaba el vestido azul —dice—. Así que debía de ser Shona… O Audrey, supongo, aunque en realidad habría llevado ropa moderna. No vi muy bien a la otra figura, iba de negro y estaba demasiado oscuro para distinguir si era hombre o mujer. Estoy segura de que no era Kamala, porque ya la vi en el pasillo arriba y dudo que se haya puesto en su vida una sudadera negra. Podría haber sido cualquiera, excepto tú, porque estabas roncando en el sofá.

—Sí, sí. —Leo descartó la imagen con un ademán—. Shona y yo

149

nos quedamos bebiendo hasta alrededor de la una. Luego, ella subió a la cama y yo me quedé abajo para pensar tranquilo. Debo de haberme quedado dormido.

—¿Cuándo te despertaste? —pregunta Charley. Leo no parece percatarse de que es Charley quien lo interroga ahora.

—Supongo que alrededor de las cuatro. Todavía estaba oscuro, por supuesto. La casa estaba muy fría. Entré aquí en busca de algo que leer y vi las pruebas incriminatorias que dejaste: la mancha de sangre en el marco de la puerta, por ejemplo. Comprendí que había tropezado con la escena del crimen en el juego.

Charley se gira en el asiento y, por primera vez en todo el día, contempla la biblioteca con atención. Se da cuenta de que el cuchillo que dejó sobre la mesa ha desaparecido. Alguien debió de entrar en algún momento y llevárselo. Se echa a temblar.

—¿Estás seguro de que no viste a nadie? —pregunta.

Leo niega con la cabeza.

Charley siente una oleada de frustración. Podría haber sido cualquiera de ellos, incluso el propio Leo. Siente algo de reticencia, quizá no debería hablarle de la carpeta, pero aun así la saca del bolso y le cuenta su teoría: Ali está tratando de provocar algún tipo de conflicto introduciendo secretos personales en todos sus perfiles de personaje.

—¿No te contó nada sobre este fin de semana? —pregunta ella—. Está claro que tenía algún tipo de plan más allá del juego en sí.

Leo se pasa las manos por el cabello y da un profundo suspiro.

—Me temo que Ali y yo no hablamos mucho desde la boda. La defraudé. La verdad es que no hay vuelta atrás en nuestra relación.

—¿Tiene que ver con la señora Gupta?

—No —responde Leo bruscamente.

Un destello de comprensión.

—Tiene que ver con Karl, ¿verdad? —dice Charley—. Ali sospechaba que tú…, pero no, no puedes haber tenido nada que ver.

—No digas sandeces —dice Leo—. Después de la desaparición de Karl, Ali jamás ha vuelto a confiar en ninguno de nosotros, ni siquiera en mí. Lo intentamos, de verdad que lo intentamos. A veces se olvidaba del tema durante un breve periodo de tiempo y vivíamos felices. Pero la desaparición siempre estaba allí, latente, detrás de todo lo que hacíamos. No piensa pasar página, y que Dios se apiade del culpable cuando finalmente se descubra la verdad.

¿Por qué no confía Ali en su propio marido? Charley reprime la pregunta. Leo se está sincerando con ella y no quiere perderlo, ahora que tiene ganas de hablar. Además, Charley sabe de sobra que una pareja puede llegar a convertirse en dos desconocidos que viven juntos y nada más.

—Ali piensa que Karl fue asesinado —dice Charley.

—Está convencida. Como he dicho, hubo una época en que pensó que habías sido tú. Le dije que la mera idea resultaba risible.

—¿Y tú cómo lo ves? —Charley mantiene el tono tranquilo, libre de amenazas.

—Sé que fue asesinado.

La certeza en sus palabras la sorprende, la deja muda. La pausa le concede a Leo la oportunidad de reponerse, de recordar quién es él y quién es Charley.

En su día, Leo le caía bien a Charley. Al menos al principio, cuando se unió a la Sociedad de la Mascarada Homicida. Esa forma de ser innata que parecía provenir de otro siglo le resultaba muy atractiva. En una universidad, donde todo el mundo se esforzaba por reinventarse, por demostrar su valor intelectual, su influencia en redes sociales o sus credenciales de *hipster*, Charley no podía sino respetar a una persona que seguía diciendo «Válgame Dios» cuando se sorprendía. Durante un tiempo habían sido amigos, incluso habían gravitado uno cerca de la otra en bares y fiestas. Pero después del incidente del collar, Leo había apoyado las acusaciones de Ali; sus burlas insidiosas y clasistas le habían hecho más daño que las de Pan.

Así pues, ahora Charley no siente mucha confianza ni respeto hacia Leo. Pero aun así no puede evitar una punzada de compasión hacia él. Hablar con él también la ha ayudado. Siente cierto alivio, a pesar de las circunstancias.

Y aunque Leo jamás lo admitirá, Charley sospecha que él siente lo mismo. Cuando decide que ha terminado el interrogatorio, Leo le pasa el cuaderno Moleskine y le pide que no se vaya.

–Es difícil concentrarse en hacer preguntas y al mismo tiempo tomar notas –dice, aunque debería estar acostumbrado, dado que es periodista.

Así pues, llaman a la siguiente.

Kamala sigue impactada, nerviosa, en tensión. Se mueve inquieta en la silla, recoge los envoltorios de dulces vacíos para tirarlos más tarde.

–A ver, es que pobre mujer –dice–. No puedo creer que alguien haya sido capaz… En ese viejo peral torcido de ahí fuera…, es…, bueno, es enfermizo, ¿no? ¿Por qué tiene que ser el mundo un lugar tan asqueroso, tan lleno de cabrones repugnantes que hacen daño a las mujeres solo por divertirse?

–No eras muy fan de Pandora, ¿verdad? –dice Leo.

Kamala se levanta y se inclina sobre el escritorio hacia él.

–¿Qué insinúas? ¿Crees que la maté porque era una maleducada y porque en realidad no era vegana? Por el amor de Dios, hostia. ¡Estáis fatal!

Charley interviene para calmar el ambiente, le asegura a Kamala que solo quieren esclarecer dónde estaban todos anoche, para ayudar a la policía cuando llegue.

–Vale. Supongo que es mejor que estar sentada sin hacer nada.

Kamala se vuelve a sentar en su silla, pero cruza los brazos con aire desafiante. Se dirige a Charley (e ignora a propósito a Leo) y le dice que estuvo ordenando el salón azul, y que luego preparó hasta tarde la comida del día siguiente. Después subió a su habitación del último piso. En el pasillo vio que las luces de las habitaciones de madame Poule y el señor Dorado estaban encendidas. Eran las únicas. Oyó risas provenientes de la habitación del señor Dorado.

–Lo siento, he olvidado sus nombres reales. Excepto el de ella…, Pandora.

–¿Y una vez que te fuiste a la cama ya no volviste a levantarte?

Charley espera que Kamala explique por qué estaba en la habitación de Pan, pero la cocinera se encoge de hombros.

–No, estaba agotadísima. Todavía lo estoy. Me levanté alrededor de las siete y estuve en la cocina desde las siete y media más o menos. No vi a ninguno de los invitados hasta que entraste buscando un cubo.

–¿Estás segura? –Leo se inclina hacia delante y une los dedos formando un triángulo–. Porque cuento con un testimonio que afirma que estabas merodeando por la habitación de Pan en mitad de la noche.

Kamala se echa a reír.

–¿Un testimonio? Bueno, pues ese testimonio está equivocado.

Se levanta y gira sobre sus talones; el suelo del parqué chirría bajo las suelas de sus zapatos.

–Por favor, no te vayas aún –dice Charley–. Tengo una última pregunta. Esos regalos que encontramos en la mesa esta mañana, ¿de dónde salieron?

–Ya se lo dije al doctor Cisne: estaban aquí cuando llegué. La señora Tórtola me dijo que estarían en la despensa. Yo no tenía ni idea de lo que había dentro.

Un gesto de desagrado le cruza rostro.

–¿Quién crees que podría haberlos puesto en la despensa? –pregunta Charley.

Leo la mira con una expresión de leve sorpresa en los ojos.

Kamala hace una pausa momentánea y retuerce los envoltorios de dulces Quality Street entre los dedos; los aprieta hasta que el plástico chirría. Tiene la mirada fija en un punto justo encima de la cabeza de Charley.

–Supongo que la señora Mackintosh, que es la dueña de la propiedad…, aunque no suele involucrarse en lo que requieren los huéspedes, sobre todo cuando los requerimientos son así de raros. También podría haber sido el personal de limpieza. No lo sé, no me había parado a pensarlo.

Charley asiente. Kamala pone tal expresión de alivio que Charley de repente está segura de que miente.

–Vale, y…, solo para confirmar, ¿sigue sin haber ningún teléfono que funcione en toda la propiedad? ¿No hay forma de llamar a la policía?

—Ojalá la hubiera. Me muero por salir de aquí.

Quizá si Charley le hubiera contado lo del teléfono a Leo, este habría presionado a Kamala, le habría sacado la verdad a la fuerza. A Charley le falta la confianza en sí misma necesaria para hacerlo. Lo que mejor se le da es observar y esperar.

Leo le pide a Sam que entre, y que traiga la carpeta de su personaje consigo.

Charley lo hojea todo. El doctor Cisne es un médico de cierta notoriedad, con determinadas opiniones sobre el darwinismo social frente a las que Hitler parecería un liberal de mente abierta. Ha realizado algunas operaciones experimentales innecesarias con deficientes mentales de clase baja. La familia de un obrero fallecido lo acusaba de mala praxis.

—Mi personaje es lo peor —dice Sam, que interpreta la expresión de Charley—. Supongo que Ali lo describe como un absoluto cabronazo para que las sospechas se centren en él.

Un viejo truco de la Mascarada.

—Pero, hasta el momento, el perfil de todos ha incluido algunos datos auténticos, información sobre nuestras propias vidas —dice Leo—. ¿No hay nada así en el tuyo?

—Ah, sí… Bueno, no soy nazi, claro. El detalle real de mi personaje está un poco más abajo. —Sam señala el último párrafo de la sección «Secreto» del archivo—. Podría haberme costado una sanción en la uni, pero a estas alturas me da igual.

—¿Estás chantajeando a Gideon por no saber leer? —dice Leo, confuso.

—No, hombre, pero sí que fui yo quien le escribió más de la mitad de sus trabajos en la diplomatura de economía. Recuerda que mi lado de la familia no es tan boyante como el tuyo, Leo. Todos tienden a malgastar el dinero en fiestas demasiado exuberantes, o bien patrocinando a artistas sin éxito. Tampoco es que les encantase la carrera que yo quería estudiar, y aunque me pagaron la matrícula, no me daban mucha asignación, así que necesitaba un ingreso extra para acabar los estudios de medicina. Yo tenía sobresalientes en economía, me bastó un poco de bibliografía y algo de cortapega de internet para sacarle un notable. Así Gideon se quitó de encima a su padre y, a cambio, me mantuvo a mí a flote. Nunca os lo contamos porque si sir Nathaniel llega a enterarse habría implosionado. Incluso hoy en día.

—Nunca ha sido un padrazo que digamos, ¿no? —concuerda Leo.

Los dos comparten un breve intercambio en el que reflexionan sobre los peores arranques de sir Nathaniel. Al parecer, en cierta ocasión había sacado a Gideon del testamento durante seis meses por haberle gastado una broma a un profesor en la escuela.

La voz de Charley interrumpe la distracción:

—Esto… imagino que Karl sabía lo que estabas haciendo —dice.

Es la primera vez que menciona el nombre de Karl desde lo sucedido anoche, y empieza a saborearlo de un modo diferente. El filtro feliz y nebuloso del tiempo que pasaron juntos se ha corrompido.

—Éramos compañeros de habitación, ¿recuerdas? Karl encontró los libros de economía que tenía escondidos. Cuando mis notas empezaron a empeorar porque no me daba la vida, Karl se limitó a atar cabos. Era difícil ocultarle algo, sabía descubrir secretos. Sé que le dijo a Gideon que me dejase en paz, y que amenazó con contárselo a sir Nathaniel. Se comportaba como un auténtico santurrón. Todo un hipócrita, diría yo, sobre todo porque nunca le había quitado el sueño poder pagar las facturas.

Una pequeña alarma suena en la cabeza de Charley. Sam necesitaba dinero…, ¿podría haber sido él quien robó el collar de Dasha? Si Karl se hubiera enterado, Sam podría haber tomado medidas para que no lo delatase… Escruta la cara de Sam. Vuelve a parecer un médico agobiado y cansado. Eso explicaría por qué la había defendido en aquel entonces, cuando le llovieron acusaciones. Sin embargo, Karl y él tenían una relación muy estrecha. A Charley no le cabía en la cabeza que Sam llegase a volverse contra Karl.

—¿Estás seguro de que no hay nada más? —Vuelve a mirar la carpeta—. No te han demandado por mala praxis en la vida real, ¿verdad?

–¡Por supuesto que no! –La ira llamea en sus ojos–. Esta te la perdono porque no tienes ni idea de cómo son las cosas entre médicos, Charley. Pero con eso no se bromea. Ya nos pasamos media vida analizando cada decisión y cada error, preguntándonos si deberíamos haber hecho algo diferente, si nuestras decisiones han arruinado la vida de alguien. Pero ¿sabes lo que pasa? Que soy un médico cojonudo, me dejo la piel trabajando y nadie…

–Vale, vale, lo siento –interrumpe Charley–. ¿Me puedes contar algo sobre el pájaro del paquete…?

–Uf, qué horrible. No tengo ni idea de qué estaba pensando Ali para hacer algo así. Si os sirve de algo, lo que yo creo es que lo trajo el gato y Ali decidió ponerlo como golpe de efecto.

Charley asiente. Prefiere creer eso a pensar que Ali había matado deliberadamente a un pájaro solo para usarlo en el juego. Durante las últimas horas, a menudo le había venido a la mente la imagen de esa cabecita con el pico amarillo abierto y los ojos negros vacíos. Una expresión torturada e intercambiable con la de Pan.

–De todos modos, tú sí que escondías un secreto mucho mayor, ¿no? –El tono de Sam se vuelve ladino, burlón. Mete la mano en el cuenco y saca un caramelo de tofe, dulce y pegajoso. Abre el envoltorio y da un mordisco–. No puedo creer que no llegase a enterarme de que estabas liada con Karl. ¿Cómo no nos dimos cuenta, si lo teníamos delante de las narices?

Charley se ruboriza.

–No me gusta andar escondiéndome –dice–. Pero después de lo que pasó, estoy contenta de haber tomado esa decisión. Si Dasha lo hubiera sabido, todo habría sido mucho peor.

–¿Le contaste a la policía lo tuyo con Karl? –pregunta Leo, y Charley reprime el impulso de encogerse ante su mirada.

–Por supuesto. ¿Por qué crees que me interrogaron tres veces? Decidieron no decirle nada a nadie a menos que fuera necesario. Por suerte, no lo fue. –Charley toma aliento. En aquella época sufría de dolores de cabeza y náuseas, de pura culpabilidad, que la asaltaban siempre que empezaba a pensar en lo que estaba haciendo a escondidas con Karl. Ahora vuelve a experimentar lo mismo–. ¿Podemos centrarnos en lo de Pan, por favor?

Leo le pregunta a Sam si su ojo entrenado de médico captó algún detalle más en el cuerpo de Pan.

—Cuando Charley entró y nos contó lo que había descubierto, yo salí a ver el cuerpo. Tiene razón, hay una pequeña laceración en la cabeza. No hay mucha sangre, lo que me lleva a pensar que Pan fue golpeada con un objeto contundente que perforó la piel ligeramente, aunque está claro que bastó para dejarla inconsciente. Creo que seguía viva cuando la colgaron del peral. —Se le oscurece el semblante. Tira el resto del tofe—. Un puto peral. Es enfermizo.

—Lo sé —dice Charley en voz baja.

Repasan los eventos de la mañana una vez más, hablan de lo angustiada que estaba Pan la noche anterior y comparten su preocupación sobre el estado mental de Gideon. Al cabo, Sam se levanta para marcharse.

—Mirad, Audrey está bastante alterada —dice antes de salir—. He accedido a pasar por esto porque te conozco, Leo, y me parece que al menos estamos tratando de hacer algo. Pero no creo que Audrey esté preparada para este tipo de interrogatorio policial.

Leo se dispone a protestar, como si fuera de verdad un investigador de la policía de Snellbronach y todos estuvieran obligados a responder a sus preguntas, pero Charley lo interrumpe.

—Hablaré yo con ella más tarde en algún lugar donde se sienta cómoda —promete—. Pero creo que deberías mirar las carpetas de todos tan pronto como puedas, incluida la de Ali.

Una vez que Leo se ve obligado a este ligero cambio de planes, Charley se relaja un poco más. Está segura de que las carpetas de todos ellos y la ausencia de Ali tienen algo que ver con lo sucedido. Sea lo que sea, todo se basa en el pasado del grupo, en lo que le sucedió con Karl hace doce años. Charley puede sentirlo.

—Ya veo que a ti no te ha desaparecido el equipaje —dice Leo con desdén cuando Shona entra en la biblioteca.

Se ha quitado el atuendo de madame Poule y ahora lleva un vestido de terciopelo arrugado de tono carmesí, desgastado y agujereado en varias partes; una rebeca de angora de rayas estilo Daniel el Travieso llena de bolitas, y botas con clavos que han sido reparadas varias veces. Pero aunque se protege con su acostumbrada armadura de siempre, Shona tiene aspecto cansado y distraído al tomar asiento.

—Bueno, se acabó el juego, ¿no? —Se encoge de hombros—. *Au revoir*, madame Poule.

Charley reprime un arranque de irritación: le encantaría poder decir adiós a la señorita Mirlo, a esos vestidos rígidos que tanto pican. Shona quita el envoltorio de un caramelo de tofe del cuenco, pero no se lo come. En lugar de eso, lo calienta en la mano hasta ablandarlo, y luego comienza a esculpirlo y moldearlo con los dedos.

Les cuenta que no se molestó en dormir después de hartarse de beber la noche anterior, y que se había quedado despierta trabajando en una nueva idea hasta las tres menos diez. A esa hora tenía que colarse en la sala de estar con una selección de accesorios para realizar un ritual de ocultismo, según indicaban las instrucciones de su carpeta. Allí se topó con Leo, dormido, y no había podido resistir la tentación de pintarrajearle la frente. Vio a Gideon caminando de puntillas por el corredor de arriba, y alrededor de las tres también vio a Sam internándose por el pasillo para hacer una llamada telefónica falsa como el doctor Cisne. Luego se fue directa a su cuarto para continuar trabajando en su proyecto.

—Entonces, ¿no estabas en el pasillo alrededor de las tres y cuarto, hablando con alguien con una sudadera negra? —pregunta Charley.

Shona examina la escultura de tofe, que se ha convertido en una cabeza humana en miniatura con una nariz afilada, ojos huecos y una boca abierta en un grito. Niega con la cabeza.

A diferencia de Kamala, Shona está tan acostumbrada a mentir que su lenguaje corporal no evidencia nada.

—¿Has traído tu carpeta? —pregunta Leo.

—No te servirá de nada —dice Shona, pasándosela.

Esta vez es Leo quien la agarra, y Charley se inclina para mirar.

—Bueno, no se puede negar que te interesa el ocultismo –dice Leo.

—No es que sea un secreto. Está presente en mi trabajo, en todo lo que hago. Pero no soy ninguna satanista, joder, y jamás en mi vida he sacrificado a ningún animal en un altar. El folclore y lo sobrenatural son parte de mi arte; uso carne y huesos de animal como materiales para mis esculturas. Eso es lo que Ali insinuaba.

Observa la cabeza chillona que ha creado con el tofe; sigue sin prestar toda su atención a la conversación. Pellizca la nariz de la escultura para hacerla más ganchuda.

—Bueno, eso tampoco es ningún secreto, ¿no? –Leo hojea la carpeta, que parece tener menos hojas que las de los demás–. ¿Has arrancado algunas páginas?

Shona se cruza de brazos y mira directamente a los ojos de Leo. Con una expresión vacía explica que estaba trabajando con papel maché anoche y necesitaba material.

Leo parece aburrido y está a punto de decirle a Shona que puede irse con un ademán, cuando de pronto Charley interviene:

—¿Qué viste en el bosque, Shona?

—Vi lo que os dije antes. Una mujer esquelética con un pie venda-do y maldad en la mirada. La bruja del invierno de pies torcidos.

Leo suelta un resoplido burlón y Shona una mirada de rabia.

—No hace falta que me creas, pero hay dos opciones. La primera es que haya una anciana indefensa cojeando sola por este erial nevado y deshabitado; la otra es que existan cosas en este mundo que estén más allá de tu comprensión. No sé por qué te resulta tan fácil aceptar la primera explicación y desechar la segunda.

Hay una tercera explicación; Charley lo sabe: que Shona todavía está tratando de asustarlos, de provocarlos, incluso después de lo que ha sucedido con Pan. Que tiene algún plan oculto.

Shona tira la cabecita de tofe en la mesa, desde donde contem-pla a Charley con ojos vacíos y burlones. Shona se inclina hacia delante y vuelve a invadir el espacio personal de Charley, los ojos enfocados en ella como un láser.

159

—Como dije antes, la Navidad es tiempo de recompensar al bueno y castigar al malhechor. Puede que esto haya comenzado como un jueguecito diseñado por mortales, pero ya no somos nosotros quienes controlan el juego.

Shona se marcha y Charley le devuelve el Moleskine a Leo, quien la mira interrogativamente.

—Eres una caja de sorpresas, ¿no? ¿De dónde han salido todas esas preguntas?

Charley no está segura de si se trata de un cumplido. No suena como tal.

Tras marcharse, pasa por el salón azul, se detiene y oye que Shona y Sam hablan en el pasillo. Intercambian varias preguntas entre susurros rápidos. Charley prefiere evitarlos a ambos y se sienta a la mesa, para tratar de reordenar sus pensamientos.

Le va el cerebro a mil por hora. Las entrevistas la han dejado más confundida que nunca. Karl había presionado a Gideon por hacer trampa en sus estudios, lo cual significa que Gideon tenía un motivo para hacerle daño. Y si Pan se había enterado, si le dijo algo al respecto anoche a Gideon… Por otro lado, Gideon se había mostrado muy alegre antes del desayuno, mientras que al descubrir el cadáver de Pan se quedó destrozado, lleno de dolor. Seguramente la amaba demasiado para desearle mal alguno. Ahora había dos misterios por resolver, dejando aparte el que todos habían venido a representar. Sin embargo, Charley no puede pasar por alto la idea de que la desaparición de Karl y el asesinato de Pan estén relacionados. Y también debe reflexionar sobre la ausencia de Ali.

Charley contempla de nuevo el ciervo, que definitivamente no combina con el cuadro *art déco* que cuelga junto a él. En el aparador debajo hay una gran fuente de porcelana con tapa; también estilo *art déco*. Charley la mueve para situarla directamente debajo del ciervo, pero solo consigue descentrar más el conjunto. Vuelve a apartar la fuente y la tapa se cae. Hay algo dentro.

Se trata de un paquete cuadrado y marrón envuelto con un lazo. Otro regalo, igual que los del desayuno. Debe de ser de Pan. Por supuesto, se suponía que lady Perdiz había sido asesinada antes del desayuno, pero Ali debió de preparar este regalo como pista adicional, o bien como forma de lanzar una granada en medio de la Sociedad de la Mascarada Homicida. Pero entonces, ¿por qué esconderlo?

«Porque incrimina de alguna manera al asesino».

Se le revuelve el estómago mientras coge la caja y desliza los dedos debajo del lazo. Se prepara, sabiendo que podría haber algo horrible dentro. Saca del interior un trozo de tela cuadrada de algodón azul, del tamaño de un pañuelo, pero deshilachado en los bordes y cubierto de sangre.

La lógica de Charley tarda unos segundos en comprender. No puede ser sangre auténtica. Sigue roja, no se ha resecado ni adoptado un tono marrón. Lo huele: no es sangre de verdad. Desprende un olor dulce, así que es probable que se trate del ingrediente favorito de la Sociedad de la Mascarada Homicida: sirope de maíz.

Tras cerciorarse de que no hay moros en la costa, Charley sube con sigilo las escaleras y se detiene una vez más frente a la puerta de Gideon. Cuando le preguntó por él a Leo, este había respondido con evasivas, se había limitado a decir que seguía perdido en el personaje del señor Dorado, cosa que era una mentira descarada, y que lo mejor sería que Charley se mantuviese alejada de él. Justo el incentivo que Charley necesita para no mantenerse alejada de él.

Llama a la puerta pero no hay respuesta; está ligeramente entreabierta. La habitación se encuentra en penumbra. Charley empuja la puerta con suavidad y la abre lo suficiente para revelar la figura de Gideon, todavía acurrucado bajo el edredón. Los sollozos han cesado, su respiración es profunda y tranquila, su cabello rubio es lo único que se atisba. Charley está a punto de retroceder cuando ve la carpeta de Gideon en la mesita de noche. Entra y la agarra.

Algo cae de la mesita y aterriza en la alfombra con un golpe que debería despertar a Gideon, pero no lo hace. Es un teléfono. Se trata del teléfono de Pan; esa carcasa enjoyada es inconfundible. O bien Pan lo dejó en la habitación de Gideon anoche, o bien Gideon se lo quitó antes de…

No, Pan debió de dejarlo aquí, con la intención de volver a la cama de Gideon después de su cita con Charley en la biblioteca. Pobre Pan.

Charley recoge el teléfono y se lo mete en el bolsillo. Acto seguido regresa a toda prisa al pasillo y se dirige a su habitación, solo para encontrarse con Leo en el camino.

–¿De quién es esa carpeta? –pregunta él.

–Es la mía –dice Charley, y la aprieta contra sí para que no se vea el nombre del personaje, escrito en la parte delantera.

Sea lo que sea lo que piense Leo, Charley no es ningún Watson para el Holmes que cree estar interpretando. No confía en él. Mirará la carpeta ella sola y luego decidirá qué hacer.

Una vez en su habitación, Charley no puede relajarse. La ventana está cerrada, pero aun así entra una corriente de aire frío que eleva suavemente las cortinas y las baja de nuevo, como si la casa respirase. Al principio, a Charley le habían encantado la oscuridad y el silencio del campo, pero ahora se le antoja un ambiente ominoso. Reacciona al más mínimo ruido. Hay movimiento de pasos que van y vienen delante de su puerta, un suave crujido en el techo que podría ser Kamala rebuscando en el armario de la limpieza, pero que más bien suena a ratas otra vez. Pone agua a hervir y llena una taza en la disuelve un sobre de chocolate caliente navideño. Inhala el reconfortante olor a jengibre y canela. Se mete bajo las mantas para calentarse y saca algunas hojas sueltas de la carpeta de Gideon. Son blancas; no concuerdan con los perfiles de personajes en color crema de Ali. En la parte superior de cada página hay un logotipo que Charley reconoce vagamente, pero que no alcanza a ubicar: la imagen estilizada y azul de una serpiente que se traga su propia cola. Un uróboro, símbolo de la vida eterna. Los papeles están cubiertos de gráficos, llenos de cifras y porcentajes que Charley no entiende. Algunos de ellos han sido resaltados y alguien ha garabateado junto a ellos con bolígrafo: «Escandaloso». «Solucionar esto YA». «No responder en digital y destruir este papel». Quien escribió la nota ha apretado tan fuerte que la pluma ha dejado surcos profundos en la página. Alguien del trabajo estaba claramente muy enfadado con Gideon. Pero ¿no está Gideon casi en lo más alto de su empresa? Solo sir Nathaniel se atrevería a hacer algo así.

Charley deja los papeles a un lado y echa mano de la carpeta.

Nombre: Gideon St. John.

Rol: señor Dorado, banquero rico de la ciudad, enamorado de lady Perdiz.

Características: el señor Dorado es un banquero ruidoso y descarado que resuelve sus problemas a golpe de talonario. Antiguo mejor amigo de Kurt Piper, ambos se pelearon cuando Kurt descubrió que era un impostor que había falsificado sus calificaciones universitarias.

Secreto: el señor Dorado no sabe leer, un secreto que ha mantenido oculto ante el mundo pagando a un sirviente para que lea por él. El doctor Cisne lo ha descubierto y lo chantajea para que financie sus investigaciones eugenésicas.

Una vez más, Ali exagerando los secretos de todos: unos cuantos ensayos académicos escritos por otro en la vida real se habían convertido en analfabetismo dentro del juego. Además, en realidad había sido Karl quien amenazaba con descubrir a su amigo, no Sam. Charley sigue leyendo.

A su vez, el señor Dorado sabe que lady Perdiz está en la ruina y ha amenazado con contárselo a todo mundo si no se casa con él.

Ahí estaba de nuevo: lady Perdiz sin un céntimo.

Charley agarra el iPhone de Pan. Es el último modelo, por supuesto, y todavía tiene bastante carga. Pero sin el código de acceso, todo lo que Charley puede ver es la foto de fondo de pantalla de Pan, que es, por supuesto, un selfi suyo en algún tipo de lanzamiento de producto de belleza. Junto a ella, claramente emocionadas de ser incluidas en un selfi de Pan, hay dos esteticistas que llevan el tipo de uniforme de estilo quirúrgico que la industria cosmética usa para convencer a los clientes de que su producto está testado por médicos.

El rostro de Pan irradia confianza y complacencia: una mujer en la cima de su carrera con grandes cosas por delante. No hay señales de la mirada distraída que la había atormentado antes de morir. Algo la había sacudido. No había sido la misma desde esa llamada en el aeropuerto. Charley mira la pantalla bloqueada del teléfono, frustrada por no poder ver quién la había llamado. Apura el resto del chocolate y oye unos golpecitos en la puerta. De mala gana se desliza fuera de las mantas. En el pasillo, Kamala le dedica una mirada furibunda.

—Me han mandado a buscarte —dice—. El doctor Cisne dice que tenemos que decorar el árbol.

Abajo, en la sala de estar, Charley se topa con una escena surrealista. La televisión ha vuelto a la vida y muestra un canal de villancicos en una iglesia antigua de quién sabe dónde. Las voces del coro cantan en armonía *Los doce días de Navidad*. Todos, excepto Gideon, se dedican a colgar decoraciones en el árbol de Shona.

Shona, subida a un taburete, coloca las cálidas guirnaldas de luces blancas del árbol original en el nuevo. Las bombillitas parpadean entre las alargadas agujas de pino. Leo desprende las elegantes decoraciones del viejo árbol y las apila para que Audrey las cuelgue.

—Ridículo, ¿verdad? —le dice Kamala en voz baja a Charley—. El doctor dice que necesitamos una actividad agradable, una distracción que nos ayude a superar la mala Navidad que estamos pasando, pero en realidad lo está haciendo por su novia. Mírala, está hecha polvo.

Las manos de Audrey tiemblan mientras intenta colocar una

pesada bola de cristal. Sin embargo, esto no es un árbol de centro de jardinería, con ramas firmes y decorativas. La bola cae al suelo y se rompe.

—Quiero irme a mi casa… —La voz de Audrey suena aguda y débil, a punto de quebrarse.

—Lo sé —dice Sam en tono bajo y tierno—. Vamos a superar esto. Kamala, ¿hay más decoraciones por aquí?

—Hay una caja en el establo, pero no pienso ir allí.

—¿Leo? —pregunta Sam.

Leo, obediente, se apresura a ir a buscarlas.

Charley no ha visto tanta coordinación entre los integrantes de la Mascarada desde los buenos tiempos, antes del escándalo del collar. Leo regresa con una caja maltrecha llena de decoraciones retro en tradicionales tonos rojos, dorados y verdes, con cintas de tartán. Son más ligeras y se prenden del árbol con más facilidad. Audrey, Leo y Charley las colocan, e incluso Kamala cuelga a regañadientes un par de bolas. Sam los sigue con discreción, desplaza algunas y las espacia con uniformidad.

—Esto no es uno de los *tableaux* de tu madre —gruñe Leo—. No tiene que ser perfecto.

Sam se encoge de hombros.

—No puedo evitarlo, lo llevo en la sangre.

—Sigue pareciendo demasiado convencional. —Shona resopla—. Espera, tengo algo.

Regresa poco después con una raída bolsa de viaje, de la que saca un objeto y anuncia que ocupará un lugar de honor en la cima.

—¿Eso es una araña gigante? —pregunta Audrey.

Shona sostiene lo que parece ser una tarántula real, es de esperar que muerta, cuyos pelos han sido retocados con pintura plateada, en el centro de una telaraña hecha de… Charley espera que no sean huesos, pero sabe que lo son.

—La he hecho yo misma —dice Shona, y sube de nuevo al taburete—. Sabéis que las arañas mudan la piel, ¿verdad? Esta me la consiguió un contacto en el zoológico.

—Pero ¿por qué vas a poner una araña? —pregunta Kamala con un estremecimiento.

–Por un viejo cuento del folclore de Europa del Este. Había una vez una familia pobre que llevó un árbol de Navidad del bosque a su cabaña. No podían permitirse regalos, comida ni decoraciones. Los niños lloraban por tener que pasar una Navidad tan triste. En un rincón de la cabaña, una araña los oyó y sintió lástima. Trabajó toda la noche para tejer telarañas como decoraciones. Luego, al hacerse de día, la luz del sol iluminó el árbol y las telarañas se transformaron mágicamente en oro y plata.

–Vaya, es bastante… adorable. –Charley intenta reprimir la sorpresa en el tono de su voz.

–Una vez más, un cuento navideño sobre recompensar la inocencia. –Shona fija esa macabra estrella en su lugar con un poco de alambre plateado–. Tal vez decorar este árbol apacigüe a lo que sea que está ahí fuera, y mantenga el mal a raya.

–Shona, por favor –advierte Sam, lanzando una mirada hacia Audrey.

Shona se vuelve hacia él y emite un siseo. Un sonido animal, como el de un gato acorralado. Sam retrocede sorprendido y Charley los observa. Desde que conoce a Shona, la artista se ha deleitado en asustar y espantar a la gente, pero siempre ha sido deliberado, calculado. Esto es diferente. Shona parece haberse vuelto salvaje.

El grupo se sume en el silencio y la música del televisor llena la habitación. El coro ahora canta *Nosotros, los Reyes Magos*. Charley lo ha cantado muchas veces como parte de su propio grupo coral y su boca forma instintivamente las palabras:

La mirra es mía, su perfume es amargo,
respira una vida de creciente oscuridad;
con angustia, suspirando, sangrando, muriendo,
sellado en la tumba fría de piedra.

A pesar de las decoraciones centelleantes en el árbol, Charley se siente atrapada en la sombra, rodeada de muerte. La Navidad nunca volverá a ser la misma. No hay suficientes cócteles *Buck's Fizz*, pavo asado y especiales navideños de *Strictly Come Dancing* que restauren ese cálido sentimiento festivo.

Mira alrededor. Kamala, que se niega a mirar la pantalla, guarda las decoraciones sobrantes. Leo está prácticamente en posición de firmes, con la mirada hacia el frente, una estampa de rígido control. Shona se gira y toquetea el anillo con una calavera de plata que lleva en la mano derecha; la piel alrededor ya se ha enrojecido. Sam vuelve a centrar su atención en Audrey, le acaricia la mejilla y murmura palabras de consuelo, pero su propio rostro está nublado por las dudas.

Los integrantes de la Mascarada parecieron en su día superhumanos, aupados por el privilegio y listos para conquistar el mundo. Ahora hay una sombra sobre ellos.

Todos parecen asustados.

Capítulo 14

Shona

Hace doce Navidades, 16:10 h

La Dama Blanca parecía flotar en la esquina de la habitación y observaba a los miembros de la Mascarada mientras estos disfrutaban de sus cócteles. Era una presencia vaporosa, una forma que los demás podrían haber tomado por el reflejo de la luz en el espejo en la pared. Sin embargo, Shona sabía que estaba allí. Parecía más bien el boceto de una persona, no tanto una forma humana completamente desarrollada, pero Shona veía con claridad su expresión facial. La habría descrito como confundida.

Desde que Leo había propuesto hacer una mascarada navideña en Fenshawe, Shona había albergado la esperanza de vislumbrar a la famosa Dama Blanca de la mansión. Aquel espíritu sí que era un verdadero fantasma navideño, no las cursiladas de Dickens. Solo se la veía en el solsticio de invierno; se deslizaba por los corredores y provocaba discusiones y rupturas familiares a su paso. A principios del siglo XVIII, dos hombres se enfrentaron en duelo por ella en aquellos terrenos. Un siglo después fue avistada en la noche en que el hijo mayor del conde se fugó con su propia madrastra. Y en cierta ocasión encontraron en el vestidor de la condesa a una criada que había visto a la Dama Blanca. Fue tal el susto que la chica murió.

Shona pensaba que matar a alguien de un susto podía considerarse el asesinato perfecto, siempre que se contase con la complicidad del fantasma.

Ninguno de los otros integrantes de la Mascarada, ni tampoco aquel camarero tan sexi, habían dado señal alguna de que pudieran verla, cosa que no sorprendió a Shona. Hacía mucho tiempo que era consciente de que veía las cosas de manera diferente a otras personas. De niña le gustaba tenderse en la cama y concentrarse hasta que levitaba fuera de su propio cuerpo. A medida que crecía, los acontecimientos sobrenaturales, como ella los denominaba, se hacían más frecuentes. Nadie la había creído y pronto se dio cuenta de que la mayoría de las personas, incluso su amigo de la infancia, Sam, no tenían mucha tolerancia hacia nada que no pudieran ver por sí mismos. Eso había alimentado el sentido de superioridad de Shona: el mundo estaba lleno de tontos aburridos e ignorantes que se mostraban ciegos a la oscuridad y el salvajismo que los rodeaba.

Sintió que la mirada del fantasma se desplazaba hacia ella y miró a las cuencas vacías de los ojos de la Dama Blanca. Hizo un discreto asentimiento para mostrar que la había visto. Las dos eran espíritus afines; a ambas les atraían los problemas.

Y en aquella habitación había problemas para dar y regalar. Había tensión, deliciosa tensión, por todas partes. Shona la percibía, como una telaraña en su cabeza que se estirase, tensa, entre Pan, Gideon, Sam, Ali, Leo y Charley. Todo conducía a Karl, situado en el centro. Incluso había un hilo que tiraba de la propia Shona, aunque esta intentaba ignorarlo. Karl estaba al tanto de la aventura que había tenido con el doctor Pike. Y con el profesor Khalid. Y con el miembro del jurado que le había concedido el premio a Mejor Artista Joven de la universidad. Karl chantajeaba con jovialidad, sin malicia, y lo que era peor, se ganaba el cariño de sus víctimas a la postre. Eso requería un tipo especial de encanto.

Como alguien a quien le gustaba atormentar a la gente, Shona siempre había admirado la habilidad de Karl para provocar, presionar, aguijonear e irritar a las personas que lo rodeaban sin perder nunca su lealtad. Sin embargo, puede que hubiera empezado a presionar demasiado. Había un flujo de pánico que erosionaba los cimientos de la Sociedad.

Si la Dama Blanca no hubiera estado presente, quizá Shona habría dejado las cosas como estaban. Disfrutaba de aquellas mascaradas; alimentaban su amor por el juego y los roles extravagantes, así como su fascinación por la muerte. No quería que el grupo se desintegrara. Pero parecía que la Dama Blanca, que aleteaba en la esquina, le lanzaba un desafío silencioso: «A ver hasta dónde puedes llevar a esta gente».

Sus ojos se posaron en Dasha, que se había alejado de Sam y estaba sentada en una pequeña *chaise longue*. Jugueteaba con un largo y oscuro mechón de cabello mientras hojeaba perezosamente un ejemplar de *Vogue Russia*. Tenía aspecto de aburrirse; y el aburrimiento es un buen punto de partida para quien quiere causar problemas.

Shona se sentó a su lado y se sirvió lo que quedaba de la botella de Stoli de Dasha.

—Debería pegarte un tiro —dijo Dasha al ver la botella vacía.

—Oh, vamos… —Shona intentó poner una expresión encantadora—. Son las cositas que hago siempre.

—Al menos si te disparase tendría algo que hacer.

Dasha esbozó una sonrisa perezosa, y Shona recordó los rumores que circulaban cuando apareció por primera vez en el campus. Historias exageradas sobre lo que su padre hacía con sus enemigos en la dacha aislada de la familia. Probablemente eran exageraciones, pero aun así Dasha debía de haber visto más muerte en sus veinte años de edad de la que todos aquellos mimados de la Mascarada verían en su vida. Un delicioso escalofrío recorrió a Shona al pensarlo. ¿Habría matado Dasha a alguien con sus propias manos?

Dasha se recostó contra los cojines de seda desgastados.

—Podría estar en St. Barts ahora mismo, en un puto yate, pero pensé: «No, vamos a probar una Navidad británica acogedora por una vez y a pasar el rato con Karl». Y ahora estoy aquí, en este sitio de mierda. El cielo tiene el color de las bragas de mi abuela, no hay nieve y el *khuylo* que tengo por novio está vestido como un maldito ladrón de casas de la tercera edad.

—Creo que lo que pasa es que a Karl le gusta ser el centro de atención —dijo Shona, con un gesto del mentón hacia el lugar donde Santa y madame Carlotta entrelazaban los brazos para beber de sus copas de cóctel.

Shona estaba convencida de que la principal razón por la que

170

cualquiera jugaba a las mascaradas era porque aquellos juegos proporcionaban un espacio seguro en el que coquetear entre ellos sin llevar la situación más allá. Incluso Ali y Leo tenían vía libre dentro de una partida.

—Agh, valiente *shlyukha*. —El rostro de Dasha adoptó una expresión de desagrado al mirar a Charley—. Pronto descubriremos si ha sido ella quien vendió mi collar. Y mírala ahí, coqueteando con Karl. Las carpetas de Ali no dicen nada de que madame Carlotta tenga que flirtear con Papá Noel.

Cualquier otro miembro de la Mascarada podría haberle asegurado a Dasha que aquello era un comportamiento de lo más normal, y que no significaba nada. Pero se trataba de Shona; alguien capaz de olfatear la debilidad.

—Es verdad —dijo en tono ladino—. Parece que tiene la costumbre de echar mano de lo que no le pertenece.

—Pues está jugando con fuego —dijo Dasha, apretando los dientes, con un destello de ira en los ojos.

Si había algo que Shona sabía sobre Dasha era que no le gustaba que la humillaran. Decidió irritarla un poco más. Nada demasiado complicado, solo unas pocas palabras bien escogidas que picoteasen el orgullo de Dasha.

—Me sorprende que lo toleres.

—¿Me estás llamando cobarde? —La respuesta de Dasha fue rápida y venenosa, como el ataque de una víbora.

—Por supuesto que no, es solo que…

Shona hizo un gesto con la cabeza hacia el centro de la habitación, donde Karl besaba la mano de Charley. Sus labios le rozaron la piel del interior de la muñeca. Ambos tenían los ojos prendados el uno en la otra. Charley sonreía con la vivacidad de madame Carlotta. Esa chica sabía interpretar un papel.

Todo sucedió tan rápido que Shona casi ni lo vio: Dasha se puso en pie de un salto, como una pantera, suave y elegante. Cruzó la habitación con un movimiento fluido, agarró a Charley de la oreja y le dio una bofetada en el lado opuesto del rostro, un golpe que le salió con la sencillez nacida de la práctica. Shona comprendió que Dasha había hecho antes una maniobra así, que sabía cuánto dolía.

Se inclinó hacia delante en la *chaise longue* y se mordió el labio con un gesto de satisfacción. Sintió una burbuja irresistible de risa que empezaba a crecer dentro de sí, pero logró contenerla. Sin embargo, todo resultaba ridículo. Leo, escandalizado y sin salirse del todo del personaje, le dijo a Dasha que se calmara. La cara de Pan estaba petrificada en una expresión de asombro absoluto. Ali gritaba, aunque Shona no sabría decir si le decía a Dasha que se detuviera o si la animaba a darle otra. Y Karl... Shona no podía interpretar su expresión en absoluto.

Karl no reaccionó de inmediato. Se limitó a mirar a Dasha, como si dentro de su cabeza discurrieran pensamientos más importantes. Dasha le dio otra bofetada a Charley, que chilló de dolor.

—Dasha, para —dijo Karl; su voz sonó dura—. Déjala en paz.

Dasha, que se estaba preparando para asestarle una tercera bofetada, apartó a Charley de un empujón y se volvió hacia su novio. Karl era alto, pero Dasha, que era modelo, tenía suficiente estatura para mirarlo directamente a los ojos.

—¿Te pones de su parte? ¿Te pones de parte de esta perra ladrona y no de la mía?

—No se trata de partes, se trata de no ser una imbécil —dijo él—. No puedes agredir a alguien porque estés molesta con ella. Esto es un juego, Dasha. Esto... —hizo un gesto señalándose a sí mismo y a Charley— no es nada, es parte de la Mascarada. Y a ti no te importa un carajo ese collar. Ni siquiera te gustaba, y ya te has comprado otro. Para ya.

Shona esperó con la respiración contenida. Los demás habían formado un círculo protector alrededor de Karl sin darse ni cuenta. El barman estaba inmóvil, aún con la coctelera en la mano y un rubor atractivo en las mejillas.

Dasha estaba en el centro de todos, en pose de batalla, con los pies separados y los brazos listos para golpear. Era tan hermosa que Shona habría querido pintarla, o tal vez acostarse con ella...

—Vete de aquí, Dasha —dijo Karl—. No eres parte del grupo; este no es tu sitio.

Se alzaron voces de protesta. Ali gritó, Leo emitió un lamento de frustración, Pan se adelantó a toda prisa y dijo:

172

–No lo dice en serio…, por favor, quédate…

Dasha dijo algo entre dientes. Podría haber sido una maldición, una palabrota o algún murmullo de derrota. Giró sobre sus talones y se alejó, pero cuando estaba en la puerta se volvió apenas un instante:

–Feliz Navidad, perdedores de mierda –dijo.

Y luego se fue.

–Fuah, Karl, la has cagado –dijo Gideon.

–La he cagado pero bien, ¿no? –dijo Karl–. ¿Por qué le habré dicho eso?

Charley emitió un sonido de dolor desde el otro extremo de la habitación. Se agarraba la cabeza, pero el único que se había molestado en ir a ver si estaba bien era el barman, que le puso un poco de hielo de la cubitera. Los demás miraban a Karl como si estuvieran viendo un episodio impactante de *EastEnders*.

Unos minutos después oyeron el rugido del motor de un Maserati y el sonido de los neumáticos sobre la grava. Estaba claro que Dasha se había largado. Ahí Shona sí que sintió un ápice de arrepentimiento. Todo sería mucho más aburrido sin ella.

–Bueno, volvamos todos al juego –dijo Ali con brío, intentando controlar la rabia.

Varios de los presentes protestaron.

–De hecho, creo que ya hemos terminado con la escena del cóctel –dijo Karl–. Necesito un poco de tiempo para pensar, y no tengo nada concreto en la agenda durante una hora. Nos vemos más tarde para el asesinato.

El grito de indignación y frustración de Ali resonó por toda la sala. Shona resistió el impulso de aplaudir a Karl. Había logrado insultar a Ali a varios niveles. Primero, se había hecho con el control de la situación aunque fuera ella la directora. Segundo, había mostrado poco interés en jugar. Y tercero, lo más devastador para Ali: había insinuado que su agenda era tan laxa que podía tomarse una hora libre sin que se notase la diferencia. Valiente cabronazo estaba hecho.

Shona vio cómo se marchaba. Le galopaba el corazón de emoción, tenía el cuerpo inundado de adrenalina. Se sentía increíblemente bien, viva. Todo esto lo había provocado ella, le había dado forma a la escena como si de una escultura se tratase. Había sido magnífico.

Fue entonces cuando echó un vistazo a la esquina de la habitación donde había estado la Dama Blanca, y vio que se había ido.

Capítulo 15

La despierta un ruido en la habitación. No es, como antes, un sonido de correteo; esta vez está segura de que son pasos. Podría ser Kamala, que se ha levantado temprano y camina de un lado a otro, pero su habitación no está sobre la de Charley. Se encuentra al otro lado del pasillo, en el piso de arriba.

También oye algo más. Parece un llanto.

La noche anterior no hubo cena de Navidad. Nada de descarados Baileys ni pasteles de carne, y ciertamente ningún juego de resolución de misteriosos asesinatos. Después de los créditos del programa de villancicos navideños de la televisión, todos se dirigieron en silencio a sus habitaciones. Charley cerró con llave y se metió en la cama; aunque el sueño tardó en llegar. La oscuridad tintada a su alrededor resultaba sofocante; la casa estaba de alguna manera inquieta, incluso horas después de que todos se hubieran ido a la cama. Y sus sueños, cuando finalmente llegaron, estuvieron preñados de mirlos, cabello de color rubio miel y agua helada.

Ahora Charley no experimenta ninguno de esos sentimientos acogedores y esperanzadores de la mañana anterior. Arrastra los pies hacia la ventana y abre las cortinas. Vuelve a saludarla una vez más una escena de belleza blanca. Después de la última tormenta de nieve a altas horas de la noche de Navidad, los cielos se han despejado y la nieve está como en el villancico: profunda, crujiente y nivelada. Charley ve el sol reflejado en las colinas distantes, iluminando la línea de nieve con un resplandor deslumbrante. Pero, en este valle, el sol no llega al suelo. La casa vivirá en penumbra hasta la primavera, y está claro que el aire del exterior aún está demasiado frío.

La noche anterior, Charley enjuagó el jersey manchado y desgastado por el viaje y sus mallas, y los puso a secar. Esta mañana siguen húmedos y huelen aún peor. Ella suspira y busca otro austero vestido de institutriz en el armario. Elige un milrayas de algodón, pesado, gris y con cuello estilo Peter Pan. Casi parece un uniforme de criada. El aspecto de subordinada adecuado para interactuar con Gideon, piensa con pesar.

Charley llama a la puerta de Gideon, primero con suavidad y luego más fuerte.

–Gideon, soy yo. Sé que es temprano pero quiero hablar contigo. Lo siento mucho por Pan. –Gideon podría seguir dormido, o quizá está ignorándola–. Voy a entrar –dice. Gira el frío pomo de bronce y empuja la puerta.

Al igual que ayer, la estancia está a oscuras, la silueta durmiente de Gideon sigue bajo el edredón. Pero esta vez, los ojos de Charley se detienen en algo que sobresale de debajo de las mantas. ¿Eso es…? Charley se inclina hacia delante y toca metal frío. Es el collar que contenía su regalo de Navidad. ¿Qué hace aquí?

Le recorre el cuerpo una sensación preocupante. Algo no va bien. No hay ronquidos. No oye respiración alguna.

Alarga la mano hacia el mechón de rizos rubios de Gideon que asoma, apoyado sobre la almohada, y levanta suavemente la manta.

Dos ojos azules y brillantes le devuelven la mirada. Charley suelta la manta, paralizada.

Gideon está muerto.

Hace unos años, Charley interpretó un papel menor en una obra de misterio. Era una criada que descubría un cadáver, y el director insistió en que su grito debía ser lo más crudo y visceral posible. Sin embargo, ahora Charley no grita. Se lleva la mano a la boca, horrorizada.

Vuelve a apartar las mantas, un poco más esta vez. Gideon está vestido con el traje de *tweed* del señor Dorado. Han cubierto la cama con papel; pequeños trozos de papel de colores. Dinero del Monopoly, como los billetes que Gideon le había arrojado el día anterior; pero hay muchos más, un montón de dinero falso y arrugado. Le han metido billetes en los bolsillos y en el cinturón, los han esparcido a su alrededor. Y en la almohada, junto a la cabeza de Gideon, descansan cinco anillos delgados de oro. Son anillos de Pan, los que Charley había notado que faltaban ayer. Quienquiera que haya hecho esto debió de habérselos sacado.

Charley retrocede. No puede soportar estar en la misma habitación que él. Tiene que avisar a alguien. A Leo, no. ¿A Sam, tal vez? Pero entonces tendría que decírselo también a Audrey, y Audrey se encuentra muy frágil en este momento. No. Charley sabe a quién tiene que avisar.

Sube las escaleras, llama a la puerta de Kamala, y dice, sin esperar a que responda:

—Necesito tu teléfono. Es Gideon, está…

No puede ni pronunciar la palabra.

—¿De qué estás hablando?

Kamala suena molesta. Es la cocinera y ya ha cumplido su horario laboral.

—Sé que tienes un teléfono que funciona —dice Charley—. Te oí hablar ayer, le dijiste a alguien que tenía que aparecer.

La mirada irritada se desvanece y da paso al pánico. Un destello de culpa seguido de mentira evidente:

—Estaba grabando un vídeo de TikTok en el teléfono, aunque no puedo subirlo aquí; no tengo cobertura, igual que los demás.

—Gideon está muerto —dice Charley—. Necesitamos ayuda.

La cara de Kamala muestra un asombro… ¿falso o real? Charley no está segura.

—Llévame a verlo.

Charley ya sabe qué esperar, pero aun así tiene que armarse de valor mientras enciende la luz y levanta el edredón. Los ojos azules de Gideon están inyectados en sangre, tiene una mueca de dolor grabada para siempre en el rostro y en el cuello se aprecia un moretón grueso y oscuro. Marcas de un profundo tono violáceo en su piel, que podrían deberse a la presión que ejercería una cadena de oro gruesa.

—Lo han estrangulado —murmura.

—No te acerques. —Kamala extiende el brazo frente a Charley—. No toques nada. Sobre todo, no toques ese collar.

Pero Charley ya lo ha tocado. Al fin y al cabo es suyo, o al menos de la señorita Mirlo.

Una vez que salen de nuevo al pasillo, Charley puede volver a respirar, pero entonces la puerta de Leo se abre y este pregunta a qué viene tanto alboroto. Sam sale de su propio cuarto, despeinado y medio despierto, junto a Audrey, que se frota los ojos de sueño, con aspecto confundido.

Todos reciben la noticia al mismo tiempo. Se miran unos a otros con asombro, horror y desconfianza creciente en los ojos.

«Ha sido uno de vosotros».

Dejan entrar a Sam para que realice todas las comprobaciones médicas.

—Justo lo que dice Charley: ha sido estrangulado. Las marcas que tiene en el cuello pertenecen a los eslabones de la cadena del collar, ¿veis? —Sam señala el collar. A diferencia de Charley, pone mucho cuidado en no tocarlo—. Parece que lleva muerto un buen rato. Al menos doce horas.

Doce horas. Un horror nauseabundo se apodera de ella. Deben de haberlo asesinado poco después de que ella se colara en su habitación y se llevara la carpeta.

Al igual que con Pan, Sam toma fotos desde diferentes ángulos. El resto lo observa. Al cabo, es Leo quien habla:

—Creo que necesitamos hablar seriamente sobre lo que está pasando, sobre quién podría haber hecho esto. Anoche subí a mi habitación y vi a Charley alejándose de la habitación de Gideon; llevaba lo que parecía ser su carpeta. Yo diría que fue hace unas doce horas. ¿Alguien vio a Gideon con vida más tarde?

—¡No insinuarás que ha sido Charley! —dice Sam.

Pero todos la miran. Todos están sacando conclusiones.

Un sentimiento tan enfermizo como familiar se apodera de ella. Ya la escrutaron de este mismo modo hace años, cuando Ali la acusó de haber robado. Miradas duras, críticas, como si ya hubieran emitido su veredicto.

Leo camina de un lado a otro con un revuelo de la bata a su paso.

—Charley debía encontrarse con Pan a las tres. Solo tenemos la palabra de Charley de que Pan no apareció. Luego, Gideon acusa a Charley de asesinar a Pan y se la ve saliendo de su habitación más o menos a la misma hora en que lo mataron. Seamos honestos: Pan y Gideon llevan años diciendo que Charley tramaba algo. Quizá descubrieron algo que Charley no quería que se supiera. Sé lo que diría Ali si estuviera aquí.

El semblante de Sam ha cambiado, tiene los ojos abiertos de par en par, como si estuviese atando cabos en la cabeza.

—En realidad tiene sentido —dice mientras se gira y cruza la mirada con Audrey.

Charley desea que Audrey se muestre en desacuerdo, que diga algo, pero Audrey se limita a mirarla con expresión horrorizada.

Kamala tiene los brazos cruzados con fuerza. Durante una fracción de segundo sus ojos aletean hacia la escalera. Guarda algún tipo de secreto allí. Pero no dice nada.

Todos lo piensan. Se creen la teoría de Leo.

—Pero si Charley es la responsable, ¿cómo ha podido arrastrar a Pan hasta fuera? —pregunta Sam, como si Charley no estuviera ahí mismo, delante de él.

—Podría haber atraído a Pan hacia el árbol y haberla golpeado en la cabeza en ese momento. —Leo tiene respuestas para todo—. Una vez que Pan estuvo inconsciente, pudo haberla aupado hasta las ramas.

Charley se ha quedado de piedra. Todo es tan descabellado, tan absurdo, que no sabe ni cómo empezar a defenderse. Al igual que la última vez, cuando la acusaron de robar el collar, pierde la capacidad de hablar. Todo lo que puede decir es:

—Yo no he sido.

En ese momento, Charley siente que una mano la agarra de la muñeca. Una mano fría que es casi como un grillete helado, que la agarra con firmeza y le clava las uñas. Shona, con unas gafas de estilo *steampunk* sobre la frente y un albornoz de seda. Lleva las mangas enrolladas y sus brazos están cubiertos de un líquido rojo y pegajoso. También tiene el rostro manchado; resaltan las ojeras bajo sus ojos, el maquillaje corrido. Charley se retuerce, pero Shona la agarra con mucha fuerza.

—¡Por el amor de todos los dioses! Escuchad un momento,

cabezas huecas –grita Shona–. Esto no es un asesinato común y corriente. No es una chica que haya asesinado a alguien por un collar robado. Esto es maldad. Maldad pura, sin adulterar. No es natural.

Audrey suelta un pequeño sollozo de angustia, pero Leo pone los ojos en blanco.

–Ay, no. ¿Otra vez esas mierdas de Frau Percher que viene a castigarnos por nuestros pecados?

–Perchta –corrige Shona–. Y no puedes negarlo, todos los que estamos en esta casa hemos hecho algo malo. Ali me dijo que Pan no era la persona que creíamos que era. Gideon era la hostia de corrupto. Leo lleva años encubriendo escándalos y colando en el periódico historias favorables para sus amigos. Sam se dedica a salvar vidas porque así se siente superior al resto de nosotros, y no lo niegues, pequeña sabandija. Incluso la perfecta Charley estaba tonteando con Karl. Y yo misma dejé el alma por el camino hace mucho tiempo. –La expresión de Shona es salvaje, con esos dientes manchados de tabaco al descubierto en una mueca. Se inclina hacia Audrey–. Y tú, ¿qué? He visto cómo nos miras y nos juzgas, pero apuesto a que en el fondo eres igual de repugnante. Todos somos malas personas y estamos atrapados aquí, a la espera de nuestro castigo. Al menos yo admito que lo merezco.

Aprieta aún más fuerte la muñeca de Charley y echa a andar hacia su habitación con ella a rastras.

–Ven conmigo, quiero enseñarte una cosa.

Charley sigue a Shona a su habitación. Cierra la puerta tras de sí y se apoya contra la madera dura. Tiene el rostro húmedo de lágrimas, le tiembla todo el cuerpo por la conmoción. Durante un momento se siente aliviada de estar lejos de los demás, de sus acusaciones, pero luego se fija en lo que la rodea.

Se le revuelve el estómago.

Al igual que las demás habitaciones, la de Shona tiene paredes blancas, muebles antiguos bien restaurados y la ropa de cama límpida de un alquiler de lujo anónimo. Pero el suelo está cubierto de escombros. Hay franjas de satén rojo arrugado, deshilachado, manchas de una sustancia blanca parecida a la avena por todo el suelo, muelles de alambre y… huesos. Montones y montones de huesos. Costillas de animales, espoletas, el esqueleto del ganso de la cena de Navidad pintado con algún tipo de barniz conservante y transparente, que les da un toque reluciente a los restos. Shona ha apartado la cama a un lado y ha levantado una estructura en el centro de la habitación. Es casi de la misma altura que Charley, una versión distorsionada de una forma humana, unida con cuerda y alambre, ribetes de satén rojo endurecidos con algún tipo de pegamento para darles aspecto de tendones. Esto debe de ser lo que ha manchado de rojo las manos de Shona. Un cuerpo esquelético y encorvado adornado con trapos blancos. Shona sostiene algo monstruoso y redondo que parece una cabeza. Ha cortado una de sus bufandas de pelo para usarla como cabello y ha tallado una cara pálida y de papel, con una nariz ganchuda hecha de alambre y una boca abierta y desgarrada, hambrienta.

–Frau Perchta –dice, y contempla los ojos vacíos de la cabeza–. Cuando escuches el aullido del viento y el trueno en Navidad, es ella, al frente de una cacería salvaje de demonios que atraviesa el cielo nocturno. Empecé a hacer esta escultura en cuanto llegué aquí. Se suponía que iba a terminarla rápido para poder exponerla en la casa y asustarlos. Me lo pidió Ali. Pero después de la mañana de Navidad, después de ver esa figura en el bosque, no he sido capaz de parar, no dejo de añadirle detalles. Es como si algo se hubiese apoderado de mí. Como si fuera mi responsabilidad advertiros del mal.

Al fin, Charley aparta los ojos de la horrible escultura y escudriña a Shona: ojos rojos y llorosos, manos manchadas que tiemblan mientras clava sus afiladas uñas en esa macabra obra maestra. Esa aguda y complaciente crueldad que la caracteriza ha desaparecido, ha dado paso al miedo.

–Shona, estás agotada. Necesitas descansar.

Shona suelta un resoplido burlón.

–No necesito dormir, no he dormido más de dos horas desde que llegué. Tengo que terminar esto. Esto ya no va de asustar a un grupo de niñatos ingleses. Este es el mensaje más importante de mi vida.

–¿Por qué te dijo Ali que nos asustaras?

–¿Tú por qué crees, señorita Mirlo? Quiere descubrir la verdad. Quiere saber qué le pasó a Karl hace tantos años. Tal vez fue ella quien desató este mal sobre nosotros, como venganza.

–¿Venganza? Pero tú no tuviste nada que ver con la desaparición de Karl, ¿verdad?

–Estoy empezando a pensar que desempeñé algún tipo de papel –dice Shona–. Creo que todos tuvimos algo que ver con su desaparición de un modo u otro. Seamos sinceros, la desaparición de Karl nos entristeció y preocupó, pero también fue un alivio. Se acabaron los chantajes y los secretos ocultos.

–¿Sabes qué es lo que le pasó a Karl? –Charley contiene la respiración, reza por obtener respuestas.

Shona niega con la cabeza.

–Si le pasó algo sobrenatural, pues es eso, sin más. Desapareció de una habitación cerrada y ya no volvió. En las historias de detectives siempre resulta que el asesino bajó por un desagüe, se escondió detrás de una estantería oculta o entró por algún tipo de trampilla. Pero yo examiné hasta el último centímetro de esa habitación una y otra vez, y no había ningún escondite parecido. Y además, en las novelas de misterio siempre hay un cadáver. No es la víctima la que se esfuma. Cuanto más lo pienso, más entiendo que ahí estuvo el comienzo; el comienzo del mal. Desde entonces, todos hemos salido al mundo y esparcido nuestra corrupción. Nos hemos estado echando una mano unos a otros, brindando por nuestro éxito como si fuéramos especiales. Y en realidad somos pestilentes y escabrosos.

Charley sigue apoyada en la puerta del dormitorio; el pomo se le clava en la columna. Una piedra helada hecha de puro miedo le cae en el estómago. Se imagina a Shona golpeando a Pan en la cabeza y subiéndola a un árbol, a Shona estrangulando a Gideon y dejando el cadáver cubierto de billetes falsos. Haciendo una horrible obra de arte del asesinato. Es posible. Más que posible. Shona había salido del salón la noche anterior para buscar esa araña decorativa. Podría haberlo matado en ese momento, mientras los demás estaban ocupados abajo.

Charley quiere huir, pero le da miedo que los demás aún la estén esperando fuera con más acusaciones. Aun así, cierra los dedos en torno al pomo de la puerta.

—Y yo soy la peor de todos —continúa Shona—. ¿Sabes que la mayoría de mis ideas se las robo a mi pareja? ¿O que compro cráneos humanos en el mercado negro? Acepté dinero sucio de grandes farmacéuticas para financiar una exposición, y sí, cuando era niña sí que sacrificábamos animales. Y ni siquiera era en nombre de Satanás, sino de algo peor. Cuando los otros niños se dedicaban a jugar con bloques de Lego, Sam y yo solíamos salir al campo en busca de animales muertos para luego cortarlos en pedazos.

»En aquella época, Sam ya sabía que quería ser médico y pensaba que eso le ayudaría a aprender anatomía. Yo, por mi parte, pensaba que saber cómo eran los animales por dentro me serviría para ser mejor artista. ¿Has oído hablar de George Stubbs? Fue un famoso retratista de animales en el siglo XVIII. Pintó caballos como nunca antes se habían pintado. ¿Sabes por qué? Porque los hacía pedazos, descubría cómo estaban formados, por qué se movían de la manera en que lo hacían. Extrajo belleza de la crueldad. Lo mismo hice yo. Puedo justificar lo que hicimos. Los animales estaban muertos, no los estábamos lastimando. Pero aun así era… siniestro. Irrespetuoso. A eso se refería Ali con lo de las matanzas de animales en el perfil de mi personaje. No soy una buena persona, Mirlo, pero al menos sé que no lo soy. A diferencia de ese montón de hipócritas de ahí afuera.

Charley está rígida de horror.

—C-Creo que deberías descansar —tartamudea—. Aléjate un rato de esa estatua, ven a mi habitación y acuéstate. Te prepararé una taza de té.

—¿Té? Ay, qué británico. El té te quita todos los males, ¿verdad? —Shona se deja caer en el suelo y continúa trabajando en la macabra cabeza, apoyada en el regazo; sus dedos tuercen y manipulan el alambre—. No puedo parar ahora, casi he terminado…

Charley abre la puerta y escapa de allí. Sale al pasillo; vacío.

183

Pasa la siguiente hora más o menos acurrucada en su habitación. Ahora mismo es la única solución que se le ocurre, mientras lo repasa todo una y otra vez en la mente. Ali los ha reunido a todos para descubrir la verdad sobre Karl. Ali ha preparado todo el juego para sacar a la luz sus secretos. Pero no ha aparecido para poder presenciarlo todo.

A no ser…

Una idea aterradora comienza a formarse en la cabeza de Charley. Justo entonces se oyen golpecitos en la puerta. Con un temor creciente, Charley abre un poco. Es Audrey. Sostiene dos tazas humeantes que huelen a chocolate caliente especiado con jengibre.

–¿Seguro que quieres acercarte a mí? –dice Charley con amargura, y abre un poco más la puerta.

Acepta la taza y se sientan una al lado de la otra, incómodas, en la cama.

–Lo siento –dice Audrey–. Siento todo lo que está diciendo la gente. Solo te conozco desde hace un par de días, pero puedo ver que tú no eres como dicen. Esta gente es…, bueno, no son normales, ¿verdad? Incluso Sam…, cuando está con ellos es diferente.

Charley asiente y saborea la bebida dulce y especiada. Está pensando como cualquier otro miembro de la Mascarada: desconfía de Audrey.

–Lo que pasa… –comienza Audrey–. Lo que pasa es que quiero salir de aquí. No puedo quedarme sentada, comiendo pastel de Navidad sobrante y viendo publicidad navideña, esperando a que el culpable haga algo peor, quizá incluso a Sam… He estado pensando. Shona dijo que vio a alguien en el bosque. Sé que nadie la cree, pero ¿y si no se tratase de la tal Frau no sé qué? ¿Y si era una persona de verdad? ¿Y si vive alguien por aquí? ¿Y si ese alguien tiene un teléfono, o incluso una moto de nieve o algo así?

Charley se endereza aún más. Kamala le había dicho el día anterior que no había otras casas en el valle, pero Charley ya no confía en todo lo que dice Kamala. Y la idea de hacer algo, de emprender alguna acción, resulta irresistible. Atrapada en Snellbronach, casi ha perdido de vista la realidad, la idea de que hay un mundo real allí fuera, un mundo donde hay investigadores profesionales que atrapan a los asesinos y los llevan ante la justicia, con papeleo y procesos legales. Si pudieran llegar de alguna manera al mundo exterior, podrían tener una buena posibilidad de sobrevivir.

Ni siquiera se molesta en terminarse el chocolate caliente.

Se han vestido con mucha ropa de abrigo. Audrey le ha prestado a Charley uno de sus jerséis navideños (Rudolph en medio de una maraña de luces de colores) y otro par de medias de lana gruesas para ponérselas bajo el vestido de institutriz. En el armario del pasillo han encontrado botas resistentes que apenas les quedaban un poco grandes. Se han puesto los pares de calcetines de lana agujereados que ha encontrado enrollados dentro de las botas. El pasillo está desierto cuando salen. Esta vez no hay nadie que las detenga.

En el exterior, el cielo está azul, pero el viento es afilado, apuñala el rostro de Charley allá donde no lo cubre ningún abrigo. Le arden las mejillas de frío. La nieve parece suave y pura, pero la parte superior está congelada y cruje bajo sus botas mientras avanzan a grandes y cómicos pasos.

—Si llegamos al bosque, estaremos un poco más resguardadas —grita Audrey, mirando al suelo y sin dejar de caminar.

Charley va tras ella mientras ambas siguen lo que queda de las huellas de Shona hacia el límite del bosque. Efectivamente, la nieve en el suelo es más delgada una vez que llegan allí, aunque el viento azota las ramas, que sueltan montones de nieve aquí y allá. A Charley se le ocurre que estar en el exterior es incluso menos seguro que permanecer en Snellbronach, pero al menos este tipo de peligro resulta real.

Audrey tiembla con fuerza.

—Este abrigo es una basura —masculla—. Moda barata. Debería haber traído una de esas chaquetas de esquí del armario.

Charley propone regresar, pero ninguna de las dos quiere hacerlo, ahora que han encontrado algo que parece ser un camino. Siguen avanzando por el bosque, en busca de señales de vida, esquivando la nieve que cae de los árboles. El viento disminuye un poco más y Audrey intenta entablar conversación: le pregunta a Charley por su carrera de actriz.

—Me parece genial que te esfuerces tanto —dice.

—Supongo… —Charley tiene frío y está asustada. No consigue fingir confianza—. Creía que a estas alturas mi trabajo estaría más asentado… Todavía no me siento como una auténtica actriz, aunque no sé bien cómo definir ese concepto. Mi novio, bueno, ahora es mi ex, piensa que debería tirar la toalla y buscarme un trabajo de verdad.

Audrey la mira por encima del hombro con curiosidad.

—¿Sabes? Cuando te conocí por primera vez, pensé que me resultabas familiar, y luego me di cuenta de que me sonabas de cuando estuve en Estados Unidos el año pasado. Salías todo el tiempo en televisión, en algún… algún anuncio de salud o algo así, ¿no? Estás consiguiendo trabajo, no deberías rendirte.

—Ah, ¿eso? Me lo consiguió Ali.

Audrey se detiene y se agacha para anudarse el cordón de bota, que se le ha desatado.

—Pero eso no significa que no seas buena. Así funciona el mundo, ¿no? Todo depende de a quién conoces. Esa gente de la mansión es la prueba viviente.

Charley no puede discutírselo. De pronto se siente afectada por todo. ¿De verdad puede criticar a los demás después de haber aceptado ese horrible trabajo? Vuelve a sentir una punzada de culpa y cambia de tema. Le pregunta a Audrey cómo conoció a Sam.

—En el hospital. —Audrey se levanta y continúa caminando, mirando hacia delante—. No llevamos mucho tiempo juntos, apenas unos meses. Se suponía que este viaje iba a ser una forma divertida de conocernos mejor.

Charley, avergonzada, se da cuenta de que ni siquiera sabe a qué se dedica Audrey. Ha estado tan enfocada en los integrantes de la Mascarada, en impresionarlos, apaciguarlos y odiarlos, que no ha hecho ningún esfuerzo por conocerla.

–¿Os conocisteis por el trabajo?

–No, Sam formaba parte del equipo médico que trató a mi hijo y después… después fue una gran ayuda, un gran consuelo. Vamos despacio, porque todavía estoy hecha polvo, es demasiado pronto para saber cómo va a ser el futuro…, pero está bien pasar la Navidad juntos. O al menos, iba a estar bien, antes de que comenzara esta pesadilla.

Charley ata cabos y siente cómo empieza a aflorar la tristeza en su interior. El aspecto cansado y atormentado de Audrey, su fragilidad después de la muerte de Pan, la voz en Nochebuena: «No, las navidades no son particularmente especiales para mí. En realidad, es una fiesta para los niños…».

–¿Tu hijo…? –Charley no puede ni pronunciar la palabra.

–Murió, sí. Lo intentamos todo, todos los tratamientos experimentales, pero nos fallaron. –El tono de Audrey es entrecortado, como si contuviese todo un tsunami de dolor y pena. Respira con dificultad e intenta mantenerse firme–. Lo siento, no es precisamente una historia bonita, ¿verdad? Pero Sam lo entiende, es paciente. Me está ayudando.

–Lo siento mucho –es todo lo que Charley dice.

Mucha gente le dijo eso mismo cuando su madre murió, hace ya tantos años, y no había sido de ayuda. Pero claro, en una situación así, ¿qué podía ser de ayuda?

–Creo que hay algún tipo de río allá abajo –dice Audrey, cambiando de tema.

El camino que han encontrado se desvía hacia abajo y Charley oye un gorgoteo rugiente y fluido. A través de los árboles atisban un destello de agua helada.

Es difícil bajar por la pendiente. Se resbalan y deslizan, y terminan cayendo en una orilla embarrada, entre huellas de ciervos, sucias, riéndose. Luego, ambas se ponen de pie y contemplan la escena.

Han tropezado con una cascada que cae a través de enormes rocas grises salpicadas de espectaculares carámbanos. El agua helada se precipita hasta un estanque profundo y ancho, medio congelado, a sus pies. Hay gotas de hielo que se aferran a las ramas. Todo el conjunto está rodeado de helechos ennegrecidos, como diminutas bolas de Navidad. Es de una belleza impresionante.

—El hielo está muy delgado —dice Charley.

Aunque resulta tentador probar la resistencia del hielo, es lo suficientemente sensata como para no deslizarse sobre él. Parece grueso pero se aprecian grietas en el lado más alejado del estanque, donde cae la cascada. A través de su espuma apenas se ven las profundidades de color verde esmeralda del agua. Destella en su cabeza el recuerdo del agua fría, de aquel forcejeo mientras intentaba respirar. Permanece en silencio: Audrey no necesita oír más traumas aparte del propio.

Charley se da cuenta de que los ojos de Audrey están fijos en ella, y que se esfuerza por no llorar.

Audrey se detiene a su lado, temblando, con las manos metidas en los bolsillos y los hombros tensos. Se muerde con fuerza el labio inferior, los ojos llenos de lágrimas. Una oleada de impotencia se apodera de Charley. Puede sentir que el dolor de Audrey es demasiado salvaje, demasiado abrumador para que pueda ayudarla de alguna manera, pero aun así alarga el brazo y pone una mano enguantada en el hombro de Audrey, que se encoge como si Charley la hubiera golpeado.

Un sollozo ahogado se le escapa y, sin decir una palabra, se da la vuelta y echa a correr por el camino de regreso a la mansión.

Capítulo 16

—¡Audrey! —Charley grita en el aire helado; su aliento se convierte en vapor.

Su primer instinto es ir tras ella, consolarla. Comienza a perseguirla. Pero cuando llega a la cima de la pendiente ve que Audrey ya está lejos y que avanza en dirección a la casa. «Sam lo hará mejor que yo».

Hay otra razón por la que duda. Estar aquí, junto al agua, lejos de Snellbronach y sus secretos, le resulta reconfortante. Antes de lo que sucedió en la mascarada de Fenshawe, el agua era para ella una zona de confort. A su madre le encantaba nadar; ambas solían zambullirse en el lago cerca de casa mucho antes de que la natación al aire libre se pusiera de moda. La mañana de Navidad, la familia viajaba hasta la orilla del lago y se desafiaban mutuamente a correr chillando hacia el agua. Competían a ver cuánto tiempo aguantaban dentro. Un invierno, Charley había entrenado con meses de antelación; había aprendido a sumergirse de manera segura en lugar de zambullirse a lo loco, y había acostumbrado el cuerpo a la temperatura del agua. Había aprendido a disfrutar de esa sensación y esa mañana de Navidad había sorprendido al resto de la familia nadando por el lago, flotando felizmente de espaldas. Se había convertido casi en un truco de salón. El día en la mansión Fenshawe, Charley lo había usado para impresionar a Karl.

—Vamos, cobardica, está muy buena —había dicho y lo había tomado de la mano—. En serio, te hace sentir vivo. Solo hay que tirarse sin pensarlo.

Y allí, en el césped oscuro, se habían quitado la ropa, riendo, forcejeando en broma, burlándose el uno de la otra. Charley todavía podía recordar el contraste, el calor en la piel que dejaban los besos de Karl, el frío punzante en los pies al entrar poco a poco en el agua.

Karl se metió hasta las caderas; sus gritos de sorpresa resonaron en medio de la noche. Charley se sumergió más con una risotada, se hundió en el agua hasta la cintura. Su cuerpo conocía el procedimiento; ya podía sentir la sensación familiar del frío que le quemaba la piel mientras echaba a nadar.

—Estás loca —dijo Karl.

Soltó esa clase de risa que indicaba que era el tipo de locura que le encantaba.

Charley lo llamó, como una sirena desde las profundidades. Karl lo intentó de nuevo; llegó hasta el ombligo y retrocedió entre chillidos.

—Ah, no, te espero dentro. Este pasatiempo tan divertido te lo puedes quedar tú sola.

Ella se detuvo un momento y observó cómo regresaba a toda prisa a la casa. La oscuridad lo engulló. Charley nadó, disfrutando de la quietud y el silencio, de la deliciosa sensación de soledad, aislada entre la oscuridad, lejos de las burlas y acusaciones de los integrantes de la Mascarada. No había nada más que los sonidos de la naturaleza y el chapoteo de sus brazadas.

Cuando al fin regresó a nado hasta la orilla, un poco cansada y sin aliento a causa del frío, había alguien esperándola, entre las sombras junto a los juncos.

No. Charley aparta de sí el recuerdo de lo que sucedió después. Pensar en eso no va a ayudarla ahora. Así que mira hacia delante, al borde del estanque, donde la corriente del arroyo, aunque Shona diría que es el típico regato escocés, se suaviza y se congela parcialmente, serpenteando a través de los árboles como una estampa de postal. Y… un momento…

Charley aguza la vista. Justo después de un recodo se alza una columna de humo entre los árboles. Y donde hay humo hay gente.

La esperanza brota en el pecho de Charley, que obliga a sus pies congelados a avanzar. Cruza el regato con cuidado, sobre las piedras; apenas logra mantener los pies secos. Encuentra algo parecido a una senda al otro lado. Es poco más que un sendero, quizá un camino de cabras, pero a medida que lo sigue ladera arriba un poco más, descubre el contorno inconfundible de huellas humanas en la nieve.

Al doblar el recodo ve…, bueno, casa no es la palabra correcta. Charley tampoco está segura de que se pueda denominar cabaña.

Es más bien un chamizo de paredes hechas con piedras apiladas, los huecos rellenados aquí y allá con mortero. Helechos y malezas crecen en las grietas. El techo parece compuesto de algún tipo de metal corrugado, parcheado en ciertas partes con bolsas de plástico sujetadas con rocas, de las que gotea la nieve derretida. Hay una pequeña chimenea de metal en la esquina; de ahí sale el humo. La puerta está hecha de tablones de madera. Dos conejos muertos cuelgan de un gancho al lado, balanceándose suavemente con el viento. Charley está a punto de llamar, pero vacila.

Es poco probable que quienquiera que viva aquí disfrute con las visitas inesperadas.

Quizá esos conejos han sido abatidos a tiros; o sea, que quienquiera que viva aquí está armado.

Se le ocurre que es igual de probable que quienquiera que viva aquí sea el asesino.

Sin embargo, todo esto se le ocurre demasiado tarde, porque la puerta se abre lo suficiente para que asome una cara.

Y qué cara. Innumerables arrugas cubren una piel pálida y delgada como el papel, la línea profunda y enojada de una cicatriz junto a una nariz que tiene un tono grisáceo, insalubre. Ojos pálidos hundidos la miran fijamente, duros como el hierro. Labios apretados en un ademán hostil, poco impresionado. En un primer momento, Charley tiene la sensación de que de verdad está delante de una vieja bruja del bosque, pero a medida que fija mejor la mirada, se da cuenta de que es el rostro de alguien que ha tenido una vida dura y amarga. La mujer habla con una voz que es el áspero graznido de quien no ha hablado durante algún tiempo:

–¿Qué quieres?

A Charley le lleva unos diez minutos negociar para que la deje entrar, pero cuando por fin cruza el umbral, el olor a muerte la golpea de inmediato. Hay una mesa en el centro de la habitación, cubierta con cosas muertas: pieles de conejo, algún tipo de ave medio desplumada, cuchillos afilados y brillantes. Ramos secos de hierbas cuelgan en las vigas. La habitación está iluminada por un pequeño rayo de sol que entra por la diminuta ventana, y por el resplandor del fuego que arde en una estufa rudimentaria en la pared del fondo. Junto a ella hay apoyada una escopeta, tranquilizadoramente lejos de donde la mujer, cuyo nombre es Maggie, está de pie. Hay una silla, pero la tal Maggie no invita a Charley a tomar asiento.

Charley le cuenta a Maggie una versión simplificada de todo lo que ha sucedido, aunque omite algunos de los detalles más decadentes y sórdidos. A fin de cuentas, lo que quiere es que la crea.

—Si lo que buscas es un teléfono, no tengo —dice Maggie. Su acento, para sorpresa de Charley, es urbano, de Glasgow—. No me gustan los teléfonos. Ni la gente. Vivo a mi manera. Cuido mi cabaña y el resto del mundo puede cuidarse a sí mismo.

—Yo lo único que quiero es salir de este valle, ir a la policía —explica Charley.

—Aquí no quiero policías —responde Maggie con brusquedad.

Cojea hacia la silla, apoyada en su bastón, y se desploma con un suspiro involuntario. Estira uno de sus pies sobre un taburete. Tiene el pie cubierto con vendajes grises. Le iría bien atención médica, pero Charley tiene demasiado miedo para sugerirlo siquiera.

—No le hablaré a nadie sobre usted, lo prometo —dice—. Pero necesito que descubran quién ha asesinado a mis… mis amigos.

Charley se da cuenta al decirlo que eso es lo que son, para bien o para mal. Son parte de su vida, una parte de lo que la ha convertido en la persona que es hoy en día. No quiere que muera ninguno más de ellos.

Maggie resopla y mete la mano en el bolsillo para sacar una bolsa de tabaco y un paquete de papel de liar Rizla.

—¿Fumas? —Es lo más amigable que Maggie ha dicho hasta ahora, así que Charley dice que sí, aunque no es cierto. Enciende el cigarrillo que Maggie le enrolla. Le lloran los ojos.

—¿Hay alguna forma de salir del valle que no sea por la carretera?

Maggie niega con la cabeza, pero luego reflexiona un poco.

—Podrías seguir el regato corriente abajo hasta salir del valle. Llegarás al pueblo de Strathcarn, pero será una escalada dura y fría con este clima. Aunque te vayas ahora se hará de noche antes de que llegues.

Charley hace un cálculo rápido. Si todos ellos echaran a andar mañana al amanecer y caminaran juntos, ¿lo lograrían? ¿O terminarían atrapados en un bosque oscuro y congelado? ¿Y a quién debería llevar consigo? ¿A quién debería dejar atrás? La extraña e imposible idea de antes la aflige. Suena poco probable, incluso absurda, pero no desaparece.

Se interna más en la cabaña y se agacha junto a la estufa, para que el calor le descongele un poco los dedos. Trata de no mirar la escopeta. Ve que, junto a la estufa, hay colgada una rama de pino fresco, decorada con tapas de botellas de plástico y formas recortadas de latas viejas. Es un reconocimiento reticente de las fiestas navideñas que le provoca una chispa de calidez en el pecho. Le cruza por la mente la idea fugaz de que podría quedarse aquí con Maggie hasta que se despeje la nieve. Pero es obvio que Maggie no quiere gente a su alrededor, y la perspectiva de pasar varios días acampada como una invitada no deseada en una cabaña llena de cosas muertas no le resulta atractiva a Charley.

—Ayer le diste el susto de su vida a mi amiga, la artista —dice.

Maggie se ríe entre dientes.

—¡Ah, la de las pieles! ¡Soltó un grito como una niña pequeña cuando me vio!

—Cree que eres un demonio navideño que va a abrirle el vientre y reemplazar sus entrañas con paja.

Charley presiente instintivamente que el comentario apelará al sentido del humor de Maggie, y no se equivoca. Maggie esboza una sonrisa torcida y desdentada y suelta una carcajada que suena a herrumbre.

—¡Esa es buena! Puede que se extienda el rumor; eso mantendrá alejados a los malditos guardabosques de Strathcarn. Pero

193

la que iba con ella no tuvo tanto miedo; me lanzó una mirada lóbrega y se alejó de mí.

La sangre de Charley se enfría.

–¿Quién iba con ella?

No podía haber sido Pan; en aquel momento ya colgaba del peral. Y Kamala estaba en la cocina, hablando con Charley. ¿Quizá Audrey?

–¿Llevaba una chaqueta acolchada de color verde y un jersey navideño?

–No. Tenía el cabello rojizo y grandes aretes dorados. ¿No sabes quién es?

Charley niega con la cabeza, pero sí que lo sabe. La descripción no se ajusta a ninguno de los otros invitados en Snellbronach, pero sí a alguien que ella conoce… Una idea improbable comienza a tomar forma en su cabeza.

Se levanta, se obliga a alejarse del fuego y le da las gracias a Maggie por haberla acogido.

–Será mejor que vuelva a la casa antes de que oscurezca –dice, reticente.

Parte de ella espera que Maggie le pida que se quede, pero otra parte prefiere que no lo haga.

Maggie se levanta, rebusca en la mesa hasta encontrar algo.

–Toma. –Se lo pone a Charley en la mano enguantada–. Cuando vivía en la calle solía dormir con esto en la mano. Quizá te interese hacer lo mismo. Y que tengas un feliz Hogmanay.

Charley baja la mirada. Maggie le ha puesto en la mano el mango negro y gastado de una navaja automática.

Capítulo 17

Pan

Hace doce Navidades, 19:10 h

Después de que Karl se marchase del salón, Pan vio cómo se desataba el caos. Ali empezó a gritar y Leo caminaba de un lado a otro, preocupado a su manera. Shona se sirvió otro cóctel, riendo a carcajadas. Charley huyó entre sollozos, apretándose el pañuelo escarlata de madame Carlotta contra el rostro, aunque (tal y como Ali le gritó después) sabía muy bien que debía dejarlo caer al salir, porque era una pista.

En cuanto Ali comenzó a agarrar vasos y a estrellarlos contra las paredes revestidas de roble, Pan decidió que era el momento de hacer mutis. Salió sin hacer mucho ruido al corredor. Llevaba todo el día con los nervios a flor de piel, y aquel estallido violento de Dasha casi le provocó un ataque de pánico. La adrenalina ya rugía por su cuerpo cuando, de pronto, una mano asomó por una de las habitaciones, la agarró de la manga del vestido y la metió dentro de un tirón.

Pan gritó, se dio la vuelta y vio que era Gideon justo en el momento en que él la atrajo hacia sí. No tuvo tiempo de reaccionar, de hacer todo lo que solía hacer cuando estaba con él. Se dejó llevar: se apoyó contra la pared y sintió la presión del cuerpo de Gideon contra el suyo, mientras él se inclinaba y los labios de ambos se tocaban.

Qué gustazo, joder. Después de tanto drama y de las semanas de estrés e insomnio anteriores, aquel beso fue una sobrecarga sensual, una explosión. Pan alzó la mano, enroscó los dedos en el cabello de Gideon y lo atrajo más hacia sí, para besarlo con más fuerza. Qué alegría rendirse a él.

La mano de Gideon, en la parte baja de su espalda, la apretó más contra él. Subió por su columna hasta que Pan sintió que tenía la piel en llamas.

–Quédate conmigo –murmuró en su cabello–. Vamos a intentarlo, Pan. Sin juegos. Estamos bien juntos, podemos lograrlo.

Ella lo besó de nuevo para acallarlo. La pasión no había desaparecido, pero la triste realidad comenzaba a hacerse presente. Aquello no podía ser, y nunca sería. Lo besó de nuevo e intentó volver a abandonarse a las sensaciones, pero no sirvió de nada.

Se apartó de él, dio una respiración entrecortada y negó con la cabeza con aire triste.

–No funcionaría, Gideon –dijo–. Tu padre me odiaría. No le gustan los extranjeros, no le gustan las mujeres con carrera…

–Me importa una mierda –dijo Gideon–. No quiero a nadie más. ¿Y qué si eres griega? ¿Y qué si eres *instagrammer*? Mi padre tendrá que entrar en el siglo XXI en algún momento. Y no quiero ser vulgar, pero el dinero de tu familia ayudará mucho.

–No se trata solo de eso. Sé que es muy protector contigo…

Sonó a excusa débil incluso para ella, pero ¿cómo podría Pan explicar que no quería que sir Nathaniel hurgara en su pasado? ¿Y cómo podría decirle alguna vez la verdad a Gideon? Gideon: un chico al que se le daba tan mal fingir que ni siquiera podía interpretar papel en un jueguecito de misteriosos asesinatos durante cinco minutos sin salirse de personaje. Quizá por eso le gustaba. Se apartó un poco y lo contempló.

–Es que… no soy la chica dulce e inocente que tú crees que soy, Gideon. Mejor dejémoslo así.

Gideon emitió un sonido gutural, como si estuviera dolido. Se alejó de ella, y la repentina ausencia de su cuerpo le provocó a Pan una extraña frialdad e ingravidez.

–No puedo seguir haciendo esto, Pan –dijo él.

El calor entre ambos se disipaba, y lo que quedaba era frustración y tristeza.

–Lo siento, no es el momento adecuado…

–Sí, eso ya lo has dicho. Me has dado muchos motivos diferentes, y ninguno tiene sentido. No puedo seguir rondándote, sabiendo que también me quieres, pero sin poder hacer nada al respecto.

Se le quebró la voz y se giró. Pan se clavó las uñas en las palmas de las manos para reprimir el impulso de tocarlo.

–Se acabó.

De pronto, esas palabras, esas palabras frías, eran puro sir Nathaniel. Pan abrió la boca para objetar, pero Gideon siguió hablando:

–Puedes quedarte con la custodia de Karl, Ali y el resto de ellos. Yo solo me había unido a esto de la Sociedad de la Mascarada Homicida por ti, y ahora que Karl está sacando tajada a base de desenterrar los secretos más oscuros de todos nosotros, estaré más que feliz de quitarme de en medio.

–¿Qué? ¡No! –fue todo lo que Pan logró decir.

Gideon le plantó un beso en las puntas de los dedos y le rozó la frente. Pan se estremeció.

Acto seguido, Gideon se fue.

Mierda, mierda, mierda.

Pan siempre había sabido que tener a Gideon para sí nunca había sido una opción. No había sido parte del plan original, era buscarse problemas, pero al verlo desaparecer por el pasillo, una repentina oleada de soledad casi la tumbó. Una parte de ella, diminuta y demencial, había esperado que algún día, cuando se sintiera segura, pudiera sincerarse con él, contárselo todo. Habría sido un alivio compartir la carga, y también un triunfo por haber logrado su propósito.

Contuvo un sollozo y se obligó a dejar de llorar. «Vamos –se repitió–. Pandora Papadopoulos no llora. No pierde. Se va a la siguiente fiesta y se lleva consigo la botella más grande de champán y a los invitados más atractivos».

Pero en este momento, Pandora Papadopoulos se sentía como una solitaria chica de veintiún años que interpretaba un papel. Y las últimas palabras que le había dicho Gideon empezaban a calar en su interior: Karl se había embarcado en una especie de cruzada en busca de la verdad. ¿Qué había dicho Charley? «Karl me ha contado todas tus mentiras».

Sabían algo. Se estaban acercando.

Pan miró en derredor por primera vez y se dio cuenta de que estaba en un pequeño despacho, con un escritorio de pedestal, con la superficie de cuero, y estantes llenos de libros antiguos que ya nadie leía. En la esquina, frente a la ventana, había una especie de silla acampanada. Estaba hecha de cuero verde con tachuelas y tenía un respaldo absurdamente alto que se curvaba en la parte superior, lo cual le daba aspecto de cabina de lectura. Pan se derrumbó en ella, subió las rodillas y paseó la vista por el césped oscurecido. Allí estaba el banco de piedra blanca que Dasha había usado antes para practicar el tiro. Más allá, Pan vio destellos brillantes que provenían del lago, en la lejanía.

Quizá debería irse; salir y tomar un taxi al pueblo. Pero si lo hacía, Ali se enfadaría. Y entonces Ali podría contarle a Karl que se había ido. Y Karl podría...

No. Tenía que quedarse, ayudar a calmar la situación y averiguar cómo mantener su propio y peculiar espectáculo en marcha un poco más. Pero ¿durante cuánto tiempo? ¿Y para hacer qué? ¿Por qué estaba haciendo esto de nuevo? Incluso había perdido de vista el motivo por el que había comenzado.

Pan cambió de postura, y estaba a punto de echar a andar, cuando la puerta se abrió y volvió a cerrarse. Alguien acababa de entrar. Ella se quedó inmóvil, esperando que la luz se encendiera e iluminara su rostro lleno de lágrimas, pero la habitación permaneció a oscuras.

—No creo que nadie nos oiga. —La voz de Karl era un susurro.

—No entiendo, ¿qué importa si nos oyen?

La otra voz era, mira por dónde, la de Charley. Hablaba en tono normal y sonaba enojada. Con sigilo, Pan subió las piernas a la silla y se apretó contra el respaldo. ¿Qué estaba pasando aquí?

—Ya lo hemos hablado, Charley. Tomamos una decisión, ¿no? No es el momento adecuado. —Karl sonaba cansado, impaciente, pero también íntimo.

Por fin, Pan lo entendió. Karl y... ¿Charley?

Un torbellino de ideas en la cabeza no dejó cabida a la sorpresa, el asombro o incluso la alegría de haberse enterado de un chisme tan jugoso. De inmediato, un pensamiento cobró protagonismo: «¿Cómo afecta esto al plan? ¿Cómo puedo usar esto a mi favor?».

Charley soltó un gemido de frustración, se acercó a la ventana y contempló el terreno a oscuras. Si giraba la cabeza ligeramente a la izquierda vería las puntas de los zapatos de seda de Pan asomando en la silla de lectura. Pan contuvo la respiración.

—No, no hemos decidido nada. Lo que pasa es que, cuando te pregunto cuándo será, siempre dices que no es el momento adecuado. Estoy cansada de sentirme así, Karl. Estoy cansada de sentir que me merezco el tipo de trato que Dasha acaba de darme.

Charley se esforzaba por mantener un tono voz uniforme, por no llorar. «Bien por ti —pensó Pan por un lado, mientras que por otro pensó—: Si le cuento esto a Ali, ¿confiará más en mí o me dejará de lado? Si saliera de mi escondite ahora, ¿podría chantajearlos para que guardaran silencio, o sería más probable que me delataran?». El instinto la mantuvo quieta.

—Voy a salir ahora mismo y a contarlo todo —dijo Charley—. Y ya estará hecho, para bien o para mal.

—¡Por Dios, Charley, sería un error enorme!

Charley se dio la vuelta, con esas delicadas manos apretadas hasta formar puños. Empezó a gritar:

—¡ATENCIÓN! ¡ATENCIÓN! NUEVO CHISMORREO DE LA SO-CIEDAD DE LA MASCARADA HOMICIDA: ¡KARL Y YO NOS ESTAMOS ACOSTANDO!

—Charley, shhh —instó Karl.

—NOTICIA DE ÚLTIMA HORA, NO ES TAN BUENO EN LA CAMA COMO CREE Y TIENE UNA MARCA DE NACIMIENTO EN FORMA DE...

—¡Cállate, Charley, por favor! —El tono de voz de Karl rezumaba dolor.

Se acercó a Charley junto a la ventana. De no haber puesto toda su atención en ella habría visto a Pan, que no podía aplastarse más contra el respaldo acolchado de la silla.

—Te avergüenzas de mí —replicó Charley—. Esa es la verdad. Ya oí

lo que dijiste antes: «No es nada, solo es parte de la Mascarada».
¿Cómo crees que me he sentido al oír eso? Estás tan obsesionado
con el estatus y el dinero como Leo y Gideon. Eres tan superficial
como Pan.

–Bueno, quizá sea porque estar con ellos sí que es divertido –replicó Karl–. Dios, y pensar que estaba planeando dejar la Sociedad
de la Mascarada por ti. La vida sería mucho más sencilla si no te
pasases todo el rato haciéndome sentir mal por lo que soy.

Charley retrocedió, herida, y dio un paso hacia el escondite de
Pan.

–Pues entonces ya está, ¿no? –Se le quebró la voz–. Dasha es tu
tipo de persona; eso nunca va a cambiar. Para ti siempre seré…,
¿cómo se decía en los setenta? Una cana al aire.

Karl soltó un gemido de angustia. Era un sonido que Pan nunca
le había oído antes: desesperado, débil.

–Dios mío, Charley, no lo decía en serio. Lo siento, por favor,
por favor, no nos peleemos. Esta situación no va a ser permanente,
te lo prometo.

Karl rodeó a Charley con los brazos y emitió unos murmullos
reconfortantes, pero el cuerpo de Charley permaneció tenso, con
los brazos caídos a los lados. Se acurrucó en su cuello y susurró
algo que Pan no llegó a entender, pero que sonó como «adicto»
e «irresistible».

–De eso se trata, ¿no? –dijo Charley–. Eres un adicto, no puedes
resistirte a mí, lo cual significa que soy una especie de droga o
enfermedad. Si pudieras elegir, te alejarías de mí.

–Eso no es cierto.

Las palabras de Karl eran débiles, pero lo que le hacía en el cuello
era claramente más efectivo. Charley inspiró y emitió un sonido
pesado y sensual. Pan comprendió que, a pesar de la lógica de
Charley, Karl estaba ganando aquella ronda.

–Lo digo en serio: quiero que estemos juntos –dijo Karl–. Pero
si se lo cuento a todos ahora, justo después de esa escena, solo
servirá para que le den la razón a Dasha. Quiero que te quieran
como yo te quiero; quiero que lo comprendan.

En las sombras, Pan esbozó una sonrisa sombría y vengativa.

Esta era la razón por la que no quería liarse con Gideon. ¡Qué tortura verse obligada a tener en cuenta los sentimientos de otra persona a la hora de tomar cada decisión, tener que justificar cada movimiento ante alguien más! Mejor ser libre.

Entonces, justo cuando los ruidos de besos de Karl empezaban a volverse nauseabundos, Charley se estremeció.

—Ay, pobrecita, cómo te ha dejado la oreja —dijo Karl.

Charley se rio.

—No está tan mal, y por algún motivo me siento mejor. Ya no me siento tan culpable por todo esto.

—Bueno, eso es un punto a favor.

Más besos. Agh. Pan empezaba a cansarse de tanto besuqueo, y dado que ella misma no había podido besuquearse con Gideon, escuchar a aquellos dos resultaba especialmente molesto. Se le ocurrió una idea que la heló hasta los huesos: «¿Y si se lo montan, y si empiezan a hacerlo aquí mismo sobre, el escritorio? ¡Tengo que largarme de aquí!».

Para su inmenso alivio, los dos amantes tomaron aire.

—No tienes nada de lo que sentirte culpable. Eres la persona más agradable de todo el grupo. A ver, es que no hay ni punto de comparación. Shona y Sam solo se preocupan por el arte y la medicina. Leo es un hipócrita, Gideon necesita crecer y Pan es la mayor mentirosa del mundo. Ah, espera, mira esto: anoche investigué a fondo la historia de Hellenicorp. Tuve que pasar montones de artículos de periódicos griegos por Google Translate, pero encontré esta esquela. Mira la última línea.

Pan se quedó petrificada. El pánico se apoderó de su pecho, le calentó la piel. Se le desbocó el corazón.

Hubo un roce de papel. Karl le pasó a Charley una hoja arrugada formato A4.

Charley suspiró, un sonido cansado y algo exasperado.

—Ay, otra vez lo de Pan, no.

—Bueno, ya te dije que había mentido sobre quién era el dueño de aquel coche deportivo, ¿no? Pues esto es mucho mucho peor.

Pan se esforzó por inclinarse hacia delante y vio a Charley mirar el papel y luego suspirar.

—Mira, no la soporto. Se porta conmigo como una asquerosa. Ahora no quiero pensar en ella, tengo otras cosas en mente.

—Ah, ¿sí? ¿Como qué?

Agh. El tono de Karl alcanzó una nueva nota desagradable. Se reanudó el ruido de besuqueo. Pan vio que Charley doblaba el papel con la mano y se lo metía en el bolsillo del vestido de noche. Pan veía el contorno del papel, delineado contra el satén. Tenía que saber qué contenía aquella hoja. ¿Podría alargar la mano y sacársela del bolsillo desde ahí? No, estaba demasiado lejos. Soltó una maldición en silencio.

—Tal vez tengas razón, tal vez deberíamos contárselo todo ahora mismo —dijo Karl.

En la oscuridad, Pan puso los ojos en blanco. «Ay, Charley, te está manipulando. Te va a obligar a aceptar que su forma de pensar es la mejor, y tú vas a caer…».

—No, tu plan es mejor —suspiró Charley—. Si se lo dices ahora, van a pensar que te he alejado de Dasha. Nunca me aceptarían.

Pan resistió las ganas de gritar: «¡Pringada!».

—No sé si llegarán a aceptarme alguna vez. —La tristeza en la voz de Charley era palpable, y Pan sabía que tenía razón—. A nadie le importa que Dasha sea violenta y celosa. No les importa su modo de ser, porque es quien es. Es rica, es molona y da un poco de miedo, apenas un poco. Es modelo de trajes de baño, Karl. Los demás nunca entenderán por qué me prefieres a mí.

—¿Sabías que, aunque sea modelo de trajes de baño, en realidad no sabe nadar? Tiene una piscina oxigenada último modelo en el sótano de la casa de su padre en Londres, y la usa para sentarse en una silla flotador a leer revistas. Una vez la salpiqué con agua y amenazó con decirle a los de seguridad que me echaran del edificio.

Charley se rio entre dientes.

—Bueno, al menos yo sé nadar —dijo—. De hecho, he estado deseando saltar al lago desde que llegamos.

Karl soltó una carcajada.

—¿Qué? ¡No! ¡Ahí fuera hace un frío que pela! Y además, según Gideon no es un lago, sino un estanque.

—Si se puede nadar es un lago —argumentó Charley—. Y sí, puede que el agua esté fría, pero cuando era niña solíamos nadar en el lago cerca de mi casa cada mañana de Navidad. Es una sensación increíble. Deberías probarlo alguna vez; te hace sentir…, no sé, suena tonto, pero te hace sentir vivo.

—Valiente gilipollez —dijo Karl.

Hubo un forcejeo, unas risas. Pan los atisbó jugueteando, besándose. Y luego, Charley se apartó un poco de Karl. Estaba demasiado oscuro para ver la expresión de su rostro, pero los ojos brillaban de emoción. Charley tomó un trago de la botella de vodka que llevaba en la mano. Se le había soltado el peinado estilo años treinta, el cabello le caía desordenado y las lentejuelas del vestido de madame Carlotta brillaban a la luz de la luna. Tenía un aspecto descarado, hermoso, atrevido. En ese momento era una integrante de la Mascarada de los pies a la cabeza.

—Ah, ¿sí? Pues vamos —dijo—. Te desafío. El último que se meta en el lago es un perdedor apestoso.

Karl le pasó un brazo sobre los hombros.

—No —dijo—. El último que se meta tiene que decirle a Shona que tiene lápiz de labios en los dientes.

Luego echaron a correr, quitándose los zapatos, riendo mientras huían por el pasillo desierto hacia la puerta trasera. Pan se asomó a la antigua ventana emplomada y los vio atravesar el césped, desprendiéndose de sus costosos disfraces alquilados.

El vestido de Charley.

La hoja de papel seguía en el bolsillo.

En el frío césped, Pan encontró el papel impreso entre la ropa tirada Charley, como si acabara de leer esa última línea incriminatoria.

«Lo sabe».

El pánico se apoderó de Pan. Con el corazón al galope, arrugó el papel con manos temblorosas hasta convertirlo en una bola apretada. Se acabó; aquello suponía el fin de todo, de los planes que había trazado, de sus amistades, de su futuro. No podía permitirlo.

Tenía que impedir que Charley y Karl le dijeran a alguien más lo que sabían.

Tenía que silenciarlos.

Capítulo 18

Charley corre entre los árboles. Sus botas resbalan en las agujas de pino heladas. El pánico y la adrenalina de este nuevo descubrimiento la hacen entrar en calor.

Hay alguien más alojado en Snellbronach. Alguien sin piedad y con ganas de manipularlos a todos, alguien que lleva todo este tiempo controlando la situación. Es quien ordenó a Shona asustarlos a todos. Es quien Charley vio a hurtadillas en Nochebuena, vestido con ropa negra. Es quien pagó a Kamala para mentirles, quien dispuso los regalos para que los encontraran la mañana de Navidad.

Está tan centrada en regresar que casi no oye los pitidos amortiguados. Después de casi cuarenta y ocho horas alejada de la tecnología, ya no está sintonizada con los sonidos constantes de las actualizaciones y notificaciones. Y no es su teléfono, sino el de Pan, que le vuelve a vibrar en el bolsillo.

Charley se detiene en seco, saca el teléfono y lo mira fijamente. Hay una sola barra de cobertura, que parpadea intermitentemente.

Todavía no puede desbloquearlo, pero sí que aparece en la pantalla el teclado para llamadas de emergencia. Charley se quita el guante de un tirón y marca. Espera. Nada.

—¡No! —maldice, y sacude el teléfono con rabia, igual que hizo Pan en Nochebuena.

No hay ninguna otra señal de vida más allá de esa señal de cobertura, única, extraña y fugaz.

Pan ha recibido dos mensajes nuevos. Hay una vista previa de la primera línea de cada uno en la pantalla bloqueada. El primero es de Nikki:

**Tienes venir a casa, cariño, tu papá te
necesita, no le queda mucho tiempo...**

Ah, no es de extrañar que Pan actuara tan raro si su padre estaba
enfermo...

Pero, espera, ¿no era huérfana? Los padres de Pan habían
muerto en un accidente de coche cuando ella era adolescente. La
había criado una tía desinteresada y un ejército de sirvientes. Le
habían dejado toda su fortuna en fideicomiso hasta su vigésimo
quinto cumpleaños. Por eso habían organizado la mascarada en
la mansión Fenshawe, porque Pan no tenía ninguna familia con
quien reunirse (o irse a esquiar) por Navidad. ¿Por qué iba Pan
a mentir sobre su padre?

A continuación, Charley se fija en el siguiente mensaje y siente
una oleada de pánico. Es de Dasha.

**¡SORPRESA, CABRONA! ¡ESTOY EN ESCOCIA! ¡Voy
a pegaros un susto que os vais a cagar! Jajaja.**

El corazón de Charley late con fuerza. Vuelve a mirar, espera
haber leído mal el nombre del remitente pero... Mierda. No se ha
equivocado. Dasha viene. No hay forma de saber cuándo envió el
mensaje. ¿Estará ya aquí, tratando de alcanzarlos en modo rusa
imparable a la que le importa una mierda la nieve? Cualquiera
que llegue del mundo exterior sería un regalo del cielo, pero si
quien viene es Dasha... Bueno, sería como echar gasolina al fuego.
Lo cual, por supuesto, era la razón por la que la había invitado la
misma persona que ahora se esconde en la casa, removiendo el
pasado, reabriendo viejas heridas y tal vez incluso asesinándolos
uno tras otro. Ali.

Charley llevaba un tiempo sospechándolo, pero la descripción de
Maggie de la figura en el bosque había convertido su sospecha en
certeza. ¿A quién más conocía Shona con el cabello rojo y gruesos
pendientes dorados tan característicos?

Ahora Charley está sin aliento. Sigue comprobando el teléfono cada pocos minutos por si acaso. Se esfuerza por reordenar sus pensamientos para que tengan sentido.

Ali está en la casa. Probablemente escondida en el armario del material de limpieza en el piso superior, directamente encima de la habitación de Charley, haciendo ruidos como de ratas. Kamala había estado hablando con ella ayer: una rata muy grande y amedrentadora. Ali organizó el misterioso asesinato para descubrir los secretos de todos ellos, para averiguar qué le pasó a Karl. Debe de haber descubierto algo sobre Pan y Gideon, algún secreto que los hacía parecer culpables, y se había cobrado venganza. Luego desapareció de nuevo, escondida en la habitación del material de limpieza, sin que nadie se diera cuenta…, excepto Shona y Kamala. Aunque podría ser que Ali también planease silenciarlas a las dos.

Otra oleada de adrenalina impulsa a Charley a seguir adelante. La casa está cerca. Al emerger de los árboles, el viento la atrapa de nuevo y la deja sin aliento. Apenas reacciona mientras avanza a través de la nieve. Al entrar por la puerta, el pasillo parece vacío en un primer momento, pero luego ve a Audrey, sentada en el último escalón de la escalera, sollozando desconsolada.

Charley llama a gritos a los demás. Necesita a Leo, a Sam o a Shona. Necesita ahora mismo una fuerte y terca beligerancia. Leo aparece en lo alto de las escaleras. Al igual que ella, lleva una combinación del disfraz de su personaje y ropa moderna. Cruza la mirada con la de Charley y está a punto de decir algo, pero Charley lo interrumpe antes de que pueda hablar. No tiene tiempo para una de sus peroratas.

—Ven conmigo —dice—. Sé dónde está tu mujer.

Leo la sigue sin decir una palabra. En algún momento, mientras Charley pasa junto a los dormitorios, Sam aparece detrás de él. Suben juntos la estrecha escalera de servicio. Charley se detiene junto al armario del material de limpieza. Intenta girar el pomo, pero al igual antes la puerta está cerrada con llave.

—Échala abajo —ordena.

Sorprendido, Leo da una débil patada.

–Por el amor de Dios, tío –dice Sam, irritado, y arremete contra la puerta con el hombro.

Tras un par de intentonas, la puerta se abre de golpe, entre una lluvia de astillas de madera.

Sam entra.

–Dios mío –dice.

Charley lo sigue. La golpea un olor húmedo y fétido al entrar. Sus botas crujen sobre comida echada a perder; el poco espacio que hay en el suelo está cubierto con ropa esparcida, pedazos de papel rasgados, fotografías viejas. Es una habitación pequeña; o más bien un armario con espacio suficiente para un colchón pequeño. Alrededor del colchón hay un montón de maletas de viaje, incluyendo la de Charley, sobre la que descansa un portátil. En el colchón, acurrucada en un nido de edredones, almohadas y mantas, hay una mujer.

Charley tarda un par de segundos en reconocer a Ali. Tiene un aspecto muy diferente. Su rostro terco y obstinado está pálido, moteado, surcado de lágrimas. Tiene los rizos cobrizos, siempre de peluquería, desaliñados y sin lavar. Aunque todavía lleva un pendiente, le falta el otro. Va vestida con un chándal negro manchado y tiene las uñas mordidas casi hasta la raíz.

Leo se abre paso, se arrodilla y abraza a Ali. Ella se hunde entre sus brazos y solloza.

–Oh Leo, la he cagado –dice–. La he cagado tanto que Pan está muerta, y Gideon también. Por mi culpa. Por esto.

Desde los primeros días de la mascarada, Charley sabe que Ali es una buena actriz. No tan buena como su hermano, pero sí efectiva, imaginativa. No muy segura de si debería creerse esta fachada, Charley agarra la navaja del bolsillo tan fuerte que siente calambres en los dedos.

Leo también solloza, con Ali entre sus brazos. Le murmura algo al oído, pero lo que sea que haya dicho no resulta reconfortante. Los sollozos de Ali se vuelven más fuertes, más histéricos, hasta que empieza a gritar, fuera de control. En ese momento Charley piensa en la cara que le vio a Leo cuando entró, en el llanto de Audrey en los escalones, en el aspecto sombrío de Sam. Ha pasado algo más. Algo que no tiene que ver con Ali. Algo terrible.

Mira a Sam.

—¿Dónde está Shona? —pregunta.

Sam responde con voz sombría y desesperanzada:

—Shona está muerta.

Capítulo 19

Charley no lo creerá del todo hasta que vea el cuerpo. Los dos hombres revolotean a su alrededor con aire condescendiente; le dicen que no entre, y ella siente un brote de ira. Está harta de ser la pequeña Charley, débil y sumisa. Ahora sabe que ella no es así, en absoluto. Charley es una superviviente. Sobrevivió a quien intentó ahogarla, a la pérdida de Karl. Sobrevivió a Matt. Descubrió dónde se escondía Ali.

—¡Puedo tomar mis propias decisiones! —exclama.

Shona yace acurrucada en el suelo de su habitación, como si estuviera abrazada a algo, un gurruño viscoso y enrollado. Se parece al «regalo» que recibió la mañana de Navidad, pero más grande, más resbaladizo. Charley se tapa la boca por instinto al darse cuenta de que son las entrañas de la propia Shona. Alguien le ha rajado el vientre y desparramado sus órganos internos por el suelo. Su cuerpo está enmarcado por un charco, o un lago, de su propia sangre, rodeado de montones de paja. La escultura se cierne vigilante por encima de ella; la espantosa cabeza está ahora fijada en su lugar, si bien ligeramente torcida, con lo que Frau Perchta tiene un aspecto irónico y resabiado. Y hay un añadido: en la mano retorcida de alambre de Frau Perchta descansa el cuchillo de deshuesar Sabatier que había desaparecido de la biblioteca, el que había sido colocado junto a un paquete de sirope de maíz, destinado a ser el arma del crimen de lady Perdiz. Ahora está empapado en sangre auténtica.

Las piernas de Charley flaquean y sabe con certeza que nunca olvidará el horror de ver a Shona de esta manera. Que si sobrevive a esto, se despertará con la imagen tras los párpados, la verá destellar ante ella, que el olor metálico de la sangre contaminará cada breve momento de felicidad que experimente. Se atraganta. ¿Qué era lo que Shona le había dicho? «Cuando el espíritu y el alma nos abandonan, solo queda la carne».

La muerte de Shona la impacta más que las otras. Shona era maliciosa, brutalmente franca y a menudo difícil de querer, pero siempre fue valiente y diferente; y no le importaba gustar a o no.

Además, sabía algo.

En ese momento, Charley se fija en una mancha de sangre en el suelo alfombrado que no parece ser parte de la «obra de arte» que el asesino ha dejado. Está parcialmente oculta por paja. Quienquiera que dejó esa mancha había intentado frotarla, pero Charley la ve claramente: es la punta de una huella. Parece una zapatilla deportiva. Justo en ese momento, Ali pasa corriendo a su lado, pisando la huella, y la emborrona aún más. Luego se hinca de rodillas entre sollozos profundos y desagradables.

–No es justo, no es justo, no es justo…

Avanza gateando hacia su amiga, sin importarle que la sangre le empape la ropa. Acaricia el rostro de Shona y lo mancha todo de rojo mientras llora.

–Fui yo, es culpa mía –solloza–. Todo es culpa mía.

Charley había regresado a la casa preparada para enfrentarse a Ali, convencida de que ella era la asesina. Esperaba que Ali se defendiera, que la atacara con todas sus armas habituales: burlas relacionadas con la clase social, desdén y malicia. No estaba preparada para esto.

Por primera vez en su vida, Charley acaricia la espalda de Ali y siente los nudos de su columna bajo la lana. La agarra de la mano y la ayuda a levantarse suavemente. Ali tiembla como un pajarito perdido y frágil. Tiene el aliento agrio, Charley nota su mano mugrienta.

Leo sostiene a su esposa del otro lado. Pronuncia palabras tiernas de ánimo mientras juntos salen de la habitación y bajan las escaleras despacio, primero un paso y luego otro. «La quiere de verdad».

Charley se sorprende un poco. Ali siempre ha tenido un lado curiosamente desagradable. Incluso cuando la vio en la sesión de publicidad, incluso cuando estaba siendo amable, Charley no había podido encariñarse con ella. Aunque puede que con Leo fuese de alguna manera diferente.

Charley recuerda una conversación que tuvieron hace años, aquella en la que discutieron si serían capaces de cometer un asesinato. Ali no había dudado.

—Si alguien se interpone en mi camino, si me impide hacer algo realmente importante, y si sé que puedo librarme, por supuesto que lo haría. ¿No lo haríamos todos?

Esa última parte era la que había atraído la atención de Charley. «Si sé que puedo librarme». Un asesinato al estilo de Ali implicaría un golpe rápido en la cabeza con un instrumento contundente. Sin testigos, sin rodeos. Ella carecía de las extravagancias de Karl, a menos que aquellas horribles escenas del crimen fueran un retorcido homenaje a su hermano.

La cocina huele a comida recién horneada. En una rejilla sobre la encimera hay puestas a enfriar un montón de empanadas recién hechas, espolvoreadas con azúcar, aún calientes. Charley enciende la tetera y pone dos empanadas en un platillo para Ali. Recuerda una de sus frases en la obra de misterio: «El azúcar es bueno para la conmoción, señora».

Leo lleva a Ali al fregadero y le lava las manos bajo el grifo, limpiando suavemente la sangre de Shona de sus dedos. Kamala se queda quieta, vacilante, junto a la puerta. Sostiene un paño de cocina que retuerce entre las manos.

—Has sabido todo el tiempo que Ali estaba aquí.

Charley intenta que no suene a acusación, pero la ira se filtra en su voz de todos modos.

—¡Tú y tus insinuaciones podéis iros a la mierda! —estalla Kamala—. Yo me limito a hacer mi trabajo por ridículo que sea. Atiendo los caprichos de unos ricos raros que me han arruinado las vacaciones. Se suponía que esto no era más que un trabajo de *catering*. No soy actriz, pero si a ti te ofrecieran un montón de dinero por mentir a un grupo de gente que de todos modos no te importa, ya me gustaría ver si te negarías.

Charley se muerde el labio. Las palabras de Kamala han dado en el blanco. Cierra la boca, mientras Kamala tira el paño de cocina con ademán contrariado. Una parte de Charley quiere discutir, decir que no es una de ellos, que no es una rica rara. Pero ¿no ha pasado años queriendo que la acepten, anhelando ser parte de este grupo?

Charley se acerca a Kamala. No quiere que los demás oigan esta conversación, que se sumen a ella.

—¿Por qué saliste de la habitación de Pan la primera noche? Sé que estabas allí, te vi.

—Vete a la mierda, Sherlock —dice Kamala, luego se da la vuelta y comienza a lavar los platos con enfado.

El mensaje es claro: Kamala quiere estar aquí para presenciar lo que suceda a continuación, para obtener respuestas, pero no quiere ser parte de la pandilla de nadie.

Leo ha preparado el té como le gusta a Ali y la ha sentado con ternura a la mesa de la cocina. Le acerca la taza a las manos y se las cierra alrededor, como si jugase con una muñeca. Debe de tener preguntas, pero no puede jugar a los detectives con Ali, no puede exigirle que le cuente la verdad en ese estado.

Charley le hace señas a Leo para que se aleje y, para su sorpresa, este lo hace. Se apoya en la encimera de la cocina con su propia taza de té. Sam, a su lado, estudia a Charley con expresión de interés. Charley se sienta frente a Ali. Todos esperan a que hable.

—Quería saber la verdad —dice Ali—. Karl… desapareció. Lo cierto es que la policía no hizo más que perder el tiempo. Sí, buscaron, y durante las primeras dos semanas le siguieron la pista, pero era obvio que pensaban que se había escapado, que todo era una especie de broma. Vosotros teníais coartadas; podíais atestiguar dónde estabais unos y otros aquella noche, después de que yo dejase encerrado a Karl en esa habitación. Cuando encontraron su coche abandonado en la carretera, comenzaron a tomarme un poco más en serio, pero la investigación no parecía ir a ninguna parte. Insistían en que lo que fuera que había sucedido tuvo lugar después de que Karl saliera de la casa, pero yo sabía que se equivocaban. ¿Cómo había salido de la habitación? ¿Por qué iba alguien ajeno a Fenshawe a asesinar a mi hermano? De haber estado en Londres habría aceptado que fue un robo o que se metió en una pelea, pero… ¿ahí, en medio de la nada? No tenía sentido.

»Por eso, para mí era obvio: uno de vosotros estaba mintiendo, o tal vez incluso todos. Pero ninguno decía nada. —Mira a Leo y parte del fuego de su mirada regresa—. Ni siquiera la gente en la que más confiaba.

—Ali, ya te he dicho que yo no…

—¡Vete a la mierda, Leo, pedazo de cobarde! Me estás ocultando algo. Lo he sabido con certeza desde la boda en Fenshawe. Me di cuenta por la forma en que actuabas. Por eso pensé que tal vez si os reunía a todos, si sacudía la situación entre vosotros, algo saldría a la luz. Luego comprendí que mi presencia solo serviría para poneros en guardia, así que decidí esconderme arriba. Le pedí a Shona que aumentara la paranoia y me dediqué a observar cómo os desmoronabais.

Entonces, Charley experimenta una revelación.

—¡Las cabezas de ciervo! Tienen cámaras dentro.

Ali asiente.

—Cámaras diminutas y micrófonos, para verlo y oírlo todo.

Leo se pone pálido.

—Ali, todo lo que dije sobre ti la primera noche… Estábamos bebiendo, y Shona no paraba de hacer preguntas, de presionarme, ya sabes cómo es. No decía nada de eso en serio…

—Déjalo, Leo. —La voz de Ali está rota, carente de color—. Tú y yo hemos terminado. Solo quiero saber qué le pasó a mi hermano. El plan era que Shona os cocería a todos a fuego lento en la comida de Navidad, y luego yo aparecería de la nada y os echaría en cara todo lo que hubiera descubierto. Pero entonces… Pan.

—Pan no le hizo nada a Karl, no pudo haberlo hecho —dice Leo—. Estaba conmigo en el momento del falso asesinato de Karl; lo sabes, estaba en tu horario. Luego, todos fuimos juntos a buscar pistas y, después de darnos cuenta de que había desaparecido,

Pan buscó en las cocinas junto con Charley. ¿Cómo pudiste, Ali? Pan era amiga tuya desde hacía mucho…

Ali se vuelve hacia él; sus ojos rojos son ahora de acero.

–¡Yo no maté a Pan, Leo! ¿Cómo puedes siquiera pensarlo? ¿Qué clase de monstruo crees que soy? Espera, ¿piensas que también maté a Gideon y a Shona? ¿A la encantadora y loca Shona? Dios mío, Leo, ¿acaso no me conoces en absoluto?

Leo se hunde en una silla de la cocina, desinflado.

–Ya no sé qué pensar, Ali. Cuando el puto Poirot hace sus puñeteras deducciones, todo parece mucho más fácil.

–Es culpa mía –repite Ali–. Si no hubiera organizado todo esto, si no os hubiera traído aquí, no habría sucedido nada.

La mención de las coartadas había desencadenado una serie de pensamientos en la mente de Charley.

–Cuando pasó… lo de Shona… –comienza, incapaz de usar palabras como «apuñalada» o «eviscerada»–. En ese momento yo estaba en el bosque con Audrey…, al menos hasta que regresó aquí a la carrera. Ali estaba arriba en ese armario, sola. Leo, ¿tú estabas…?

–Leyendo en mi habitación –dice Leo.

–¿Y tú, Kamala?

Kamala mira con odio por encima del hombro, pero responde a regañadientes:

–En la cocina, horneando. –Señala las empanadas de carne restantes–. Luego, mientras las empanadas estaban en el horno, me escondí en la oficina para evitaros a todos.

–Sam, ¿y tú?

–Viendo la tele. Cuando Audrey regresó, se quedó conmigo.

–¿Qué estabais viendo?

–Ah, por el amor de Dios, Charley, era esa película basura con Arnold Schwarzenegger, *Un padre en apuros*. Puedes revisar la guía de la tele y preguntarme por la trama si quieres. Es una película de mierda, pero necesitábamos algo basura para distraer a Audrey de lo que está pasando. Esto ha sido horrendo para ella, el trauma ha desencadenado algunos recuerdos terribles. Pero luego subió y encontró a Shona, así que…, bueno, ahora está acostada.

215

Se ha encerrado en sí misma y no la culpo. Además, ninguno de nosotros podría hacer algo tan…

Se detiene, incapaz de encontrar las palabras.

Por instinto, Charley se encuentra mirando los pies de los dos hombres. Leo lleva unos incómodos zapatos marrones que deben de ser parte de su disfraz de lord Longosalto. Sam, por su parte, lleva unas zapatillas de piel de oveja de alta gama. Ambos llevaban zapatillas deportivas, de algún tipo, en el aeropuerto. Cualquiera de los dos pares podría estar escondido en algún lugar de la casa, cubierto de sangre.

–Oh, Charley… –Ali suelta una pequeña risa, pero le sale un sonido horrible y rasposo. Como si se hubiera olvidado de cómo se ríe la gente–. No seas tonta. No hemos sido ninguno de nosotros. Ya os he dicho que todo ha sido culpa mía, y así es. Invité a Dasha. Está ahí fuera, en alguna parte, y quiere vengarse tanto como yo. Solo que ella busca otro tipo de venganza.

Capítulo 20

¿Qué puede hacerse cuando hay una multimillonaria homicida acechando en la nieve, esperando a eliminar a todos uno por uno?

Audrey solloza. Kamala se retira a su habitación entre murmullos funestos. Sam y Leo están a cargo de limpiar el estropicio que rodea a Shona, una tarea que no despierta la envidia de nadie, pero no pueden dejarla así. Sobre todo porque no hay manera de contactar con la policía.

Charley teme que le pidan que colabore, y si es sincera consigo misma, es eso, más que un verdadero sentido de la compasión, lo que la impulsa a ofrecerse voluntaria para quedarse junto a Ali para consolarla.

Ali les contó a todos que el verano pasado se había encontrado con Dasha. Ambas compararon las teorías de cada una sobre lo que le pasó a Karl. Estaban seguras de que los otros miembros de la Mascarada tenían la clave.

—Torturarlos hasta sacarles la verdad; es la única forma –había propuesto Dasha–. Los invitaré a la casa que tiene mi padre en el bosque. Es agradable y está lejos de la civilización. Papá tiene muchas muchas maneras de hacer que la gente coopere.

Ali había convencido a Dasha para cambiar la tortura física por la psicológica. A continuación pergeñaron juntas toda la idea del fin de semana de la Mascarada. Dasha había financiado la operación; había pagado a Kamala y alquilado Snellbronach, así como los disfraces y las cámaras espía de ciervo. Ali se había encargado de la parte creativa; había escrito los guiones, reclutado a Shona, escondido algunas de sus maletas para empezar la tortura, para hacer la estancia más incómoda.

—Todo lo que tenía que hacer era convenceros a todos para que vinieseis. Con Shona no hubo problema. A Pan y a ti os ofrecí una oportunidad laboral. Una vez que tuve a Pan, la usé como cebo para atraer a Gideon. A Leo lo amenacé, y a Sam… —Ali se ríe—. Solo tuve que convencerlo de que sería divertido. Te juro que Dasha no dijo que fuésemos a matar a nadie. Pero luego, cuando murió Pan, fui presa del pánico. No podía dejar de pensar que Dasha había decidido saltarse la investigación y vengarse de todos vosotros, o mejor dicho, de todos nosotros. Siempre nos echó la culpa a todos de lo que pasó. Y así, me quedé paralizada, me mantuve oculta. Le ofrecí a Kamala aún más dinero a cambio de su silencio. Pensé que era lo más inteligente.

Ahora que ha llorado todo lo que tenía que llorar, la verdadera personalidad de Ali se vuelve a afianzar. Está enojada otra vez, aunque más consigo misma, y casi es un alivio ver que ha regresado.

—Puta Dasha. Sabía que no podía confiar en ella, pero en ese momento era útil. Ese detective privado que contrató después del incidente del collar averiguó muchas cosas sobre todos nosotros. —Ali ni siquiera parece incómoda al mencionar el tema—. Tenía información comprometedora sobre casi todos. Lo integré todo en los guiones de los personajes, vuestros puntos débiles y ciertas cosas que probablemente Karl sabía, pero nadie más. Así fue como descubrí lo vuestro, claro. Y algunos datos sobre los demás que prefería no saber. —Frunce el ceño con disgusto—. Admitirás que mi plan estaba funcionando antes de que esa zorra cabrona empezara a eliminarnos a todos.

—No entiendo —dice Charley—. ¿Por qué querría matarnos? Karl siempre decía que ella en realidad no lo amaba. Y además discutieron esa última noche.

—Nunca has entendido cómo funciona la mente de Dasha, ¿verdad? —Ali niega con la cabeza—. Karl era de su propiedad hasta que ella decidiera dejarlo. Quienquiera que hizo esto le quitó a Karl sin su permiso. Ya viste cómo se puso por perder un collar; imagina lo rabiosa que estaría por perder a una persona. Dejaste de juntarte con nosotros después de que Karl desapareciera, no viste lo furiosa que estaba. No paraba de hablar de venganza, de averiguar quién lo había hecho. Supongo que su detective nos estaba siguiendo a todos y descubrió más de nosotros de lo que me dijo, algo que la convenció de que es culpa nuestra.

Eso explica esa sensación que tuvo Charley después de la desaparición de Karl, cuando pensaba que la seguían. No era Karl quien la vigilaba de lejos, sino el detective privado de Dasha. Aun así, la teoría no la convencía del todo.

—Pero a ella le gustaba Pan, ¿por qué iba a matarla? Incluso le envió un mensaje diciéndole que venía —dijo, y le contó lo de los mensajes que recibió en el bosque.

—Estrategia —dice Ali con un encogimiento de hombros—. Si Pan tenía algo que ocultar, saber que Dasha venía la aterrorizaría.

Charley piensa, no por primera vez, que debe de ser agotador ser Dasha. Cambia de tema a algo más tangible:

—Pero ¿viste algo? En las cámaras, me refiero. Quienquiera que entró en la biblioteca para matar a Pan tuvo que pasar por el salón azul, junto al ciervo.

—Las he revisado una y otra vez. No hay nada —dice Ali—. El que lo hizo sabía que la cámara estaba allí. Solo se ve cómo se abre la puerta y una figura borrosa que sale de cuadro. Tiene que ser Dasha. Shona y ella eran las únicas que sabían que había cámaras en los ciervos. Y Shona…

Ali gime con pesadumbre.

—¿Puedo echar un vistazo a las grabaciones? —pregunta Charley.

Quiere verlo por sí misma; todavía no confía completamente en Ali.

—¿Para qué? —Ali se encoge de hombros—. Sabemos quién es. Por más pruebas que recabemos, seguimos siendo blancos fáciles.

Charley trata de no pensar en eso. Respira hondo e intenta un enfoque diferente: la vanidad.

—Leí una entrevista que te hicieron hace unos años, en alguna revista de publicidad, en la que dijiste algo que se me quedó grabado, ¿sabes? Dijiste que siempre hay que mirar los datos, que el conocimiento es la clave para entender cómo funcionan las personas. El conocimiento es poder.

—Sí, eso dije, ¿no? —Ali parece algo halagada y luego mira a Charley con curiosidad—. Te veo cambiada, ¿sabes?

—Sí, es que creo que he cambiado.

Arriba, en el armario del material de limpieza, Charley hunde las narices en su maleta mientras Ali enciende el portátil y abre el *software* de vigilancia.

—Sabía que quitarte la ropa te molestaría —dice Ali en tono triunfal, mientras Charley suspira aliviada y se pone un jersey grueso y suave—. No hay nada como la incomodidad de tener frío todo el tiempo para desequilibrar la mente. Cualquiera que haya visto cómo se pone Leo cuando no tiene sus pantuflas favoritas lo sabe. Y creo que lo empeoré al hacerlo solo con algunos de vosotros. Así había quien tenía y quien no.

Charley casi se ríe. Ali es la única capaz de jactarse de producirles a todos una sensación de incomodidad leve cuando su escapada de misteriosos asesinatos se ha convertido en una masacre.

Justo entonces, ve algo metido en la maleta, debajo de su jersey: un paquete envuelto en papel brillante con un patrón de petirrojos rechonchos que llevan en el pico pequeños bastones de caramelo. Es el regalo que su padre le dijo que llevara, para abrirlo el día de Navidad. Siente una punzada de tristeza al pensar en él. El paquete es cuadrado, con forma de libro, así que asume que será una colección de chistes cursis de Navidad o imágenes lindas de gatitos con gorros de Santa. El tipo de regalo del que normalmente se quejaría, pero que era un millón de veces mejor que el barato y llamativo collar que le dieron a la señorita Mirlo.

—Vale, aquí está —dice Ali, y señala la pantalla—. La primera noche del viaje, después de que todos se fueran a dormir.

La cámara del ciervo abarca una habitación oscurecida. Charley apenas ve el contorno de la mesa, que se desenfoca cuando Ali avanza hasta justo antes de las dos y media de la madrugada. Entonces, durante dos minutos, las dos observan una habitación vacía.

–Y… ¡sí, ahí está! –Ali congela el plano, señala la pantalla.

Hay un atisbo de movimiento en la puerta de la biblioteca. Una figura oscura la abre lo justo para deslizarse al interior.

–¿Eso es todo? –pregunta Charley.

Ali asiente.

–¿Ves? Te lo dije. Es Dasha. Sabe que la cámara está ahí. Se pegó contra la pared, o incluso pudo arrastrarse por el suelo para no aparecer en el camino a la biblioteca. Así que no podemos ver nada.

Ali tiene razón. En la oscuridad y desde ese ángulo limitado, todo lo que Charley puede ver es una figura humana, posiblemente cubierta con algún tipo de gorro oscuro, que se escurre por la puerta. Ni siquiera puede decir si es hombre o mujer.

Poco después ven aparecer a Pan. Recién salida del cuarto de Gideon, se recompone el disfraz y se pasa los dedos por el pelo alborotado. Casi avanza a saltitos, del todo diferente de la mujer angustiada a la que Charley había dicho buenas noches en las escaleras.

Ali se inclina hacia delante y suelta un gemido lastimero.

–¿Podemos parar? Ya te he dicho que no iba a servir de nada. Quienquiera que fuera sabe que la cámara está ahí. Dasha debió de entrar por la puerta principal; dudo que alguien se molestara en cerrarla con llave. Luego se coló hasta la biblioteca desde allí. Dasha también estaba al tanto de todos los horarios; compartí todo el contenido de los guiones con ella. Debía de saber que Pan estaría esperándote en la biblioteca. Maldita sea, debería haber puesto una cámara allí también, pero, para serte sincera, no quería ver horas de grabaciones de gente leyendo.

Charley asiente despacio.

–Hay una cosa que no entiendo –dice–. ¿Por qué iba a querer Dasha colgar a lady Perdiz de un peral? De hecho, ¿cómo conocía el villancico? Estoy segura de que en Rusia se cantan canciones diferentes. Ni siquiera celebran la Navidad el mismo día.

–Dasha adora acumular pedazos de la cultura occidental para burlarse de ella, ya lo sabes –dice Ali. Se interrumpe un momento y niega con la cabeza–. Ay, Shona. Es todo culpa de Shona. Fue ella quien le dijo que *Los doce días de Navidad* trataba sobre la muerte.

Charley suspira. Por supuesto que sí. Pero las grabaciones podrían contener más respuestas.

—¿Puedes adelantar la grabación hasta por la mañana, cuando Kamala coloca los regalos?

Ali avanza a toda velocidad. Se detienen un momento para ver a Shona caminar por la habitación, hacerle un gesto obsceno a la cámara oculta y pasar a la cocina, Luego, justo después, Charley entra y va a la biblioteca en busca de Pan.

—Quienes estaban hablando en el pasillo la noche en que murió Pan erais Shona y tú, ¿verdad? Llevabas una sudadera negra.

Ali asiente.

—Shona estaba obsesionada con terminar esa obra de arte, sabes cómo se emocionaba cuando tenía una idea. Me arrastró al pasillo, a pesar del riesgo de que me vieran, para hablar de dónde debería colocarla cuando estuviera terminada. En aquel momento me puse furiosa, pero ahora me gustaría haber pasado más tiempo con ella. Bueno, no pasa mucho más delante de la cámara después de esto.

Con su característica impaciencia, Ali se dispone a parar el vídeo, pero Charley la detiene. En lugar de eso, acelera la reproducción y sigue mirando. En la pantalla, la luz comienza a colarse en la habitación, mientras Kamala entra y prepara la mesa, coloca las tazas de café de modo que las asas miren en la misma dirección, pone con cuidado los cubiertos en el orden correcto, según una etiqueta que no le importa en absoluto. Cuando no está trabajando, Kamala es impulsiva y franca, pero cuando se trata de su trabajo, es precisa hasta lo absurdo.

Desaparece de nuevo, y luego entra con los regalos y los coloca por orden sobre la mesa, formando una cuadrícula. Charley verifica la hora: son las ocho y media de la mañana.

—Pausa —dice Charley, y cuenta—. Seis regalos.

—Por supuesto —dice Ali.

—Solo había cinco cuando entramos a desayunar. Todos supusimos que Pan no recibió ninguno porque era la víctima…, en el juego, me refiero. Vuelve a ponerlo.

Ambas ven hasta alrededor de las nueve de la mañana, cuando un hombre entra y se dirige a la mesa, con la cabeza gacha. Al parecer no es consciente de la presencia de la cámara. Lleva una bata muy reconocible. Rodea la mesa, levanta las cajas y las sacude, y luego, de espaldas a la cámara, hace algo que no pueden ver. Se gira con una de las cajas entre las manos. Parece que levanta la tapa de la fuente que hay debajo de la cabeza del ciervo. Durante un instante, mira hacia arriba y la cámara capta su expresión furtiva y oscura. Y ahora están seguras: es Leo.

Ali sisea:

—Cabronazo.

Tras este descubrimiento, Ali vuelve a su comportamiento habitual: se zambulle en la maleta de Leo y destroza sus pijamas de seda. Charley intenta hablar sobre lo que han visto, pero no consigue sacar nada coherente de ella. Se retira y se encuentra de nuevo en la cocina; el estómago le ruge. No ha comido más que dos pasteles de carne picada en todo el día, y la luz exterior se ha desvanecido hace tiempo.

«Qué extraño —piensa—, que mi cuerpo siga necesitando comida, como si la situación fuera normal».

Charley no tiene intención de pedirle a Kamala que cocine algo, así que rebusca en los armarios hasta que encuentra una sartén de hierro fundido. Después de limpiarla de polvo y arañas muertas, la coloca en la placa del fogón Aga y echa un trozo de grasa de ganso para que se derrita. Luego toma coles de Bruselas y patatas asadas sobrantes de la cena de ayer y las aplasta todas juntas. A la sartén van, chisporroteando al entrar en contacto con la grasa.

El olor es como magia, evoca el sonido de la voz de su padre: hay que cocinar un buen *bubble* el día después de Navidad. Papá se horrorizaría al ver que no hay encurtidos Branston Pickle, pero no pasa nada: en el armario hay un *chutney* artesanal orgánico que podría servir bien.

Mientras corta la carne fría sobrante, Charley se da cuenta de que, fuera, la oscuridad es total. Pronto comenzará la siguiente larga noche de invierno, y tal vez alguien más morirá. Sin embargo, ahora mismo, lo único que Charley puede hacer es cocinar. Y pensar.

La teoría de Ali tiene sentido, y el sadismo ostentoso de los asesinatos es del estilo de Dasha, pero nadie más en la casa tiene coartada para el asesinato de Shona. Leo, Kamala y Sam habían estado solos, cada uno por su lado, en Snellbronach. Charley había estado en el bosque, y Audrey un rato con ella, hasta que volvió a la carrera a la casa, sola. Lo mismo sucedía con la muerte de Gideon. Aunque Sam había estimado la hora de la muerte, en realidad cualquiera podría haberse colado en su habitación en cualquier momento de esa noche y haberlo matado, del mismo modo que Charley había entrado y se había llevado su carpeta. Además, cada uno de ellos había estado merodeando por la casa en el momento en que Pan fue asesinada. Incluso Leo podría haber fingido estar durmiendo la mona.

Pero...

A Pan la habían golpeado en la cabeza, la llevaron hasta el jardín y la colgaron de un árbol. Sam estaba en lo cierto: no todos los asistentes de Snellbronach tenían la fuerza física para hacer algo así. Y Charley no cree en la teoría de que el asesino atrajera a Pan al exterior. Dasha podría haber tenido la fuerza suficiente. Es alta y solía hacer *press* de banca con regularidad. Shona es una posibilidad, siempre había sido muy fuerte. Ambas podrían haberlo hecho. Ali, sin embargo, es demasiado baja, y ni Audrey ni Kamala parecen tener tanta fuerza en el tronco.

«A menos, claro, que lo hicieran entre dos personas».

Charley suelta un quejido de exasperación. Podría ser. Solo habían visto a una persona pasar por delante de la cámara, pero no habían revisado las grabaciones de toda la noche. Un cómplice podría haber dejado entrar a Dasha por la cristalera de la biblioteca, e incluso haberla dejado entrar de nuevo para matar a Shona. Todos siguen siendo sospechosos.

Charley, enfurruñada, le da la vuelta al *bubble* en la sartén. No hay manera.

Una vez que termina de cocinar, vierte la mezcla en un recipiente de Pyrex con tapa, con la intención de meterlo al horno para mantenerlo caliente mientras prepara la mesa. Cuando abre la escotilla, un golpe de calor la abrasa. Se ha equivocado; ha abierto la puerta del lado izquierdo, donde está el fuego de leña que mantiene el fogón Aga en funcionamiento. Suelta un grito y cierra la puerta de golpe. Entonces, algo cae al suelo.

Es un pedazo de tela.

Charley se agacha, toca la tela con los dedos. Está quemada por los bordes. Debe de haberse enganchado en la puerta la última vez que alguien la cerró. Pero ¿por qué iba nadie a quemar tela?

«Debió de ponerse perdido tras matar a Shona».

El asesino debió de mancharse de sangre la ropa. Quemarla habría sido más seguro que tirarla. Debe de haberlo hecho mientras Kamala estaba en la oficina y no había moros en la costa.

Esta tela azul le resulta algo familiar, ya ha visto ese mismo tono en algún lugar.

Y entonces recuerda la camisa que Leo llevaba en el aeropuerto en Nochebuena. Es exactamente el mismo tono de azul.

PARTE 4

ACUSACIONES

Capítulo 21

El olor de la comida recién hecha lleva a todos de vuelta al salón azul. Ha cambiado mucho desde la primera noche. Leo y Sam han intentado bloquear la ventana con una mesa plegable de cartas, por si Dasha decide entrar por ahí. La cabeza del ciervo ya no está y la habitación está iluminada por velas. Sam afirma que pueden apagarlas más deprisa si alguien intenta entrar, pero proyectan sombras inquietantes en los rostros alrededor de la mesa.

Los miembros de la Mascarada siguen ocupando los lugares asignados, con Ali a la cabecera de la mesa y Kamala en el lugar de Shona.

—¿Qué es esto? —dice Sam, tocando el *bubble* en su plato—. Parece asqueroso y delicioso al mismo tiempo.

Hay un silencio tras el comentario, como un vacío doloroso. Charley imagina las pullas de los ausentes: Gideon se burlaría de la comida de pobres y Pan añadiría algo sobre los horrores de las grasas saturadas. Quizá Shona se habría sacado de la manga una historia sobre un demonio vegetal que atacaba a los niños que no se comían todas las coles de Bruselas.

La gente deja un hueco en el mundo cuando muere. Incluso la que cae mal.

—Gracias por hacer una parte vegana —dice Kamala, algo más suelta—. No está mal, y es de agradecer que no haya tenido que hacerla yo.

—No creo que tu paga extra incluya *catering* durante una masacre —dice Charley.

Leo suelta una risa áspera.

—Al menos es probable que ella sobreviva —dice, y señala con el tenedor a Kamala—. Dasha no tiene ningún motivo para matarla,

229

¿verdad? Ni a Audrey. Todos sabemos que el motivo de todo esto es lo que le pasó a Karl años atrás; lo cual significa que el resto de nosotros somos víctimas potenciales.

—Ah, gracias, gran lord Longosalto, me siento mucho más segura ahora que lo has dicho —dice Kamala con ironía—. Por supuesto, no hay forma de que esta asesina enloquecida quiera matar a cualquier testigo de su crimen. Es probable que me lleve en coche hasta el pueblo cuando termine.

Agarra la botella de *whisky* de la mesa.

—Ya sabes que ese no es mi nombre —responde Leo, enfadado.

—Con toda sinceridad: vuestros nombres reales me dan igual. Sois solo un montón de ricos de mierda y me habéis metido en esto.

—Tiene toda la razón —dice Sam en un intento de relajar un poco la tensión.

Acepta la botella que le tiende Kamala y sirve sendos *whiskies*, para él y para Audrey. Acto seguido mira a Charley.

—¿Te apetece? —dice, e inclina la botella hacia ella.

Charley niega con la cabeza.

—Me quedo con la Coca-Cola Light, gracias.

Necesita pensar con claridad si es que quiere sobrevivir a esta noche.

Un pitido los sobresalta a todos.

—¿Quién tiene señal en el móvil? —dice Sam, irguiéndose de golpe.

Charley sabe de dónde viene el sonido. Suspira.

—No os emocionéis, no es más que esto… —Saca el móvil de Pan del bolsillo de los tejanos y lo pone en la mesa—. Es de Pan. Solo ha sido un aviso de batería baja. Tuvo algo de señal en el bosque, pero no duró lo suficiente como para que pudiera pedir ayuda.

—¿Por qué tienes el móvil de Pan? —pregunta Leo, de nuevo con cara de sospecha.

Charley siente un destello de culpa. Su primer instinto es disculparse por fisgonear. Pero entonces cruza la mirada con Kamala y, por alguna razón, decide mantenerse firme. Vuelve a mirar el móvil, la foto de pantalla de bloqueo de Pan, como si en ella residieran todas las respuestas.

Pan, todavía sonriente, rodeada de esteticistas con un pequeño círculo azul en el pecho de cada uniforme. Se da cuenta de que se parece mucho al logo que vio en los papeles en la habitación de Gideon.

—Hay mensajes aquí de Dasha y de alguien llamado Nikki. Creo que podría ayudarnos a entender qué está pasando. Sé que Pan mintió sobre su familia, pero no estoy segura de por qué.

Ali resopla.

—Ah, Pan mentía sobre todo. Fue una de las cosas que me dijo el detective de Dasha cuando estábamos organizando todo esto. Pan no es heredera de navieras, es hija de una empresaria grecochipriota más o menos exitosa del norte de Londres, que posee una cadena de lavanderías. El tipo que apareció en la puerta aquella vez no era su amante secreto, sino su padre. Le compraron ropa de diseño y un buen móvil para la universidad. El resto se lo inventó.

Charley la mira, asombrada.

—¿No te lo dijo Karl? –dice ella–. No sé cuánto había averiguado, pero sospechaba de ella.

La mente de Charley retrocede a una vez en que Karl le dijo que el coche deportivo de Pan era solo de alquiler. A la imagen de aquel hombre alegre y demasiado familiar que apareció en la puerta de Pan aquel día. El ligero rastro de acento del norte de Londres, y ese papel que Karl le había dado antes de salir a nadar, una hoja que casi había olvidado… De repente, todo tiene sentido.

—Maldita sea –dice Sam, al mismo tiempo que Leo se queja de que Ali debería habérselo contado antes de escribir aquel artículo tan halagador sobre ella el verano pasado.

—En realidad, reporterito, es bastante obvio. –Ali le lanza una mirada despectiva–. Padres supuestamente muertos, otros familiares siempre demasiado ocupados con viajes como para visitarla. Fondo fiduciario al que misteriosamente no podía acceder hasta que tuviera veinticinco años, pero que nunca mencionó después de su vigésimo quinto cumpleaños… Todas esas publicaciones moralistas en Instagram sobre preferir vivir modestamente y no volar tanto para no contaminar el medio ambiente. Era una auténtica farsante, y, si Karl lo había descubierto, Pan tenía motivos más que de sobra para querer que desapareciera.

Las preguntas se agolpan en la cabeza de Charley, pero mira la barra de batería agotada en el teléfono de Pan y sabe que hay algo más urgente.

—Erais amigas, ¿no? ¿Podrías entrar en su teléfono? —pregunta—. Hay un código numérico de cuatro dígitos…

—Prueba alguna combinación con cinco y ocho —dice Ali—. Estaba muy metida en el I Ching y pensaba que eran sus números de la suerte.

Charley teclea algunas opciones diferentes. De pronto escribe cinco-ocho-cinco-ocho y la pantalla se desbloquea. La aplicación de vídeo está en marcha, y en la parte inferior izquierda puede ver una miniatura del último vídeo de Pan. Lo pulsa, y el vídeo se agranda y empieza a reproducirse. La expresión de Pan es muy diferente a su habitual pose sonriente de selfi. Va vestida de lady Perdiz, con esos colores de pavo real, pero se ha quitado la diadema y tiene el maquillaje corrido. Debe de haberlo grabado en Nochebuena después de subir. Charley siente de nuevo esa punzada de dolor y tristeza por alguien que nunca fue una verdadera amiga y que ya nunca lo será.

—Vamos —dice Ali, con un destello de su vieja impaciencia mientras se inclina hacia delante y presiona *play*.

En la pantalla, Pan comienza a hablar.

—Esto es un mensaje para Charley —dice.

Charley casi suelta el teléfono de la sorpresa.

—Nunca voy a tener el coraje de decirte esto a la cara, pero he hecho tantos de estos vídeos mirando a cámara que lo voy a hacer así y listo. Es más fácil contarle la historia a mi propio reflejo. Aun así, me cuesta decirlo. Tendré que ir preparándome. Necesito decirte lo que ha estado pasando.

»No soy quien tú crees que soy. Vaya, suena teatral, pero es verdad. Mi nombre es María, no Pandora, aunque sí que llevo orgullosamente el apellido Papadopoulos. Mis padres son chipriotas griegos, pero crecí en Londres. A mi familia le iba bien, lo suficiente para enviarme a una buena escuela local y viajar en vacaciones, aunque nada de jets privados ni yates. Y sí, debería haber estado agradecida por lo que tenía, pero yo quería más,

¿sabes? Quería ser como esas personas ricas en la revista *Hello!*, con sus casas horteras, yendo de fiesta a *premières*. Así que decidí que, en la universidad, iba a ser una persona diferente.

»No fue espontáneo. Lo planifiqué y lo preparé bien. Investigué a la familia Papadopoulos. Practiqué la voz, el andar seguro, la expectativa de que las cosas simplemente sucederían porque así lo deseaba. Suena fácil y es algo natural para los otros miembros de la Mascarada, pero creo que entenderás lo difícil que fue mantener ese papel día tras día. Aunque funcionó. Ser heredera rica me abrió puertas, me metí con mentiras en un montón de clubes elitistas que puede que ni siquiera sepas que existen…, y ahí lo tienes otra vez, te vuelvo a soltar algo desagradable, intento menospreciarte incluso en este intento de disculpa.

Charley echa un vistazo a los otros integrantes de la Mascarada. Todos observan impactados el vídeo. Kamala tiene la mandíbula caída, pero esboza una media sonrisa, una expresión de admiración reticente hacia Pan, la falsa vegana, la falsa heredera.

—Resulta que cuando pretendes ser algo y lo haces bien, nadie lo cuestiona —dice Pan—. La gente está demasiado atrapada por sus propios problemas e inseguridades, y una vez que te das cuenta de eso, puedes aprovecharte… Pero tú eras diferente, Charley.

En la pantalla, Pan se sorbe la nariz con estruendo y se pasa un pañuelo arrugado por las comisuras de sus ojos enrojecidos. Pan ha llorado mucho ante la cámara en los últimos años, sobre todo al compartir reflexiones sobre el estrés de ser *influencer*, pero esto es un llanto profundo. Se suena la nariz con fuerza y luego continúa.

—Verás, siempre pensé que tú podrías darte cuenta. Había algo en la forma en que observabas a la gente con esa mirada de actriz que tienes. La forma en que siempre diseccionabas e imitabas los acentos de la gente. Una vez me dijiste que sonaba un poco del norte de Londres, que es justo lo que era. Estaba convencida de que me veías tal como era, así que me porté mal contigo como una especie de autodefensa.

»Ser una farsante también sale caro. La gente te compra Prosecco y esperan que tú les compres champán a cambio. A menudo hacía que otras personas pagaran la cuenta actuando como si el dinero no fuera importante para mí, y seguía hablando de mi asignación y de no recibir mi herencia hasta los veinticinco, pero aun así todos asumían que tenía unos cientos de miles a los que podía acceder en cualquier momento. Por eso robé el collar de Dasha, para venderlo. Pensé que imaginaría que lo había perdido, no creí que le diera más importancia. A Ali no le gustabas. Supongo que es porque eras una forastera, lo que me hacía aún más consciente de serlo yo también. Así que, cuando Ali empezó a acusarte, aproveché para sumarme. —Respira hondo y continúa—. Bueno, aquí va. La bomba. Esa noche en Fenshawe, Karl te dio algo, un papel impreso de un periódico griego: la esquela de mi supuesto padre. Todavía no sé qué decía, pero supongo que era algo sobre que no tenía hijos. Lo perdí en el agua esa noche.

»Aquel día, en el lago, fui yo. Te oí hablando con Karl y os seguí afuera. Vi tu ropa esparcida por todas partes; el papel estaba encima. Parecía que ya lo habías leído. Me invadió el pánico. Me adentré en el lago y…, bueno, Charley, fui yo. Fui yo quien intentó ahogarte.

»Fue aterrador. Forcejeaste como una loca, y cuanto más te resistías, más me daba cuenta yo de que no había marcha atrás. Tenía que mantenerte bajo el agua hasta que dejaras de respirar. De lo contrario, me verías y yo iría a prisión y… entonces dejaste de moverte y salí corriendo. Es lo más horrible que he hecho, y nunca nunca olvidaré el alivio que sentí cuando miré hacia atrás y vi que te movías. He tenido pesadillas durante años, sueños en los que te revuelves y resistes. Ese horrible momento en que te quedaste inmóvil. Lo siento mucho, Charley. Lo siento mucho, muchísimo.

»Todavía esperaba que se lo contaras a todos, pero después, Karl desapareció y supongo que todos teníamos cosas más importantes de qué preocuparnos. Yo no tuve nada que ver con la desaparición, que conste. Después de lo que hice en ese lago supe que no tenía estómago para hacer nada parecido. Aunque admito que su desaparición fue un alivio para mí.

—Seguía esperando a que alguno de vosotros me descubriera.

Después de graduarme, empecé a minimizar el perfil de heredera en redes. Ser supuestamente rica ayuda a atraer patrocinadores y anunciantes, pero no cae bien entre los seguidores. Esperaba poder avanzar, dejar atrás las mentiras. Pero… ahora mi padre está enfermo y acaba de empeorar. Solo quiero dejar este lugar, volver con él, disculparme y…

La voz de Pan se quiebra de nuevo.

—De todos modos, puedes hacer lo que quieras con este vídeo. Llévalo a la policía. Enséñaselo a toda la Sociedad de la Mascarada Homicida, lo que sea. Ya no me importa. Quiero salir. Aparte de Gideon, son todos un puñado de psicópatas, no sabes ni la mitad. Leo…, bueno, de todos modos, te lo contaré más tarde, cuando nos encontremos para el asesinato. Mientras tanto…

Pan se da la vuelta. Alguien llama a la puerta de su habitación.

—Un segundo… –dice.

La puerta se abre fuera de cuadro. Se oye la voz de Gideon. Después de unos segundos, Pan reaparece, coge la cámara y el vídeo se detiene.

Charley deja caer el teléfono de entre sus dedos lánguidos. Golpea la mesa al caer.

—Mierda, Charley, ¿estás bien? –dice Sam.

Charley tiene la mirada perdida, los ojos llenos de lágrimas. Ha pasado una década de pesadillas, reviviendo la experiencia una y otra vez, sospechando de todo y de todos. Años de dudar de sí misma, de preguntarse si había tenido una especie de alucinación alcoholizada. O si su novio había intentado matarla. Y ahora sabe que no estaba loca, no había sido su imaginación. Pandora (o Maria) Papadopoulos la había hundido con intención de ahogarla bajo las aguas heladas; la había metido de lleno en un mundo de paranoia, miedo y pesadillas recurrentes.

Saberlo le supone una suerte de alivio, pero también se siente abrumada por oleadas de dolor y rabia, como si se estuviera ahogando de nuevo, incapaz de gritar o llorar. Los sollozos la atraviesan hasta sacudirla, un caparazón seco y desgastado.

Y entonces Kamala habla:

—¡Por el amor de Dios, estáis fatal! –Se levanta y abraza a Charley, la aprieta contra el peto de su mono. Kamala huele a horneado, a Persil y Miss Dior–. Lo siento, Sherlock –dice.

La compasión hace que Charley llore más.

La respuesta de Sam es más pragmática; sirve un vaso de *whisky* y se lo pone en las manos lánguidas a Charley.

–No, *whisky* no…, ¡bah, a la mierda! –Lo bebe de un trago y se atraganta cuando el líquido le quema la garganta.

Se terminan el alcohol del bueno y luego pasan al malo. Por último, saquean el fondo del armarito de bebidas, los licores dulces y pegajosos que realmente a nadie le gustan. Aun así, impera un ambiente distinto al que había en la víspera de Navidad. Esta ansia por beber tiene un cariz diferente, afilado; todos tratan frenéticamente de adormecer el miedo, por más que finjan que se enfrentan a él.

–Y bien, Sam, ¿cómo crees que te matará a ti? –pregunta Ali. Sam parece confundido, y ella se lo explica, contando con los dedos–: Madame Poule, eviscerada como un pollo. Lady Perdiz colgada del peral. El señor Dorado estrangulado con una cadena de oro. A ti, que eres el doctor Cisne, ¿qué te pasará?

Sam piensa un momento.

–Me ahogarán en un lago –dice. Sus ojos ni siquiera parpadean hacia Charley, ya lo ha olvidado–. Aunque no hay ningún lago por aquí, solo un arroyo con una cascada.

–Supongo que seré yo quien salte de ahí –agrega Leo con una risa amarga.

–Creo que esto es enfermizo. –La voz de Kamala tiembla de inquietud. Pero ellos no están escuchando, están demasiado ocupados luchando contra su miedo a la muerte con un humor retorcido.

–Quizá a Charley la horneen en un pastel –dice Sam–. Como a los veinticuatro mirlos de la nana tradicional.

Leo suelta una carcajada estruendosa. Resulta exagerada. Todo en él resulta exagerado.

–No sé qué decirte, parece poco elegante, ¿no? Mezclar villancicos y rimas infantiles… Dasha tiene demasiada clase. Y además, necesitarías un montón de masa…

Ali golpea la mesa con la mano.

—Pero ¿y qué pasa con la tórtola? —pregunta con la voz temblorosa—. ¿Cómo mueren las tórtolas? ¿Me atrapará en una red? ¿Me pegará un tiro? ¿Cómo muere una paloma? ¡A ver, decídmelo, joder!

—Las tórtolas están en gran declive en el Reino Unido —dice Kamala—, debido a la pérdida de hábitat.

—Quizá el asesino se limite a cerrar el Groucho Club —sugiere Leo.

—¿Podéis parar? —dice Audrey en voz baja—. No vamos a permitir que nos haga nada.

—Eso es —dice Charley—. A partir de ahora nos quedaremos juntos. Acamparemos todos en una sola habitación si es necesario. Hemos cerrado todas las puertas y bloqueado las ventanas. No va a suceder. No nos van a eliminar uno por uno.

Da otro trago de licor. El alcohol ha hecho su magia: la mente de Charley se ha elevado y retrocedido, se ha alejado de la realidad, como si la observase a través de una pantalla.

Mira alrededor de la mesa, a la gente frente a ella. Ali sigue siendo el mismo remolino de rabia pura de siempre, pero ahora tiene la mente fija en la venganza. Podría atacar a cualquiera de ellos. Sam y Leo todavía son un misterio, y ambos guardan secretos. Kamala los desprecia a todos, necesita dinero y sería capaz de traicionarlos en un instante. ¿Y Audrey? Recuerda lo que dijo Leo: «Siempre hay que vigilar a los más calladitos. Los que le preparan un té al detective, los que despiertan simpatía».

Sus caras se desdibujan frente a ella y, de pronto, se le ocurre una idea, completa, entera. En algún lugar en el fondo de su mente, la Charley sobria le dice que es un plan terrible, que nunca funcionará y que solo servirá para desatar un nuevo tsunami de problemas. «Pero —replica la Charley ebria—, ¿cuándo fue la última vez que mi mente sobria ideó un plan decente, por no hablar de llevarlo a cabo?».

—Vale, vamos a jugar a un juego —dice Charley, con evidente falta de sobriedad y un tono alto y chillón que capta la atención de todos—. Yo os cuento mis secretos y vosotros me contáis los vuestros.

Los demás la miran.

—Esa es la razón por la que nos trajiste aquí, ¿no es así, Ali? —Charley lucha por no arrastrar las palabras, por ocultar lo borracha que está—. Querías que se descubriese la verdad. Tal vez, si descubrimos lo que le pasó a Karl, tengamos algo que ofrecerle a Dasha; quizá podríamos razonar con ella. Eso suponiendo que la culpable sea Dasha, cosa de la que no estoy convencida. Así que este es el trato: os diré qué móvil podría haber tenido yo para matar a Karl, y vosotros me decís el vuestro. Como si fuera la partida de «verdad o reto» más importante de vuestras vidas.

Este tipo de jueguecito es un clásico entre los miembros de la Mascarada; bien podría haber sugerido este plan Ali o incluso Shona. Charley puede ver que los demás ya están convencidos, aunque Audrey y Kamala, las dos forasteras, la miran horrorizadas.

«Quizá encajo más en la Mascarada de lo que yo pensaba». Charley alarga las manos sobre la mesa, con las palmas hacia abajo y los dedos extendidos. Es un gesto de apertura. Después de todo, no tienen nada que ocultar.

—Vale. Bueno, acabáis de oír que Pan intentó ahogarme aquella noche. No vi quién era, y durante mucho tiempo, una parte de mí, mi parte más paranoica, pensó que podría haber sido Karl.

Se lo cuenta todo: les cuenta que amaba a Karl, pero que tenía dudas. Les cuenta que Karl estaba obsesionado con el estatus y el glamur de Dasha. Les cuenta que aquella noche discutieron, que luego se reconciliaron y fueron corriendo al agua.

—Aunque pensé que fue idea mía, después me pregunté si Karl no me habría manipulado, si no habría plantado la idea en mi cabeza para tener la oportunidad de deshacerse de mí.

Charley se detiene a tomar aire. No hay forma de resumir los años de dolor y sospecha, aparte de la culpa por tener aquellas sospechas. Sus sentimientos hacia Karl eran complicados; siempre lo serían.

—Así que —continúa— supongo que, si yo fuera la asesina, ese sería mi móvil. Autodefensa.

Transcurren unos instantes en silencio. Charley toma un sorbo de alcohol para anestesiarse aún más. Luego, Ali dice:

—No suelo pedir disculpas; lo sabes bien, Charley. Pero lo siento.

Lamento lo del collar. Me comporté como una completa idiota. Cuando el investigador privado de Dasha me dijo lo que te hizo Pan, debería habértelo contado de inmediato, en lugar de usarlo para mis propios intereses. No me porté bien contigo.

Charley no responde, y Ali no espera que lo haga. El perdón está muy lejos.

—De todos modos, es un buen plan. —Ali cruza los brazos, se reclina en la silla y mira a su marido—. Te toca, Leo.

—Venga ya —protesta Leo. Se ruboriza; no quiere hablar.

—Cobarde. —La voz de Ali es un gruñido.

—Venga, pues voy yo —interviene Sam—. Resulta terapéutico, ¿no? Como ya sabéis, le escribí la mayoría de los ensayos de la diplomatura de economía a Gideon mientras estudiábamos. Karl se puso muy pesado al respecto. Creo que quizá era por influencia tuya, Charley, así que gracias, ¿eh? Por otro lado, los raritos de mis padres han dedicado toda la vida y todo el dinero que tienen a fomentar las artes. Para ellos, que yo estudiara medicina era como una forma de rebelión. Estaban esperando, ansiosos incluso, a que fracasara. Si me hubieran sancionado por hacer trampas con los trabajos de Gideon, habría sido toda una humillación, y si me hubieran expulsado todo habría acabado; fin de mi carrera médica. No habrían costeado mis estudios en otro lugar.

—Pero ¿y la cagada que cometiste en el hospital? —interrumpe Ali—. Eso también cuenta, ¿no?

—Ah… —Sam hunde la cabeza entre las manos y se pasa los dedos por el cabello rebelde—. Así que Karl te lo contó, ¿verdad? Ahora entiendo la indirecta que habías incluido en mi carpeta sobre mala praxis. Mira, Ali, entiendo que quieras saberlo, pero no tenéis ni idea de lo que se siente al cometer un error en un trabajo donde hay vidas en juego. Perdí a un paciente, y quizá fue porque metí la pata. Karl no dejaba de hablar de ello. Así que sí, eso que mencionó Pan sobre el alivio que le causó la desaparición de Karl…, yo también sentí el mismo alivio, aunque le echo de menos. Incluso ahora, después de tanto tiempo. Muchísimo. No me quiero ni imaginar lo mucho que te dolerá a ti, Ali.

»Si he de ser sincero, siempre sospeché de Gideon —continúa

Sam–. Estaba desesperado. Mi familia es bastante excéntrica, pero su padre probablemente tiene un cien por cien de la escala de verificación de la psicopatía de Hare. Así que yo apostaría por Gideon, excepto por un detalle: no sé cómo se le habría ocurrido un modo de hacer desaparecer a Karl de una habitación cerrada. Por otro lado, Pan sí que era astuta, y quería mucho a Gideon, a su manera. Quizá lo hicieron juntos. Pan dice en el vídeo que no mató a Karl, pero solo tenemos su palabra, y también admite haber atacado a Charley.

–Pero ¿crees que Karl no salió vivo de la habitación? –pregunta Ali sin aliento–. Eso es imposible. La revisamos entera. La policía también la examinó.

–Tienes razón, son solo imaginaciones –dice Sam.

Mientras él habla, la mirada de Charley se posa sobre Leo. Está pálido, parece a punto de romper a llorar o de vomitar.

–Leo –dice ella con suavidad–, si sabes algo, este es el momento de contárnoslo.

–Claro que sabe algo –se burla Ali–. Pero es demasiado cobarde para sincerarse. Es patético.

–Leo tiene un móvil para haber matado a Karl, igual que el resto de nosotros –dice Sam–. Aunque se le da muy bien desviar las sospechas hacia otras personas, ¿verdad, tío?

Charley se esfuerza por pensar. Espera de verdad que la conversación no acabe discurriendo por los derroteros de los fetiches sexuales. Entonces recuerda algo.

–Ese club, el Stagworth. Siempre tratabas de llevarme a las fiestas que organizaban.

–Ah, ¿sí?

La cara de Ali se endurece, aprieta los labios hasta formar una línea delgada. Cruza los brazos y mira fijamente a Leo.

–Sí, y cuando Karl se enteró, llamó a Leo de todo en voz baja y me pidió que no fuera. Lo que nunca me dijo era por qué no debía ir.

Una expresión de dolor cruza la cara de Leo, pero sus hombros se relajan ligeramente, como si hablar precisamente de esto le produjese cierto alivio. Como si hubiese algo más de lo que pre-

240

fiere no hablar. El nombre de la señora Gupta pasa por la cabeza de Charley.

—¿Qué es el Stagworth? —pregunta Audrey.

Ali vibra de rabia.

—Un club universitario para pijos en el que se celebraban ceremonias de iniciación extrañas, jueguecitos de beber sin el menor sentido y fiestas que duraban toda la noche. A los nuevos aspirantes a entrar se los invitaba a todas las fiestas, pero se les exigía traer carne fresca. En otras palabras, estudiantes femeninas atractivas que debían mostrarse muy muy agradecidas por la invitación, ya me entendéis. Una chica de mi grupo de tutores sufrió una agresión allí, y lo encubrieron todo. Ese era el club al que te uniste, Leo. No me extraña que Karl estuviera furioso contigo.

—Puaj. —Audrey mira a Leo con desagrado.

Charley está horrorizada, sin palabras. Recuerda las palabras de Karl: «Hazme caso, ahí ni te acerques».

Ali se vuelve de nuevo hacia su marido.

—Pero eso no es todo, ¿verdad, cariño? ¿Hay algún peso más que quieras quitarte de encima? ¿Algo más que me hayas estado ocultando durante los últimos doce años?

—¡Por el amor de Dios, sí! —estalla Leo, y hunde la cabeza entre las manos—. Sí, hay algo más. Nunca te lo dije porque sabía que, en cuanto te lo contase, te perdería al instante. Pero ahora…

—Ya me has perdido igualmente, hombrecillo patético —dice Ali—. Así que más vale que hables.

Capítulo 22

Leo

Hace doce Navidades, 19:50 h

Leo se pasó casi una hora buscando a Karl hasta dar con él. Salía del baño del primer piso, aquel que todavía estaba lleno del maquillaje y la ropa de las chicas. Solo llevaba alrededor de su cintura una de las antiguas toallas de la tía Penny.

A Leo siempre lo fascinaba el torso delgado, tonificado y esculpido de Karl, que apenas hacía ejercicio. Lo habría atribuido a buenos genes, pero en teoría los genes de Leo eran muy superiores. Karl y Ali eran unos advenedizos en el gran esquema histórico de la nación. Aquella grandiosa autoestima que tenían los dos era comprada, no heredada.

—Por el amor de Dios, hombre, a ver si te tapas.

Leo se cubrió los ojos con expresión de falso horror.

Durante un instante, Karl puso una expresión distraída y ajena, preocupado por Dasha. Pero luego su rostro se endureció con esa mueca de desagrado que Leo llevaba días presenciando.

Sintió un ápice de irritación. ¿Cuándo se había vuelto Karl tan agrio? ¿Y qué tenía de malo soportar a esos bestias de Stagworth para poder cambiar el mundo en el futuro? Compuso una nueva argumentación en su mente, un razonamiento que finalmente conseguiría que Karl viera la razón. Pero luego recordó que no podían salirse del personaje.

—¿Por qué no está usted ya disfrazado de Papá Noel, joven Trimble? —preguntó con su mejor voz de Vicario.

—Ahora mismo no tengo ganas. —A Karl le castañeteaban los dientes. La casa estaba fría, pero ¿hasta ese punto?—. No tengo ganas de nada. Tengo mucho en qué pensar, grandes decisiones que tomar, ese tipo de cosas.

—Mira, si es por el Stagworth, te vuelvo a decir que…

Otra vez esa mirada de desdén.

—No me importa lo que hagas con ese asqueroso grupo que se folla cráneos de cerdo. Tú limítate a no mezclarlos con nuestros amigos.

—Los del Stagworth no hacen eso. Te refieres a otro club de otra uni…

Karl le lanzó una mirada plúmbea.

—No es buen momento para discutir detalles, Leo. Mira, creo que deberías decirle la verdad a Ali, a ver qué piensa. O tal vez debería hacerlo yo por ti.

Leo sintió un pinchazo de pánico. Ali era una de las pocas personas en su vida a la que no veía como un activo potencial. Verla abrirse paso en la vida, superar sus limitaciones…, le daba ganas de protegerla, de asegurarse de que siempre saliera adelante. Tal y como lo veía Ali, Karl siempre trataba de hundirla, de situarse un paso por delante de ella. Estaba convencida de que Karl iba a hacer algo para echar a perder aquella Mascarada, para demostrar que sus misteriosos asesinatos eran superiores a los de ella. Quizá toda la Sociedad estuviera mejor sin Karl, a fin de cuentas. Desde luego, Leo podía vivir sin aquella tensión constante, y tal vez Ali se relajaría un poco. Tenía que haber una manera de poner a Dasha de su lado. Hmm…, tendría que darle una vuelta a esa idea, a ver cómo podía integrarla en su plan.

Ah, sí. El plan.

—No estarás pensando en parar el juego, ¿verdad? —preguntó Leo—. Sería una gran decepción para Ali.

Karl baja la cabeza: una admisión de culpabilidad.

—Creo que lo que quieres decir es que Ali se va a pillar un cabreo de tres pares de cojones. Pero no, no estaba pensando en hacer nada parecido. Además, las tramas de Ali no tienen muchas sorpresas. Pero no le digas que te lo he dicho.

Karl suspiró.

Perfecto. Era el momento justo para que Leo le contara su gran idea. Estaba a punto de hacer realidad los peores temores de Ali, pero era por un bien mayor. Ali lo acabaría perdonando. Se le aceleró el pulso de anticipación.

–Bueno, me alegro de que lo menciones, porque tengo un plan que podría animar un poco la trama, y también darle una buena sacudida a Ali.

Karl levantó una ceja. En su mirada apareció el brillo de siempre. Un destello que venía a significar «diversión». Y también «problemas». Esbozó una sonrisa torcida y traviesa. Desaparecieron todas las reflexiones y las dudas.

–Cuéntame más –dijo.

Diez minutos después, Karl se había puesto el disfraz y ambos se encontraban en el saloncito.

–Le sugerí esta habitación a Ali a propósito –explicó Leo, apenas capaz de ocultar la sonrisa–. Y lo del misterio de la habitación cerrada ha sido idea mía. Lo que no le dije es por qué quería hacerlo.

–Me lo estaba preguntando. Esta habitación está un poco apartada, y además es algo fría.

–¡Ajá! Hay un motivo por el que no hemos encendido la chimenea –dijo Leo–. Pero primero tienes que jurar que, si me ayudas a gastarles esta broma, nunca le dirás a nadie cómo lo hiciste.

–Lo juro –dijo Karl, quizá demasiado rápido para que Leo lo creyese de veras.

Durante un instante, Leo se sintió dividido entre la lealtad a la familia y el urgente deseo de mantener en marcha la Sociedad de la Mascarada Homicida. Al final ganó su lado egoísta. Leo se acercó a la gran chimenea. Era enorme, dominaba la habitación y contaba con un montón de ramas y troncos listos para ser encendidos. Leo alzó la vista por el conducto de la chimenea y metió la mano dentro.

–Debería estar por aquí, espera. Han pasado unos años, pero…

Leo gruñó, estiró la mano más arriba, tanteó los ladrillos fríos y llenos de hollín. Durante un instante sintió pánico. ¿Se habría equivocado de habitación? ¿Habían sido imaginaciones suyas?

Pero entonces sus dedos lo encontraron: un pequeño hueco en la parte interior izquierda de la chimenea.

–Aquí.

Karl se acercó, escrutó la oscuridad y metió también la mano derecha con expresión confundida.

–Noto una especie de tabla de madera incrustada en la piedra. Qué raro tener algo así en una chimenea, ¿no?

–Es una trampilla, mi querido muchacho, y lleva… –Se recostó contra la chimenea para dar un efecto dramático a sus palabras– al agujero del cura de la familia.

Leo tenía nueve años cuando sus primos le enseñaron aquel escondite por primera vez. Aún tenía la cabeza llena de historias de aventuras y novelas de misterio, y descubrir una auténtica cámara secreta en la chimenea del salón del conde fue como encontrar oro. Por supuesto, lo obligaron a jurar que guardaría el secreto. Era una tradición familiar no contarle a nadie la existencia de aquel sitio, por si fuera necesario usarlo de nuevo. Y ocasionalmente así había sido: durante la Segunda Guerra Mundial, su tatarabuela Fanny había escondido el Vermeer allí, en caso de que los nazis invadieran Inglaterra.

Para un niño pequeño había sido tarea fácil trepar por la chimenea y colarse por la compuerta de madera ligeramente empotrada que daba a un espacio diminuto de metro veinte de alto y lo mismo de ancho. Lo suficientemente grande para que un pobre clérigo fugitivo se acurrucara con su Biblia y sus enseres litúrgicos, y quizá justo lo suficientemente grande para que un miembro de la Sociedad de la Mascarada Homicida gastase la mayor broma de la historia.

Los ojos de Karl se abrieron de par en par. Leo se sonrojó de placer.

–Pero esto no es ni siquiera la mejor parte –añadió–. Lo mejor es que no tienes que salir por el mismo camino. Hay una trampilla justo encima que lleva al armario de su señoría, en el piso de arriba. Así que podrías esperar aquí un rato, hasta que la gente empiece a preguntarse qué ha sido de ti, y luego trepar por la trampilla para aparecer de nuevo en otra parte de la casa.

Podrías atormentar a tu asesino, convertirte en el fantasma de las navidades pasadas.

—A ver si lo entiendo —dijo Karl, y soltó una carcajada malvada—. Santa desaparece por la chimenea. Vaya, amigo mío, qué pedazo de giro. Los demás se van a volver locos.

Leo estaba henchido de orgullo.

Capítulo 23

Ali mira a su marido, con aspecto de ser capaz de asesinarlo ahí mismo.

–Ya, ya lo sé –dice Leo, y niega con la cabeza–. Al principio no dije nada porque asumí que Karl aparecería en algún lugar, tal y como habíamos planeado. No esperaba que detuvieras el juego y nos hicieras buscar por toda la casa. En ese momento me estaba partiendo de la risa, estaba seguro de que Karl se escondía en algún lugar, que había visto tu reacción y aguardaba al momento adecuado para saltar sobre ti. Y los demás tampoco te estaban tomando en serio, aunque tú lo sabías, de alguna manera. Supongo que es esa conexión que siempre dices que tenéis los gemelos.

»Así que, mientras todos buscabais en diferentes áreas de la casa, Shona y yo subimos al ático a fumar y esperamos a que todo se calmase. Para mi sorpresa, vimos que el coche de Karl no estaba. Estuve a punto de decírselo a Shona, pero luego se me ocurrió una idea loca. Pensé que Karl había decidido fingir su propia desaparición, crear un misterio nuevo dentro de tu misterioso asesinato. Así que cerré la boca.

Ali lo fulmina con la mirada, el rostro pintado de rabia e incredulidad.

–Sí, sé que suena ridículo ahora, pero admitirás que es justo lo que Karl podría haber hecho. Por eso me opuse cuando quisiste llamar a las autoridades. Estaba convencido de que terminaríamos siendo procesados por hacer perder el tiempo a la policía.

–Tiene sentido –dice Sam–. Ali, tienes que admitir que suena al comportamiento típico de Karl.

Charley no dice nada, pero está de acuerdo. Sí que era típico de Karl.

–Total, que por eso me quedé callado al principio. Esperaba que Karl se pusiera en contacto con nosotros, que nos diera alguna pista. Y es justo lo que le dije a la policía cuando llegó. No les dije nada del agujero del cura porque el tío Tolly se habría vuelto loco. Bastante grave era ya la situación, con los oficiales de policía rondando por todas partes.

Leo se estremece con aire teatral.

–Ahí está, ¿verdad? –Ali escupe las palabras–. Esa es la verdadera razón de tu silencio. No permitiese Dios que la desaparición de mi hermano mancillase de alguna manera el noble nombre de tu familia.

–Pero es que estaba convencido de que aparecería, al menos hasta dos semanas después, cuando la policía encontró su coche abandonado en el bosque. Fue entonces cuando comprendí que no era una broma, y me asusté de verdad, no solo de que tú lo descubrieras, sino de que se enterase Dasha. Estaba furiosa, ¿recuerdas? Decidí tratar de averiguar yo solo qué había pasado. No sé si te acuerdas, pero ese fin de semana volví a la mansión. Te dije que la policía quería repasar los detalles de nuevo, pero en realidad tenía que comprobarlo por mí mismo. Subí directamente al armario de mi tía y abrí la trampilla. Me quedé tan aliviado en un principio que ni siquiera me fijé en los detalles. Verás, el armario de la tía Penny se usa como una especie de trastero. Hay pilas de libros, alfombras enrolladas, un mueble roto que contiene su correspondencia y…, bueno, ya sabes lo desordenada que es Penny, Ali. Pero justo cuando me iba, me fijé en una cosa: los libros que descansaban encima del mueble se habían caído al suelo, y los tablones tenían arañazos, como si hubieran movido el mueble. En ese momento no estaba seguro, y no creo que lo esté jamás, pero no pude evitar pensar…

Leo mira alrededor de la mesa del comedor, a los otros invitados. Quiere que alguien más lo diga, para que sea real.

–Alguien movió el mueble para bloquear la trampilla. Para que Karl no pudiera salir del agujero del cura –dice Sam.

–Joder –susurra Kamala.

Pero Leo no ha terminado:

–Y luego recordé que, cuando terminamos de buscar por toda la casa, todos acabamos de un modo u otro en esa habitación, y hacía calor. Porque alguien había encendido la chimenea.

Una fría sensación de horror se apodera de Charley. Todos en la mesa guardan silencio mientras lo asimilan. Si Karl no hubiera podido salir de la trampilla del armario, lo primero que habría hecho habría sido intentar subir por la escotilla a la chimenea. Y en cuanto la hubiese abierto, el humo habría entrado a borbotones.

–Pero habríamos oído algo. Sus gritos, ¿no?

Leo niega con la cabeza.

–No necesariamente si alguien encendió la chimenea mientras buscábamos. Estábamos repartidos por toda la casa.

–Es cierto –agrega Sam–. Supongo que el agujero del cura era pequeño. En un espacio cerrado tan reducido, bastarían unos minutos para morir por inhalación de humo.

Hay un momento de silencio mientras Sam, Charley, Ali y Leo piensan en cómo habría muerto su amigo, atrapado en una pequeña cámara cada vez más llena de humo, pidiendo ayuda sin que nadie acudiese. Charley no puede soportar pensar que la vida de Karl haya terminado así. Indefenso y solo.

Ali se derrumba sobre la mesa, la cabeza baja, entre sollozos temblorosos.

Leo se levanta para abrazar a Ali y ella se hunde en sus brazos. Murmura junto a su hombro: «Lo siento, lo siento», pero aunque Ali lo abraza, Charley percibe que esas palabras no significan nada para ella, que se trata de un abrazo de despedida. Nadie se recupera de algo así.

Ali se aparta y empuja con fuerza a Leo.

–¡Eres tan cobarde como yo sospechaba! Y no me vengas con esas mierdas de que no querías hacerme daño. Vale, tal vez no quisieras, pero lo que te daba miedo realmente era el escándalo, ¿verdad? Una muerte en la mansión Fenshawe. El tío Tolly se habría horrorizado, y el caso habría afectado a tu carrera política de por vida. Era preferible dejar que la policía pensase que Karl fue asesinado después de escapar de la fiesta en la casa de tu familia.

Leo abre la boca. La cierra. Como un pez dorado bien entrenado. No es el momento de dar una respuesta frívola. Ali lo conoce demasiado bien.

Charley nunca ha presenciado el momento exacto en que una relación se muere. La imagen fugaz de Matt le pasa por la cabeza. Apenas ha pensado en él en las últimas cuarenta y ocho horas, y ni una sola vez se ha preguntado qué haría él en esta situación, qué consejo daría. Sabe con certeza que nunca volverá con él. En medio del horror y la oscuridad a su alrededor, este pensamiento le provoca una pequeña punzada de alivio y de fuerza.

—Empiezo a pensar que estoy más segura sola —dice Kamala—. Ojalá hubiera pasado la Navidad como voluntaria en el comedor social, que es lo que había planeado. Si salgo de esta, eso es lo que haré el año que viene.

—Yo me he perdido la Navidad con mi padre por esto —agrega Charley—. No sé por qué he venido. Es decir, obviamente he venido por el dinero, pero en realidad ha sido porque quería convenceros a todos de que no robé ese collar, de que podría ser una de vosotros.

—Si salgo de esta, nunca volveré a quejarme de trabajar turnos dobles en Navidad —dice Sam.

—Y yo… intentaré seré mejor persona. —La voz de Audrey es un susurro—. Supongo que… seguiré adelante.

Charley alarga la mano para agarrar la de Audrey, pero vacila, no muy segura de si Audrey quiere contarles a los demás lo que le ocurrió.

—Audrey perdió a alguien cercano —explica Sam, y le acaricia el brazo por encima de la manga de lana—. Comprenderéis que estos últimos días han sido muy traumáticos para ella. El duelo es un proceso; todos lo estamos atravesando ahora mismo. La conmoción, la ira, la depresión, la negación y, finalmente, la aceptación. Creo que yo mismo todavía estoy en la etapa de la conmoción.

—Yo he pasado los últimos doce años en la etapa de la ira —dice Ali—. De hecho, puede que haya estado en ella toda mi vida. Quiero decir, antes de perder a Karl pensé que sabía lo que era la rabia, pero después… durante mucho tiempo no sentía otra cosa. Siempre he sospechado que estaba muerto, pero ahora que lo sé con certeza… Os seré sincera: estoy a punto de seguir el ejemplo de Dasha. —Su mirada, desafiante y llena de rabia, se encuentra con la de Leo—. Si viene a por ti ahora mismo, no creo que me apetezca detenerla.

Charley sufre otra oleada de cansancio producto de la borrachera. Ya no puede pensar con claridad.

Entonces, Leo rompe el silencio.

—Bueno, ¿y qué haremos? ¿Cómo…?

El resto de la frase queda sin decir, pero está claro: ¿cómo sobrevivimos a esta?

Capítulo 24

Una cosa que Charley siempre supo apreciar de los miembros de la Mascarada era su sentido del ridículo. Sobrevivir debería ser un tema mortalmente serio, pero ir arrastrando a un grupo de borrachos a sus colchones y ponerles sus pijamas en la habitación de la señora Tórtola les provoca un grave ataque de risa histérica.

–¡Hora de la fiesta de pijamas de los psicópatas! –canturrea Ali, y le tira una almohada a la cabeza a Sam.

–¡Eh!

Sam le lanza la almohada a su vez, y le da sin querer a Charley.

Segundos después están en medio de una pelea de almohadas; gritando, riendo, y las plumas vuelan por el aire. Audrey le da un tímido golpe a Sam con un cojín. Leo se pone un edredón sobre la cabeza, ruge y derriba a Ali al suelo. Ali le arrea un buen puñetazo en la cara, puede que a propósito.

Charley se deja caer sobre la elegante cama con dosel y mira la lámpara de araña del techo. Aunque Ali había estado en el ático durante toda la estancia, se había reservado la habitación principal para la señora Tórtola, probablemente para que cuando al fin saliera de su escondite pudiera disfrutar del lujoso alojamiento que se merecía, separado de la habitación más humilde de lord Longosalto. Los muebles son lujosos, y hay una ventana que abarca del suelo a techo. Aunque está oscuro y el vidrio se ve negro como una pantalla de televisión muerta, Charley imagina que tiene la mejor vista del valle y las colinas nevadas más allá.

Ali abre el armario de golpe y se lamenta:

–Nunca llegué a usar ninguno de estos disfraces. Ni uno solo. Mira: me moría de ganas de ponerme esto.

Saca un vestido de noche de organdí verde esmeralda que habría resaltado sus ojos y el tono rojo de sus cabellos como un fuego en el ocaso.

—Pues póntelo ahora —dice Charley—. ¿Por qué no?

Ella agarra otro vestido, de un azul pálido ribeteado con perlas.

—Vamos, Audrey, tú también: esto te quedaría fabuloso.

Audrey murmura:

—Ah no, no puedo, no es mi estilo…

Sin embargo, lo coge y lo aprieta contra su cuerpo con un «Oooh…».

—Ah, así que nos estamos poniendo elegantes para un asesinato —dice Leo—. Buena idea; iré a buscar mi esmoquin.

Charley también se precipita por el pasillo hacia su habitación, donde se embute a la fuerza en el vestido rojo; el único disfraz en su armario que realmente había querido usar. Se pone los largos guantes de satén rojo y luego se mira a sí misma en el espejo. Tiene las mejillas arreboladas, los ojos brillantes. Esboza una sonrisa astuta y de lado. La señorita Mirlo, la asesina, le devuelve la sonrisa. Le late con fuerza el corazón y siente una sensación vertiginosa de libertad, de locura. Aun así, recuerda meter la navaja automática de Maggie en su bolso de cuentas.

Vuelve a la habitación de la señora Tórtola. Ali ha puesto música. No es un charlestón de los años veinte, sino la canción *Christmas Wrapping*, de The Waitresses. Ali da saltos en la cama. Audrey baila y sacude los brazos en el aire; el collar de perlas gira a su alrededor. Han convencido a Kamala para que se ponga un traje amarillo con flecos. Gira y ríe en brazos de Sam. Es como la cena de Navidad que compartieron, comiendo con voracidad bajo la sombra de la muerte. O como las historias de Shona sobre traer vida a la casa en medio del invierno muerto. Están escarbando un pequeño rincón de irrealidad en el mundo, y piensan quedarse dentro tanto tiempo como puedan.

Charley aparta el pensamiento y se deja llevar. A continuación vienen los clásicos antiguos de Slade y Wizzard, luego *Fairytale of New York*, hasta que llegan a un megamix de Mariah Carey: según Audrey, todas las canciones de Mariah Carey son de Navidad.

Luego empieza a sonar una balada particularmente larga que los ralentiza. El impulso comienza a disminuir.

Charley, recostada en una *chaise longue*, mira alrededor de la habitación, a estos bailarines cansados. Sam y Audrey bailan despacio. Ali todavía da saltos.

Kamala se deja caer junto a Charley.

—¡Sherlock! —dice, jugueteando con el cabello de Charley con el dedo—. La encantadora sherloquita sherloquera.

—No sé en qué estaba pensando al interrogar así a todos. Supongo que… ¿Por qué me acaricias el brazo?

—Buena pregunta, bueeena pregunta —dice Kamala, que sigue acariciándole el brazo—. Otra buena pregunta de detective. Deberíamos buscarte uno de esos gorros de asesino de ciervos.

Kamala se acurruca contra su hombro y Charley se estremece. Así de borracha, Kamala se muestra demasiado cariñosa para el gusto de Charley. Kamala le confiesa que, de todas las personas en la casa, Charley es la que menos odia.

—Bueno, después de Audrey. Es buena gente. Me ayudó a recogerlo todo después de la cena de Navidad. Dice que debería largarme de aquí y dejaros a todos.

—Puede que tenga razón —dice Charley.

—Me voy a ir. —El susurro de Kamala rocía átomos de saliva perfumada de vodka en el oído de Charley—. Mañana por la mañana, a primera hora, voy a cruzar el bosque hacia Strathcarn. Prefiero arriesgarme, pero no se lo digas a nadie. ¿Sabes que esa cerda asesina cortó la línea telefónica? Lo vi ayer mismo, fuera del despacho: cortó el cable. No piensa dejar supervivientes, así que me largo. Pero antes quiero decirte por qué estaba en la habitación de Pandora. Tienes que prometer no decírselo a mi jefa, o nunca más trabajaré por aquí…

Se ríe de forma incontrolable, unas risas que se prolongan tanto que Charley empieza a preocuparse de que olvide lo que iba a decir. Al fin, Kamala recupera el aliento.

—Vale, resulta que, hace tiempo, una examiga me gastó una broma pesada, y se me ocurrió gastarle la misma broma a Pan. Me viste con una bolsa de plástico, ¿verdad? Quizá pensaste que llevaba el arma del crimen, pero en realidad era una hamburguesa. Una hamburguesa enorme de carne de Angus poco hecha. La preparé solo para la broma, y encima le quité algunos trozos para que pareciera medio mordisqueada. Iba a colarme en el cuarto de Pan mientras dormía y ponérsela en la mano, para que pareciera que se había desmayado comiendo una deliciosa hamburguesa carnosa. Luego pretendía sacarle una foto, por las risas. Y para enseñársela a mis amigos. Y quizá, cuando ya no necesitase este trabajo, para colgarla en internet. Pero, claro, Pan no estaba, así que terminé tirándolo todo a la basura. Me sentí como una idiota.

Charley mira a Kamala. Kamala la mira a ella. Y entonces ambas estallan en una carcajada incontenible.

—Pero ¿cómo lo haces? ¿Cómo cocinas carne si lo odias?

—Imposible trabajar de cocinera aquí sin tocar carne. Para mí es la parte negativa de vivir en un lugar tan hermoso. —Kamala se encoge de hombros—. Me imagino que estoy cocinando a los clientes.

Es entonces, con la cara dolorida por la risa, cuando Charley se da cuenta de que no todos están allí.

—¿Dónde está Leo? —pregunta.

—Me da igual. —Es la respuesta instantánea de Ali, que sigue moviéndose al ritmo de otro éxito de Mariah Carey de mediados de la década de 2000.

—Estará fumando por ahí. No puedo creer que aún no haya dejado ese estúpido hábito.

Charley recuerda que está cabreada con Leo por algo, pero es incapaz de especificar por qué. Aunque sabe que no debería estar solo. Se endereza en el diván y hace un esfuerzo por ponerse de pie. Vaya. Le da vueltas la cabeza. Se ríe entre dientes.

Sale a trompicones, regresa a por su bebida y su bolso de mano, y vuelve a salir. Las notas agudas de Mariah Carey la siguen al pasillo y oye que Sam grita:

—Busca en el piso de arriba; le encanta subir al tejado a fumar.

Fuera de la habitación de la señora Tórtola, el pasillo está oscuro. La sombra de Charley se alarga y aletea sobre la alfombra. Todas las puertas de las habitaciones están abiertas, como cuevas sombrías que podrían esconder cualquier cosa. Charley se tensa al pasar junto a cada una, preparada para un ataque. «Muévete en silencio», se dice a sí misma, aferrada al bolso de mano que contiene la navaja, tan fuerte que las cuentas se le clavan en los dedos.

La música disminuye en la lejanía mientras ella sube despacio, en silencio, por la estrecha escalera hacia las habitaciones del ático, adentrándose en una oscuridad más profunda.

El piso de arriba está en silencio; puede oír cada crujido a medida que sus pies pisan los tablones del suelo, por más cuidado que ponga. También hace frío, y hay una tenue franja de luz que sale de una de las puertas cerradas de las habitaciones.

Se le ocurre que lo que está haciendo es ridículo. Ni que su presencia fuera a proteger a Leo de una asesina como Dasha.

Se está poniendo en peligro.

Desabrocha el cierre del bolso de mano, lista para defenderse, y luego gira con cautela el pomo de la puerta. La abre y una ráfaga de aire helado, preñada de olor a tabaco, le golpea el rostro.

Leo, sentado en el alféizar de la ventana abierta con las piernas colgando, mira por encima del hombro hacia ella. Tiene la pajarita desanudada en el cuello, el cabello peinado hacia atrás. En la penumbra de la lámpara de la mesilla encendida, su expresión se ve dura, burlona. Exhala el humo hacia la noche. Parece uno de sus ancestros, gobernando sobre personas esclavizadas en una plantación o recorriendo la India y acumulando tesoros a su paso. Cruel, desinteresado y privilegiado.

—¿Has subido aquí para asesinarme? —pregunta él.

—No, en realidad para evitar que te asesinen —dice Charley, y entra en la habitación—. No tenemos que quedarnos solos, ¿recuerdas?

—Dasha no me encontrará aquí arriba. Y si comienza a asesinaros a todos abajo, oiré los gritos antes de que llegue.

Parte de ese aire extraño que envuelve a Leo se disipa, y Charley se ríe.

—Qué amable. Gracias.

Animada, toma una manta de la cama y se la envuelve alrededor de los hombros, para a continuación subir al alféizar con él. Hay un cariz emocionante en sentarse allí, balanceando las piernas, con nada más que aire frío y fino bajo sus pies cubiertos por medias. El alféizar está helado, a pesar del calor que le genera el alcohol.

Algunos copos de nieve todavía flotan por el aire, pero aparte de eso hay una oscuridad total. Ni siquiera puede ver el fantasma de las colinas que sabe que están allí. Es como si Snellbronach estuviera atrapado en una bola de nieve entenebrecida, seccionada del mundo para siempre. Apenas puede ver más allá de sus pies hacia el suelo. Con una mano se agarra al marco de la ventana, de repente asustada.

¿Y si la asesina no es Dasha? ¿Y si es el hombre sentado junto a ella en el alféizar?

La sangre de Charley se hiela. La cámara captó a Leo cambiando los regalos. Y hace doce años, Leo sabía lo del agujero del cura; él mismo lo ha admitido. Era el único integrante de la Mascarada que lo sabía. Podría haber sido él quien bloqueó la trampilla, quien sacó el cadáver cuando regresó una semana después. Podía haber sido él quien se llevó el collar de oro de Charley para estrangular a Leo, ella lo había dejado justo a su lado la mañana de Navidad. Además, era Leo quien había llevado la camisa azul…

Y toda esa labor detectivesca, las locas acusaciones que había lanzado contra ella. Leo había arrojado sospechas sobre todos los demás. Y el Stagworth. El sórdido Stagworth. Ahora, Charley recuerda por qué está furiosa con él.

Lo mira y, por primera vez, ve la mirada inteligente y aguda en sus ojos. Es tan despiadado y ambicioso como su esposa. ¿Y si Karl o los demás se hubieran interpuesto en su camino de alguna manera?

Leo se gira y comienza a acercarse hacia ella. Están juntos en el alféizar, y Charley está paralizada por el pánico. El corazón le va al galope en el pecho, su mente le grita que ha sido una idiota ingenua, pero sus extremidades alcoholizadas no se mueven, no pueden reaccionar. Leo tardaría apenas unos segundos en empujarla. Un pequeño mirlo aprendiendo a volar…

El mundo avanza a cámara lenta. Leo se acerca más, con una mueca sonriente en la boca. Agarra el borde de su manta, que se ha deslizado un poco, y se la vuelve a poner a Charley sobre el hombro.

—Así estarás mejor —dice—. Estás temblando una barbaridad.

Charley suelta una risa nerviosa y aguda, y se echa hacia atrás.

Leo vacila y luego comprende.

—¿Has pensado que iba a tirarte? ¿Por quién me tomas, Charley?

—No lo sé —dice ella—. Eso del Stagworth es asqueroso. No sé si me invitaste a ir a aquella fiesta porque pensabas que era una chica fácil que estaría dispuesta a cualquier cosa, o porque no te importaba lo que me pasara.

—Mira, lo cierto es que…

—No te atrevas a decirme que no te diste cuenta de lo que sucedía en esas fiestas, o que nunca participaste tú mismo —dice Charley—. Eso es pura fachada. Lo cierto es que no te importaba ponerme en peligro para tener contentos a tus amigos. ¿Sabes una cosa? Solía pensar que todos me odiaban después de ese asunto del collar, pero ahora me doy cuenta de que, en realidad, yo no os importaba a ninguno. ¿Por qué os molestabais siquiera en escribir papeles para mí?

Leo hunde los hombros.

—Eso no es cierto, ¿sabes? Al principio sí que hicimos un par de misteriosos asesinatos sin invitarte, y resulta que no era tan… tan vívido, sin ti. Y si en algo te ayuda, lo siento.

Guardan silencio unos instantes. Leo balancea el vaso de cóctel entre los dedos, Charley da un trago de…, ¿qué es lo que está bebiendo? Levanta la botella y examina la etiqueta: ¿cómo ha terminado bebiendo licor de hibisco?

—Si te sirve de algo, estas minivacaciones de Navidad han tirado mi carrera política por el retrete. —Mira con tristeza hacia la oscuridad. Charley piensa que, si Leo se cae ahora, todos pensarán que lo ha empujado ella—. La desaparición de Karl me persiguió durante años, pero logré dejarla en segundo plano. Pero… esto que ha pasado… Ya me imagino los titulares: «Noble de la casa de la masacre se postula para el Parlamento». «Candidato sobrevive a matanza festiva». Me convertiré en un paria. Todos seremos parias. Nos sacarán hasta el último trapo sucio. Todo.

—¿Incluso lo de la señora Gupta? —Charley se atreve a añadir.

Leo alza la vista de pronto hacia ella. Charley siente un estallido de pánico y se echa hacia atrás instintivamente, pero él suelta una risotada.

—¡Ya lo pillo! Piensas que podría haber matado a Pan porque tengo un romance con la señora Gupta. Con una profesora de mediana edad del Wirral —Se enjuga del ojo lo que parece ser una lágrima de risa—. Un romance secreto y prohibido. Dos tortolitos que conocieron el amor por Twitter. Es para morirse de risa.

—Pues a Ali no le parece tan gracioso —dice Charley.

Y Leo se ríe de nuevo. Esta vez es una risa forzada, teñida de dolor.

—La señora Gupta no es real, Charley. Eso es lo que Pan descubrió, y de lo que no podía dejar de hablar.

Charley emite un sonido. No es realmente una palabra como tal, aunque suena como «¿Qué…?».

—Me la inventé. Estaba intentando entrar en una preselección de candidatos y necesitaba más interacción en redes sociales con sujetos de franjas demográficas fuera de la burbuja parlamentaria.

—¿Qué…? —repite ella.

—Quería que pareciera que la gente normal me hablaba de sus problemas políticos, dar la impresión de que estaba en contacto con la gente. Así que creé algunas cuentas falsas, con fotos de perfil y biografías de mentira, y parecer así más atractivo para un público diverso: una mujer trans de Glasgow, un estudiante con discapacidad, un chaval gay negro de Brighton. Y la señora Gupta, que estaba preocupada por lo mucho que la derecha estaba socavando el sistema educativo estatal. Solía retuitearme diciendo cosas como: «Estoy de acuerdo con Leo. Parece el tipo de hombre capaz de conseguir metas concretas». Es gracioso, probablemente dediqué más tiempo a construir esos perfiles que el mío propio, y la señora Gupta terminó teniendo bastantes seguidores. No se lo conté a nadie, ni siquiera a Ali. Pero Pan sabía reconocer un perfil falso a primera vista. Si hubiera tirado de la manta, el ridículo habría acabado de golpe con mi candidatura. Pero no la maté, lo juro.

Charley hunde la cabeza entre las manos.

–Leo, eres un completo idiota.

–Lo sé.

En silencio, Charley sonríe para sí misma en la oscuridad. Y luego dice:

–No creo que sea Dasha.

–¿Por qué no?

–No es más que un presentimiento.

–Ten cuidado, Charley. No te confundas; la realidad no es uno de los juegos de la Sociedad, donde siempre tiene que ser uno de los invitados de la casa.

–No es eso, es solo que... Sé que Dasha ha sido entrenada para sobrevivir en climas fríos, pero ¿te la imaginas aguantando en el bosque cuando podría estar aquí dentro, tratándonos con condescendencia, viéndonos sufrir?

Leo se acaricia la barbilla con un gesto pensativo, como un personaje de uno de sus libros favoritos.

–Tienes razón, pero podría no ser ella personalmente. No descartaría que hubiera pagado a alguien para hacerlo, de hecho. Al fin y al cabo, cuenta con los recursos necesarios. Quizá está planeando entrar al final y pavonearse ante el último superviviente. Tal vez deje vivir a Ali para tener a alguien ante quien presumir, aunque si sabe lo de la trampilla de Fenshawe, va a acabar conmigo.

–Pero ¿y si no es ella? –insiste Charley.

Leo da una profunda y pensativa calada a su cigarrillo, y luego arroja la colilla brillante a la nada. Mete la mano en el bolsillo y saca su siempre confiable Moleskine.

–Veamos, le has dado muchas vueltas al caso. Si la teoría de Dasha no te funciona, ¿qué está pasando? Me gustaría salir de tu lista de sospechosos de inmediato. Lo he perdido todo. Me sorprenderá si puedo quedarme con mi puesto en el *Post* después de esto. Como mucho disfrutaré de una vida donde acudo como invitado recurrente a GB News para hablar del fin de semana de los asesinatos.

–Ese es el problema –dice Charley–. Ninguno de estos asesinatos tiene sentido. Si alguien mató a Pan, Gideon o Shona como venganza por Karl, ¿por qué armar tanto espectáculo?

Cada asesinato había sido como abrir un calendario de Adviento macabro.

–Si el asesino quería que todos muriéramos, ¿por qué no envenenar la cena de Navidad o asfixiarnos mientras dormimos? Sea quien sea quiere asustarnos, hacernos sufrir y enviarnos un mensaje.

Leo saca un bolígrafo negro del bolsillo del pecho, abre el cuaderno y garabatea en medio de la página: «KARL».

El inicio de todo esto. El primer miembro de la Mascarada en convertirse en víctima.

Dibuja círculos a su alrededor, como si eso de alguna manera llevara a las respuestas. Despacio, los dos comienzan a agregar otros datos, hasta que parece más la telaraña que sacó Shona.

La letra de Leo es desordenada y casi ilegible, pero aun así verlo todo en papel ayuda:

Karl amenazó a Gideon con contarle al padre de este que había hecho trampas en sus estudios.

Karl chantajeaba a Shona sobre sus líos con sus tutores cuando le convenía.

Karl sabía, o al menos estaba cerca de descubrir, que Pan era un fraude.

Karl amenazaba con sacar a la luz los tejemanejes universitarios de Sam y Gideon.

Karl pensaba que Sam cometía errores en el trabajo.

Karl salía con Charley a espaldas de Dasha.

–Tengo que añadirlo a la lista –insiste Leo–. Necesitamos ver la imagen completa.

–¿Y qué me dices de ti? Fuiste tú quien escondió uno de los regalos de Ali la mañana de Navidad.

Leo le dedica una mirada interrogante, con la ceja enarcada.

–Me había olvidado por completo de eso, ¿sabes? Me metieron por debajo de la puerta una nota que decía que tenía que hacerlo. En ese momento estábamos en plena partida y asumí que era parte de las instrucciones.

Charley asiente. Leo no parecía saber que había una cámara en el ciervo, mientras que el asesino sí sabía de su existencia.

–¿Y qué me dices de tu camisa azul? –pregunta.

Leo pone expresión confundida y ella le habla del pedazo de tela que encontró en la puerta del fogón Aga.

–Todavía tengo la camisa, lo juro –dice Leo–. Está abajo, tirada en el suelo del baño; puedes echar un vistazo si quieres. Mientras tanto añadiré tela azul a la lista de cosas curiosas para las que no tenemos explicación.

Charley asiente, satisfecha por ahora.

–¿Y Audrey? Necesitamos incluirlos a todos.

Leo se encoge de hombros.

–No sé nada de ella excepto que es de mi misma cuerda política.

Charley no está del todo de acuerdo con esa afirmación, pero desde luego las arrogancias y extravagancias de los integrantes de la Mascarada no le hacen ni pizca de gracia a Audrey. Puede que la animadversión que le inspiran sea aún más tangible porque ha pasado el último año sentada al lado de la cama de su hijo en hospitales asfixiados por los recortes del Servicio Nacional Británico de la Salud.

–El hijo de Audrey murió –dice Charley en voz baja–. Así conoció a Sam; estaban tratando a su hijo por algún tipo de enfermedad inmunológica.

Leo lo anota y mordisquea el bolígrafo.

–¿Y Kamala? ¿La vegana iracunda?

–Eso es un poco reduccionista, Leo. Kamala es una persona, no un personaje de nuestras carpetas. Y los veganos no son famosos por matar gente. Kamala es más bien el punto débil de la trama: no sabemos nada de ella, aunque me da algo de lástima que esté atrapada en todo esto.

–Pero ¿de verdad que solo es la cocinera? Desde luego ha hecho notar su presencia, y…, bueno, supongo que prefiero creer que ha sido alguien ajeno al grupo: Dasha, Audrey o Kamala. Es preferible a pensar que ha sido uno de nosotros.

Algo en lo profundo de la mente de Charley destella de orgullo al ser incluida como «uno de nosotros». Lo reprime.

–A ver, sé que todos nos hemos peleado a lo largo de los años –continúa Leo–. Basta fijarse en la primera noche que pasamos aquí. Pero siempre han sido roces superficiales. La verdad es que todos hemos tenido nuestras diferencias, pero juntos somos más fuertes. Todos nos hemos beneficiado por conocernos…, excepto tal vez tú.

–Bueno, Ali me consiguió un anuncio. –Luego, Charley añade–: No estoy muy orgullosa de ello, pero fue una buena oportunidad en el momento, y me insinuó que pronto vendría otro papel.

Charley recuerda aquella época, en la que su mayor preocupación era si llegaría a ser una actriz de verdad. Pero a la mierda con esas preocupaciones. Si salía de esta, nunca más perdería tiempo con vacilaciones, talleres o trabajitos secundarios.

–Parece que todos estamos vinculados, para bien o para mal –dice Leo.

Guarda el Moleskine y enciende otro cigarrillo.

Charley toma otro sorbo de ese licor rico y rojo. El cuello de la botella se le escapa de entre los dedos y cae al vacío. Se le encoge el corazón al ver desaparecer la botella en la oscuridad. El cristal se hace añicos abajo. De repente, ya no se siente cómoda sentada ahí, al borde del alféizar.

–Necesito bajar –dice, pero empieza a sentir pánico.

No coordina bien, sacude las piernas y, durante un instante aterrador, pierde el equilibrio. «Hasta aquí llegaste. Ay, mierda…».

Las manos de Leo la sujetan, da un tirón y juntos caen de espaldas al suelo con un doloroso golpe. Quedan tumbados con las piernas alzadas.

–Ay, Dios mío –dice Leo sin aliento.

De repente, Charley comienza a reír histéricamente. La risa de Leo, el tipo de resoplido de fumador cascado que suelen tener los hombres mayores, reverbera por la habitación mientras yacen juntos en la alfombra, con las extremidades enredadas.

–Gracias por no asesinarme –dice ella al cabo de un rato.

Trata de levantarse y lo ayuda a ponerse de pie.

–Igualmente –dice Leo.

Sin embargo, Charley apenas tiene un momento para apreciar la sensación cálida y difusa, porque entonces se le retuerce estómago con violencia y se le llena la boca de saliva.

—Voy a…

Corre hacia la ventana, justo a tiempo. El vómito cae en la noche para unirse a la botella rota abajo.

El maldito *whisky* ataca de nuevo. Y ese lo que sea de hibisco. Charley apenas logra bajar las escaleras, enarbolando una papelera, por seguridad. Leo la sujeta por un lado y Audrey, que ha subido a comprobar cómo están, por el otro. Esto es aún peor que lo habitual. Pero, claro, es que Charley ha bebido más *whisky* esta noche que en toda su vida.

Abajo, en la habitación de Ali, Sam cuida de ella, y aunque Charley está avergonzada, se encuentra demasiado mal como para discutir. La instala en el colchón más cercano al baño y la apoya contra la pared. La habitación está ahora en calma. La luz principal está apagada y varios de los miembros de la Mascarada y sus acompañantes se acurrucan bajo los edredones. Ali ya ronca en la cama con dosel. Kamala ha hecho un pequeño nido en el diván y se arrebuja en él, respirando profundamente. Leo se acomoda en un colchón junto a la cama de Ali. Quiere estar cerca, pero no se atreve a meterse con ella.

—No te duermas aún —le dice Sam a Charley—. Tenemos que ver si estás muy perjudicada. Me quedaré despierto contigo.

Sam no la deja recostarse del todo, así que Charley se inclina hacia atrás contra las almohadas que Sam le ha dado. La cabeza le da vueltas. Mira el rostro de Sam, que refleja preocupación, y al igual que con Leo antes, no puede imaginárselo arrastrando a Pan afuera y colgándola de un árbol, o estrangulando a Gideon con una cadena de oro.

«Espero que sea Dasha», piensa. O alguien más. Algún sádico cualquiera que encontró nuestra casa en el bosque. Entonces se le revuelve de nuevo el estómago y Sam le pasa la papelera justo a tiempo.

–Uf, lo siento mucho…

–Estoy acostumbrado –dice Sam. Saca un pañuelo de alguna parte y se lo da para que se limpie la boca–. Cuando estaba en urgencias, solíamos contar los fluidos corporales que nos manchaban la ropa al final del turno. Si tenías menos de tres tipos distintos, te acusaban de escaquearte de tus deberes.

–Debe de haber sido muy duro.

–Sí, pero no entré en esto porque quisiera una vida fácil –dice Sam–. Karl solía decir que se necesita cierto tipo de personalidad para triunfar en medicina. Algunos médicos de la vieja escuela se distancian tanto que se muestran fríos y desapegados, y no hacen más que jugar mucho al golf. Mi generación tiende a recurrir al humor negro, aunque sé que puede resultar impactante entre civiles. Quién sabe qué hará la próxima generación, son tan cuidadosos con lo que dicen que no pueden hacer bromas sobre enfermedades como nosotros. En realidad, da igual cómo lo manejes, jamás dejas de sentir algo al respecto. Siempre que pierdes a un paciente, experimentas una sensación indescriptible. Nunca te abandona.

Charley se gira despacio hasta quedar acostada de lado, y contempla los ojos gris claro de Sam. Parece exhausto. «Seguro que todos tenemos esa misma cara ahora».

–No puedo dejar de pensar en todo esto –dice Charley–. Me da vueltas y vueltas en la cabeza. Ali está furibunda, pero no creo que ella sola hubiera podido cargar con Pan. Shona podría haberla ayudado, lo cual explicaría por qué acabó desmoronándose al final. Leo podría haber matado a Pan y Gideon porque estaban al tanto de sus cuentas falsas de Twitter, pero ¿por qué iba a matar a Shona? Eso os deja a ti y a Audrey. Sé que Audrey ha pasado por mucho y no quiero pensar que haya sido ella, pero…

–Charley, ¿me permites que te pare aquí mismo? –dice Sam–. En primer lugar, no vayas a decir algo de mi pareja de lo que te arrepientas luego. En segundo, estás intentando resolver un crimen que la policía tardaría meses y meses de investigación profunda en desentrañar. Y lo estás haciendo a la una de la mañana, borracha perdida y tratando de no vomitar.

–¡Pero cualquiera de nosotros podría ser el asesino!

Sam se encoge de hombros.

–Cualquiera puede ser un asesino con el móvil adecuado y en el momento justo –dice–. He visto algunas cosas que…, niños de doce años que apuñalan a otros niños de doce años, ancianitas que envenenan a sus maridos… Fíjate si no en Pan: te vio con una simple hoja de papel y estalló. Tú no tenías ni idea de que ese papelito que te dio Karl pondría en peligro tu vida. Y Pan no tenía ningún plan coherente para hacerte daño. Todo fue circunstancial. Todos somos pecadores; solo hace falta el pecado equivocado contra la persona equivocada para convertir a alguien en asesino… y a nosotros en víctima.

La bilis sube de nuevo por la garganta de Charley, que gimotea y sufre arcadas secas sobre la siempre presente papelera. Después, Sam le pasa un pañuelo de la cajita que sostiene, y Charley vuelve a ser capaz de hablar.

–Karl fue asesinado porque presionaba a la gente –dice–. Presionó a alguien a quien no debía.

En este estado de agotamiento y malestar estomacal, a Charley ya no le importa quién mató a Karl. Lo único que quiere es sobrevivir a esta noche y, por favor, dejar de tener arcadas.

Charley se despierta sobresaltada. La habitación está oscura, tranquila. Siente la boca como si la tuviera llena de arena, y tiene el estómago encogido y duro. Los ronquidos de Ali se han reducido a suaves resoplidos y Sam duerme junto a Charley, todavía de cara a ella, con la caja de pañuelos en su mano. Charley siente una oleada de gratitud. Se levanta, tambaleándose, con las piernas débiles. Va hacia el baño y enciende la luz. El baño de Ali es espacioso, tiene una elegante bañera con patas, una cabina de ducha separada y un tocador de aspecto moderno junto a una larga ventana esmerilada.

Charley no mira demasiado de cerca su reflejo en el espejo del tocador, pero se percata de que todavía lleva puesto el vestido rojo con lentejuelas. Al menos nadie la ha desvestido; no está segura de cómo se sentiría al respecto.

Se inclina sobre el lavabo, se enjuaga el repugnante sabor de boca con agua fresca. Le duele la garganta y el agua pica al bajar. Le palpita la cabeza, y le da vueltas con pensamientos de asesinatos y miembros de la Mascarada.

Apaga la luz del baño y, mientras sus ojos se acostumbran a la oscuridad, percibe un movimiento, algo que cae fuera, que pasa por la ventana del baño. Algo mucho más grande que un copo de nieve. Se sobresalta instintivamente, el corazón se le desboca. Lleva tanto tiempo en tensión que cualquier movimiento repentino se le antoja una amenaza, pero luego se da cuenta de que era solo la manta que había dejado colgada en la ventana del piso de arriba, que acaba de caer al suelo.

Un movimiento en las sombras no tiene por qué ser un asesino esperando para atacar.

Al sentarse de nuevo en el colchón, algo se ilumina en el suelo junto a ella. Es el teléfono de Sam, que indica que son las 4:28 h. Instintivamente, Charley lo revisa. Es un modelo más barato de lo que esperaría para él, y hay un par de mensajes en su pantalla de bloqueo. Un antiguo texto sin leer de su madre, que dice «feliz Saturnalia, cariño», una notificación de Hootsuite y otra de Spotify: «¡Tu lista de reproducción de temas festivos favoritos!».

Se alegra de que Sam esté allí; es como una barrera protectora entre ella y el resto de la habitación. Así pues, a pesar del miedo creciente en su interior, por fin puede volver a dormirse.

Capítulo 25

Cuando Charley abre los ojos, se le encoge el corazón. No es el latido en su cabeza lo que la llena de desesperación, ni la lija que siente tras los párpados. Es la luz que se filtra desde fuera. Ha llegado a reconocer esa calidad opresiva y apagada. El cielo está cargado de nieve otra vez.

No puede más. No soporta la idea de quedarse aquí por más tiempo, esperando a que los trabajadores de la finca Strathcarn despejen el camino, o a que alguien más venga y la asesine de alguna manera oscura y extraña relacionada con un mirlo. No puede seguir atrapada aquí con esta gente, la sospecha de cada uno de ellos revolotea en su mente como un fichero Rolodex interminable.

Piensa en el mundo real más allá de la nieve, en la posibilidad de que vuelvan a llamarla para grabar otro anuncio de HemorrAid en el año nuevo; en su amiga Lexi, que podría dejarla quedarse en su sofá las primeras semanas de enero para que pueda alejarse de Matt. Y en el propio Matt. En su día fue su mayor problema, ahora lo siente como una molestia distante y menor.

Se levanta con un gemido y ve que la mayoría de las otras camas aún están ocupadas. Al igual que ella, casi todos llevan todavía la ropa de la noche anterior. Charley mira con tristeza su vestido, que había sido precioso pero que ahora está arrugado, húmedo de sudor y… ¿eso es una mancha de vómito? Luego, con lo más cercano a la alegría que ha sentido desde la mañana de Navidad, recuerda que su maleta vuelve a estar en su habitación, y que dentro está su adorado pijama de los Minions.

La pura dicha de sentir fibras artificiales suaves y cálidas contra su piel casi le quita por completo la resaca. Bebe de una botella de agua mineral, se limpia el rostro y se cepilla los dientes. Se siente casi humana de nuevo. Mientras vuelve a guardar el neceser en la maleta, roza con los dedos los bordes del paquete de su padre, aún sin abrir. Rompe una esquina del paquete y ve una cubierta de libro blanca, con letras negras. Es uno de esos álbumes de fotos que se pueden imprimir *online*. El título es *Una Navidad muy Charley*.

Dentro: página tras página de fotos de festividades de su infancia. Hay una foto de Charley y su madre, envueltas en mantas, al borde del agua, con los dientes castañeteando y los labios azules. El pie de foto dice: «Adictas al agua fría». Hay no menos de tres fotos distintas de ella en representaciones de belenes, y luego, más adelante, acaparando la atención en el teatro *amateur* comunitario. La última página tiene un espacio en blanco donde debería estar la foto, y un pie: «Especial de Navidad de *EastEnders* 2024». Los ojos de Charley se llenan de lágrimas ante la fe de su padre en ella.

—No voy a morir, papá, lo prometo —jura.

Pero entonces resuena por el pasillo un grito que la trae de nuevo al infierno. El corazón le late con fuerza en el pecho, el estómago se le hunde como una roca por el miedo. Corre hacia el sonido.

—¡Leo ha desaparecido! —gimotea Ali.

Está arrancando los edredones de todos los colchones, como si de alguna manera pudiera encontrarlo al lado de la cama, como un termo de agua caliente perdido. Sam y Audrey están despiertos, sus cuerpos ya bombean adrenalina y miedo.

Charley tiene una idea. Una idea nauseabunda, horrorosa.

—Puede que solo haya ido a hacer café…, o tal vez ha subido a fumar. Voy arriba a mirar.

—Yo también voy —dice Audrey, y ahí está de nuevo, el sentimiento mudo de que no deberían ir a ningún lado solas.

Audrey se levanta. Se había cambiado antes de dormirse la noche anterior; lleva un pijama de forro polar con muñecos de nieve. Parecen dos niñas grandes la mañana de Navidad mientras suben las escaleras al ático.

Al llegar arriba la inunda la sensación de que algo va mal. Hace frío; una ráfaga de aire helado sopla a través de la puerta abierta de la habitación en la que ella y Leo estuvieron anoche. Ambas ralentizan sus pasos, temiendo lo que encontrarán.

Dentro, la habitación está igual que la noche anterior. Los cigarrillos y el encendedor de Leo están en el suelo. El bolso de mano de Charley yace en la cama. Y su manta todavía está colgada sobre el marco de la ventana. En cuanto la ve, Charley comprende.

Quien cayó fue Leo.

—No te acerques —le dice a Audrey mientras cruza la habitación para mirar hacia fuera. Para mirar hacia abajo.

El cuerpo de Leo está en una posición antinatural. Roto. Brazos y piernas extendidos en una postura que habría ofendido la dignidad de Leo si siguiera con vida. Junto a él está la botella de Charley de la noche anterior, hecha pedazos; el líquido oscuro rojo salpica la nieve. Aun así, Charley alberga una esperanza: tal vez haya sobrevivido, tal vez solo necesite ayuda médica.

Pasa por delante de Audrey y cruza la puerta a toda prisa.

Sale afuera. El cuerpo de Leo está boca abajo, pero tiene cabeza torcida hacia un lado, apoyada en el brazo, un poco como la postura en que a Charley le gusta dormir. Por eso, a medida que se acerca, Charley puede verle los ojos. Marrón claro. Abiertos por completo. Tiene la piel fría y el cabello escarchado con hielo.

Está muerto, completamente muerto.

«La muerte es un concepto binario». Charley oye la voz de Leo en su cabeza, corrigiéndola. «O se está vivo o se está muerto. Estar completamente muerto abre la posibilidad de estar parcialmente muerto».

Siente que no le cabe más pesadumbre. Ha pasado por la conmoción y la tristeza hacia algo más: la necesidad de sobrevivir. Se arrodilla en la nieve junto a él y siente el extraño impulso de acariciarle el cabello, de consolarlo aunque ya no esté allí. Nota, de forma amortiguada, que han caído en una rutina: primero dolor, luego las fotos de Sam para la policía, y por último mover el cadáver.

Cuando se dispone a levantarse, ve que hay algo oculto bajo el vientre de Leo. Su cuaderno, con las páginas húmedas y arrugadas por estar en la nieve. Lo recoge tras apoyarse con una mano torpe en el hombro de Leo. Un pobre gesto de despedida, pero es que no puede hacer nada más.

Justo entonces los demás aparecen en la puerta principal.

Primero Audrey, luego Ali, que se abre paso a empujones con el rostro enrojecido, contorsionado por el dolor y la rabia. Charley retrocede, se aleja del cuerpo de Leo mientras Ali se zambulle en la nieve junto a él. Ali grita sin palabras, todo dolor y rabia. Luego mira hacia arriba, hacia la línea de árboles. Con los puños apretados, suelta un grito de venganza hacia la naturaleza:

—¡QUE TE JODAN, DASHA! ¡VOY A ACABAR CONTIGO!

Audrey avanza, vacilante, insegura.

—Déjala —dice Charley—. Así se desfoga.

Con esas palabras, Charley siente que algo se libera: todo el resentimiento y la sospecha que ha sentido hacia Ali a lo largo de los años. Las acusaciones de Ali sobre el collar nacieron de esta emoción primordial que lleva en el ADN, una reacción tan natural para ella como complacer a la gente lo es para Charley. Guardarle rencor por ello es como guardarle rencor a una serpiente por morder.

Se aleja del grupo y abre el Moleskine.

Ahí están las notas de la noche anterior, con el nombre de Karl en el centro. La escritura desordenada de Leo, empeorada por todo lo que había bebido, ahora tiene poco sentido. Solo son pistas falsas tras más pistas falsas. Pero luego Charley ve que hay otra página después de la que rellenaron juntos.

Los nombres de todos están listados de nuevo en el lado izquierdo de la página, aunque el de Charley está escrito «Chly», y el de Sam no es más que un remolino y una serie de zigzags.

Hay flechas que conducen desde cada nombre a otra nota que parece haber sido parcialmente escrita en clave, con abreviaturas de periodista. Al lado de Pan dice «garabato-patri-O», la de Gideon dice «garabato-acciones-garabato». Para Leo solo dice: «Yo: ocult-prbas-O». Junto a Charley dice «hizo-garabato-O», mientras que las notas de Ali y Sam son ilegibles. Las flechas de todas estas notas conducen a una palabra grande y garabateada, subrayada tres veces pero apenas legible.

«Dasha».

Leo debió de mantenerse despierto hasta altas horas de la noche pensando en todo esto, tomando notas. Tantas décadas leyendo novelas de detectives, resolviendo acertijos, todo ello enfocado a este momento vital. Dio con la respuesta, y esa respuesta es Dasha.

Una mano toca el hombro de Charley, que se gira de pronto.

—Entra —dice Sam—. Hace frío aquí fuera. Va a nevar de nuevo. Además hay café.

—Leo… —protesta Charley sin fuerzas.

Sam le asegura que pueden llevar a Leo al establo después del café.

—Podría necesitar ayuda para levantarlo. Con los demás, Leo me ayudó…

Una ola de pavor surge dentro de ella ante la perspectiva de sostener a Leo por los tobillos y arrastrar su cuerpo rígido e inerte al establo.

La cocina está cálida, impregnada del olor del café. Sam, Audrey y Charley se sientan a la mesa, con las tazas en la mano. Ali camina de un lado a otro, bebe, murmura. Charley huele el aroma que brota de la suya, un ritual que adora, pero que ahora desencadena un eco de la náusea de la noche anterior en su vientre. Tal vez no sea momento de desayunar. No puede beberse el café, pero mantiene la taza entre las manos para que el calor se filtre a través de la porcelana hasta sus dedos.

—No podemos quedarnos aquí —repite Ali una y otra vez—. Somos blancos fáciles. No podemos quedarnos, no podemos quedarnos.

—Si nos vamos ahora, quizá tengamos una oportunidad —dice Charley.

—Alguien… dijo que… que lo mejor es atravesar el bosque y seguir el arroyo para no perdernos. Eso debería llevarnos fuera del valle, hasta la civilización.

—¿Quién te ha dicho eso? —dice Ali con voz suspicaz.

Es entonces cuando Charley se da cuenta de que Kamala no está con ellos.

—Se ha ido —dice Audrey—. No la he visto irse, imagino que se cansó de estar aquí con nosotros a la espera del próximo asesinato.

—¿Le dijiste tú que se fuera? –pregunta Charley.

—Bueno, quizá lo insinué. –Audrey mira a Sam y se encoge de hombros–. Es la más inocente de todos nosotros.

Charley suspira, una pequeña llama de frustración arde dentro de ella.

—Entonces, ¿el resto de nosotros nos lo merecemos porque sí? No soporto que nos preguntemos qué hemos hecho para merecerlo. Ninguno de nosotros merece morir, por muy horribles que hayamos sido. Sea cual sea el pecado que haya cometido, no debería ser una sentencia de muerte. –Sam comienza a hablar y ella lo detiene con un gesto–. Entiendo lo que intentabas decir anoche, Sam, pero hay una diferencia entre enfrentarse a nuestros malos actos y ser juzgados por alguien que se ha autoproclamado verdugo.

Hay una pausa. Los demás beben el café a sorbos. Charley está sin aliento; no está acostumbrada a expresar su opinión durante tanto tiempo.

—Creo que Kamala estaba implicada en todo esto desde el principio. –Ali se inclina hacia delante y se apoya en los codos–. Al fin y al cabo, hizo todas las cosas extrañas que le pedí a cambio de dinero. Quién sabe qué haría si Dasha le tirase un par de millones a la cara. Tal vez empujó a mi marido por la ventana antes de marcharse.

Esas últimas palabras rompen la fachada de Ali, que se sienta y apoya la cabeza sobre la mesa.

—Lo vi caer –dice Charley con un susurro–. Me desperté alrededor de las cuatro y media, vi caer algo por la ventana del baño. Lo siento, juro que pensé que era solo la manta que había dejado allí arriba. Estaba tan oscuro y yo estaba medio dormida. Cómo imaginar…

Se prepara para la ira de Ali. Sabe que viene, pero no quiere cargar con el secreto como hizo Leo. Antes de que Ali tenga la oportunidad de responder, Sam dice:

—¿Alguien más estaba fuera de la cama, aparte de Leo?

Charley se encoge de hombros.

—Yo ni siquiera me había dado cuenta de que Leo se había ido, de lo contrario me habría preocupado. Tú estabas durmiendo justo a mi lado, Sam, y recuerdo que Ali estaba en la cama con dosel, la oí roncar, pero lo cierto es que no presté atención. Aunque mira… –Deposita el cuaderno de Leo sobre la mesa–. Encontré esto junto al cadáver de Leo. Lo último que escribió fue el nombre de Dasha. No sé si eso significa algo.

–¡Lo sabía! –Ali se levanta, se sienta de nuevo, se levanta. Está a punto de ponerse a romper platos–. Lo sabía, me cago en la puta. Voy a matar a esa zorra. Esto ha sido una especie de trampa desde el principio. Seguro que también mató a Karl y viene a por el resto de nosotros.

Charley abre el cuaderno de Leo y lo examinan, intentando descifrar su letra, sorbiendo café, proponiendo teorías. La O es por Orlova, el apellido de Dasha o quizá de su padre, Grigori Orlov. Ali confirma que Leo había barrido bajo la alfombra algunas noticias potencialmente dañinas sobre él a lo largo de los años. A menudo lo hacía a cambio de contactos valiosos. ¿Podría ser que la empresa de Gideon estuviera haciendo negocios con él? Sir Nathaniel trabaja con biotecnología y farmacéuticas, pero tal vez empezase a hacer sus pinitos con el petróleo. Al lado de Pan, Leo había escrito «patri», pero quizá quería decir «patro». ¿Tenía Pan algún acuerdo de patrocinio vinculado de alguna manera a Orlov? Era posible. Ali saca el teléfono de Pan, que habían puesto a cargar en la encimera de la cocina, y lo pasan por la mesa en busca de pistas, maldiciendo la falta de wifi.

–Hay muchas fotos de Vervelin en sus *reels* –dice Ali–. He trabajado con esa compañía, estaban intentando distanciarse del escándalo de Vervestil. Les propuse una campaña basada en *influencers* con Pan y otros, y fue un gran éxito. Pero no sé por qué iba a querer Dasha matarnos por eso. Si su padre es accionista, debería estarme agradecida.

–Quizá la tal Dasha sea una anarquista en secreto –dice Audrey, y da otro sorbo de café–. Tal vez no le gusta este…, toda esta mierda empresarial, y quiere derribar el sistema desde dentro.

–No creo, a menos que haya pasado por un trasplante completo de personalidad –dice Charley con ironía.

Siente una familiar punzada de inquietud y culpabilidad al mencionar a Vervestil, pero aparta la sensación. No es el momento para introspecciones. Necesita concentrarse.

Ali levanta el teléfono para compartir las fotos. De nuevo, esas esteticistas sonrientes en su ropa quirúrgica blanca con el logo del círculo azul, posando con sus pequeñas botellas de cóctel de juventud.

–¿Quizá Dasha tenga algo contra Vervelin? Debe de haberlo probado –dice Ali, y luego se gira hacia Audrey para explicar–: Vervelin es uno de esos medicamentos tipo bótox. Se desarrolló para uso médico bajo el nombre de Vervestil, y luego se descubrió que tenía propiedades rejuvenecedoras para la piel.

–Sí, gracias, sé lo que es. –Audrey suena molesta–. No soy una *influencer* rica, pero no vivo en una cue… –Se detiene a mitad de frase y se lleva la mano al vientre–. Me duele la tripa.

–Gideon tenía en su habitación unos papeles con ese mismo logo –dice Charley–. Algo había salido mal con la compañía; los papeles estaban cubiertos de notas manuscritas que le decían que lo solucionara. –Mira los círculos azules, con una sensación de inquietud urticante. Ese logo…

Ali examina las fotos y las amplía hasta que el logo ocupa toda la pantalla.

–No me sorprende. Hicimos lo que pudimos para salvar a Vervelin de la ruina, pero el resto de la corporación está jodida.

Por más que se esfuerce, Charley no comprende qué tiene que ver todo eso con Karl y con todo lo sucedido aquí. La desaparición de Karl es en el centro de todo. Charley lo presiente.

Justo entonces, Sam se levanta de repente; su silla raspa las baldosas. Está pálido, tenso, se muerde el labio.

–Creo que voy a…

Corre hacia el fregadero y vomita con violencia. Un olor agrio, teñido de café, preña el aire.

Audrey, doblada sobre sí misma, se agarra el estómago y gimotea. Se inclina hacia delante, junto a su silla, y se oye una salpicadura repugnante en las baldosas de la cocina.

Charley siente otra oleada de náuseas a causa del olor, pero aguanta. Lo que siente se parece más al recuerdo de la pesadilla provocada por el *whisky* de la noche anterior, no lo que Sam y Audrey están experimentando.

Ali y Charley se miran.

–Pues yo me siento bien –comienza Ali, pero luego se detiene, y se lleva la mano al vientre–. Ay. Ay no, en realidad no.

Sam y Audrey se aferran al fregadero y vuelven a vomitar. Ali suda, mechones de cabello rojo se le pegan a la tez pálida. Empieza a gemir, y a continuación suelta un grito antes de doblarse hacia delante y vomitar con fuerza.

Charley baja la mirada hasta su taza de café, intacta en la mesa. Las demás tazas están vacías, esparcidas alrededor. Comprende.

–¡El café! Alguien ha envenenado nuestro café…

Ali se desploma hacia delante, cae de la silla a cuatro patas y se arrastra, lenta y agónicamente, hasta los pies de Charley.

–Me voy, me largo de aquí… –Tiene las piernas débiles, apenas soportan su peso.

Sam y Audrey están en peor estado que Ali, así que Charley se centra en ellos. Moja un trapo bajo el grifo para limpiar la cara manchada y afligida de Audrey, esforzándose por contener sus propias náuseas por el olor. La mente le va a mil por hora: ¿qué se supone que hay que hacer en caso de envenenamiento?

Encuentra unas palanganas para los dos y se las coloca entre las manos. ¿Qué había dicho Sam, mucha agua? Llena dos vasos de agua, aunque Sam y Audrey los rechazan.

–¿Por qué no estás mal? –dice Audrey.

Y Charley oye el fantasma de la sospecha en su voz. Está harta de esta dinámica, de que todos se enfrenten entre sí, cuestionando cada movimiento.

–No he bebido el café, no me apetecía. Por favor, confía en mí –dice–. No eres parte de esto. Nunca has sido parte de esto. No voy a dejarte morir.

Audrey prorrumpe en sollozos secos y vomita de nuevo.

–Quizá sería mejor si muriese.

Charley oye ecos de la voz de Shona en las palabras de Audrey y siente una oleada de ira, por haberla dejado morir pensando así.

No permitirá que le suceda lo mismo a Audrey.

–Lo digo en serio, aquí no va a morir nadie –dice. Agarrando a Audrey por los hombros, la mira a los ojos e imagina también los de Shona–. Esta idea de castigar a la gente por ser vanidosa o débil, o por cometer errores, es enfermiza. Nada de lo que hayas hecho hace que merezcas morir, ¿me oyes?

–Tienes razón –escupe Audrey con amargura–. Los médicos que dejaron morir a mi hijo no fueron castigados. Ninguno de los malos recibió su castigo.

Luego se inclina hacia delante y vomita en el recipiente.

Charley va en busca de Ali. No ha llegado lejos; está acurrucada, hecha una bola, en mitad de la escalera. El vómito se acumula en la alfombra, atravesado por una franja sanguinolenta.

–Tienes que echarte en la cama –dice Charley.

Pone a Ali de pie. Su cuerpo es casi un peso muerto y la nota temblar mientras la ayuda a subir las escaleras peldaño a peldaño.

–Tórtolas… –La voz de Ali es ronca y débil–. Las tórtolas no son más que palomas bonitas, ¿verdad? Y las palomas son alimañas, hay que matarlas con veneno…

Llegan a la habitación de Ali. Charley la ayuda a abrirse paso entre la ropa de cama esparcida y abandonada de la fiesta de pijamas de la noche anterior. Ver el campamento desolado de Leo, junto al dosel de cuatro postes de Ali, le encoge el corazón de tristeza, pero no hay tiempo para lamentarse. Tiene que ayudar a Ali a subir a la cama.

Y luego se queda petrificada.

Las mantas de la cama de Ali han desaparecido. La sábana blanca está cubierta con cientos de plumas blancas y marrones.

–Se supone que debo morir aquí, ¿no? Una tórtola en su nido.

Ansiosa por descansar, Ali se sube a la cama de todas formas. Charley trata de limpiar la cama, barrer con el brazo la mayoría de las plumas al suelo. Apoya a Ali entre cojines, de la misma manera que Sam lo hizo por ella la noche anterior. Trae pañuelos y el cubo de basura.

Ali se aleja de ella, se retrae del contacto de Charley.

–Por el amor de Dios, ¿quieres dejar de cuidarme? Déjame sola.

Y deja las plumas, me recuerdan a Leo. ¿Por qué tuve que empezar esta mascarada? ¿Por qué tuve que seguir provocándolo?

Una vez más, la mente de Charley retrocede a los regalos que Ali dejó la mañana de Navidad. Ese regalo que todavía no tiene mucho sentido…

—¿Por qué le diste a Sam un pájaro muerto? —pregunta.

Ali se relaja, se gira para mirar por encima del hombro a Charley.

—¿Ahora me lo preguntas? Yo no le di a Sam el pájaro, debió de coger el paquete que no era. El pájaro era para Pan.

—Sí, claro, lo había olvidado. —La voz de Charley ha disminuido hasta convertirse en un susurro—. Sabías lo que había hecho y seguiste siendo su amiga. La elegiste a ella en lugar de a mí.

—Te lo dije, soy una basura humana. Ahora, lárgate. Ve a hacer eso que dijiste del valle o lo que sea. Busca ayuda.

Ali vomita de nuevo, sangre y bilis. A Charley le aterra que, por más rápido que pueda conseguir ayuda, no llegue a tiempo.

—La llave está en la puerta, sal y cierra por fuera. Esconde la llave. No se lo digas a nadie —ordena Ali.

—¿Confías en mí?

—Sí. No. No lo sé. Lárgate, me duele.

Charley cierra la puerta del dormitorio con fuerza. Es de madera maciza, tan antigua como la casa, e igual de resistente. Gira la llave en la cerradura y la mete por debajo de la puerta. Le grita a Ali que intente bloquear la puerta de alguna manera. Al entrar en el corredor, echa un vistazo por la ventana: copos espesos de nieve empiezan a revolotear en el cielo.

No le importa si el temporal la mata. No va a quedarse aquí ni un momento más.

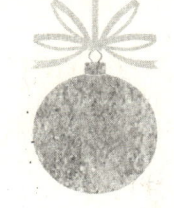
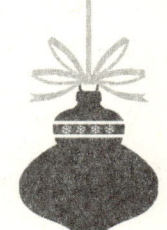

PARTE 5

LA VERDAD

Capítulo 26

Charley se pone capas adicionales de medias y jerséis. Luego, en el vestíbulo, se pone una de las chaquetas de esquí y los pantalones de esquí que cuelgan allí mismo. Va hacia la cocina para echar un vistazo a Sam y Audrey. La puerta está entreabierta, y oye el murmullo bajo de sus voces. Los ve a través de la puerta, sentados juntos en el suelo, con los dedos entrelazados y las cabezas juntas.

Sam está diciendo:

—¿Crees que ha llegado muy lejos? Conoce el terreno…

Deben de estar hablando de Kamala. La esperanza se enciende. Quizá Kamala pueda conseguir ayuda antes de que todos mueran.

Si están lo suficientemente bien para hablar, deben de haber recibido una dosis menor de veneno que Ali. Pero ¿cómo había logrado Dasha, o el asesino contratado por Dasha, dosificar el café con tanta precisión?

«A menos que…».

Charley siente un escalofrío de sospecha. Vacila en la misma puerta y decide, por instinto, retroceder.

Sale al exterior en medio de la ventisca. La nieve cae, espesa. La azota, le pica en los ojos y dificulta su visión; una ligera capa cubre ya el cuerpo abandonado de Leo. Charley se obliga a seguir adelante, se niega a rendirse, se dirige con esfuerzo hacia el límite del bosque que apenas alcanza a ver un poco más adelante. Si consigue llegar a los árboles habrá pasado lo peor.

La nieve, acumulada sobre las capas ya congeladas de la noche de Navidad, le llega por encima de las rodillas en algunos lugares, pero al alcanzar el borde del bosque, el terreno se suaviza un poco. Su visión se aclara en cierta medida y sus pies están amortiguados por una alfombra de agujas de pino bajo una capa más delgada de nieve. Charley intenta recordar la ruta que siguió antes. Tras buscar unos minutos encuentra el lugar donde recibió los mensajes en el teléfono de Pan. Saca el suyo del bolsillo e intenta enviar un mensaje de texto al número de emergencias.

Atención médica urgente necesaria por envenenamiento en Snellbronach. Hay más víctimas. Envíen policía, asesino suelto.

Presiona enviar, pensando en lo ridículo y surrealista que suena lo que ha escrito, pero no sabe expresarlo en lenguaje policial. ¿Llegará el mensaje? Aguarda; solo se necesita un poco de cobertura. Pero, aunque llegue, ¿la creerán o la tratarán de la misma manera que trataron a Ali hace doce años, cuando afirmaba convencida que su hermano había sido asesinado?

El teléfono lo intenta durante un rato y luego se rinde. Resalta el texto en rojo.

No se pudo enviar el mensaje.

—Me cago en la puta —gruñe ella, siguiendo el ejemplo de Ali.

La ira la reconforta en este momento. Canaliza esa energía en sus pasos.

Mientras camina, piensa en las notas de Leo, todas estaban conectadas por la letra O. Piensa en la charla de Ali sobre Vervestil y Vervelin. ¿Y si Gideon hubiera invertido con su compañía en esos medicamentos y luego todo hubiera salido mal de alguna manera? Ali se había encargado de la publicidad. Leo había suprimido noticias sobre el escándalo, posiblemente a petición de Gideon. ¿Quizá Sam también había estado involucrado, habría prescrito el medicamento? Eso tendría sentido.

Pero ¿quién los mataría por algo así?

Había algo ahí, un detalle que estaba pasando por alto. Durante un instante fugaz, la voz burlona de Matt apareció en su mente: «Si vieras las noticias en lugar de llenar la cabeza con esas tonterías de actores…», pero Charley lo reprime de nuevo. Porque sí que ve las noticias, aunque no esté al tanto de cada detalle, como Leo. El dato que le falta está en algún rincón de su mente, y lo recordará.

Un crujido.

Una rama que se rompe al pisarla.

Da un respingo. Se da la vuelta y atisba un movimiento a lo lejos. Una figura femenina y ágil, con una chaqueta de esquí azul brillante y un sombrero de piel, avanza hacia ella. La figura corre por el suelo del bosque a buen ritmo; esquiva ramas caídas y salta obstáculos. Imparable.

El pánico inunda el estómago de Charley.

«Es Dasha. Es ella, y viene a por mí».

Charley gira a la derecha, se desvía y se dirige hacia el regato. El suelo desciende y ella logra agacharse para no ser vista. Continúa por un terreno más bajo, encorvada. No puede detenerse, tiene que seguir moviéndose si espera salir de esta. Mete la mano en el bolsillo. Sus dedos rodean la navaja que tiene escondida y el contacto la hace sentirse más fuerte, más segura.

Sigue adelante.

Llega a un claro; la nieve se arremolina y la azota a su alrededor mientras lo cruza, pero se dice a sí misma que la ventisca está de su lado, que cubrirá sus huellas.

¿En qué estaba pensando? Ah, sí, en las noticias. Recuerda haber visto el noticiario con Leo, con un respingo ante aquel titular. Luego, su estómago se encoge al darse cuenta de que ya no puede apartar esa sensación. Porque ella también es culpable.

Un recuerdo inunda su mente. Ese día de filmación con la agencia de Ali, horas en maquillaje y peluquería para darle el aspecto de una madre común y corriente, la sensación de tener en el regazo a la niña que interpretaba a su hija, jugueteando. Las instrucciones del director: «Pon acento de mamá del medio oeste estadounidense. Sonríe al mirar la cámara, abraza a tu hija, estás agradecida, incluso alegre». Y las pocas frases que tenía que decir, frases que habían sido impresas en papel con el mismo logo de un uróboro que había visto en el teléfono de Pan, en los papeles de Gideon.

–Sufría tanto. No sabíamos a quién acudir…, pero ahora mi

pequeña al fin ha recuperado su vida de siempre… Vervestil nos dio esperanza.

En aquel momento, le habían contado cuatro detalles sobre el medicamento. Le dijeron que no era solo para eliminar las arrugas de las ricachonas, sino que tenía el potencial de revolucionar el tratamiento de enfermedades autoinmunes. Charley había pensado que estaba haciendo una buena obra, difundiendo la palabra sobre un avance médico increíble.

Meses después, cuando empezó a surgir el escándalo, dejó de sentirse bien con aquel papel. Cuando se descubrió que cientos de niños habían sido tratados con Vervestil y habían empeorado.

El escándalo continuaba incluso ahora. Debates en el Parlamento, investigaciones públicas. ¿Cómo había llegado tan lejos? ¿Cómo pudo utilizarse en niños?

La compañía matriz se llamaba…, ¿cómo era…? Odastra. El logo azul de la O, eso es lo que significaba.

Charley ha llegado al agua. Le arden los pulmones mientras se desliza por una pendiente empinada hacia la orilla. La humedad fría de la nieve derretida se filtra a través de sus botas. La nevada ha amainado, ahora caen cristales delgados y congelados en lugar de copos grandes. Charley atisba la cascada a su izquierda, todavía decorada con carámbanos, el agua fría y clara retumbando en el estanque de abajo.

Y a su derecha está el regato poco profundo que sale del bosque y lleva fuera del valle. Hacia la libertad de este paisaje nevado e infernal.

Echa un vistazo por encima del hombro. La figura se está acercando. Está claro que es una mujer, pero es demasiado baja, demasiado curvilínea para ser Dasha. Lleva la cara cubierta con una bufanda, pero tiene el cabello más oscuro. Charley ha visto ese gorro de piel antes. La forma en que se mueve hacia Charley, determinada, implacable. Esta persona es una amenaza.

«Odastra». Eso fue lo que escribió Leo, no «Dasha».

Odastra, la compañía sobre la que Leo había informado, la que Gideon había promovido sin cesar en Londres. La gran compañía farmacéutica que había patrocinado la última exposición de Shona, la que pagó una fortuna a Pan para promocionar sus productos de belleza. La que Ali había ayudado a publicitar, la que Charley había ayudado a anunciar.

Charley había evitado pensar en ello por la culpabilidad que sentía; había tratado de deshacerse de esa sensación. Se decía a sí misma que no podía haberlo sabido... No fue ella quien falsificó los informes de investigación ni mintió a las autoridades... Pero tenía parte de la culpa, no obstante. Había sido obra de aquella vieja red de contactos en pleno funcionamiento. Los miembros de la Mascarada se habían ayudado mutuamente para ganar dinero..., y como resultado de esa mutua ayuda, murieron personas. Murieron niños. Estaban siendo castigados por sus pecados.

La figura se acerca. Charley oye las pisadas crujir en el suelo helado, las ramas al romperse, el jadeo de una respiración. Se mueve mucho más rápido que el otro día, cuando estaban juntas en el bosque, explorando, hablando. «Murió, sí... Intentamos todo lo que pudimos, todos los tratamientos experimentales, pero nos fallaron».

Les falló una compañía farmacéutica despiadada, y la gente que ayudó a esa compañía a tener éxito.

Charley comienza a avanzar a lo largo de la orilla del estanque de la cascada, las botas le resbalan en las rocas, trata de llegar a la parte menos profunda del arroyo para cruzar al otro lado. Pero, mientras avanza, todo el peso del cuerpo de Audrey se estrella contra ella. Ambas caen al lago.

Charley queda sumergida en las profundas aguas, bajo la superficie, aturdida por el impacto del frío. Audrey se recupera primero, se pone de pie y comienza a hundirla bajo el agua.

El corazón de Charley late con fuerza, el pánico inunda su cuerpo y el agua helada le quema la piel. Es como si le clavaran cuchillas en la carne.

«Otra vez no. No puede volver a pasarme lo mismo».

Patea, se revuelve y, por un momento, sus talones encuentran agarre en el lodo y los guijarros del fondo. Se apoya y lanza todo su peso corporal contra su oponente. Audrey se tambalea, pero recupera el equilibrio. Tiene algo en la mano: es el hacha de Shona. Audrey la blande con torpeza, el lado plano impacta contra el costado de la cabeza de Charley. Hay una explosión de dolor, le zumban los oídos y cae hacia atrás, se zambulle en el frío afilado como acero. El agua le inunda la nariz; tose. Se revuelve para llegar a la superficie, medio asfixiada. Intenta ver entre la sangre y el agua que le chorrean por los ojos. El hacha la golpea en el hombro. Esta vez, el filo se hunde en el grueso abrigo, y ella vuelve a caer. Audrey la agarra por el cuello y la saca de un tirón del agua.

—¡Vervestil nos dio esperanza! —ruge—. Tú eres la cara de esa maldita droga en toda América. Estás en todos los folletos, tú y esa falsa y sonriente hija tuya. Mentiste. Y ni siquiera sabes lo que hiciste. Ni siquiera te sientes culpable.

Charley abre la boca para defenderse, pero no hay palabras. No hay nada que pueda decir para convencer a Audrey de que era una mera espectadora.

Se hunde de nuevo, forzada a volver al agua. Un pensamiento absurdo le viene a la cabeza.

«No es así como se supone que mueren los mirlos».

Charley deja el cuerpo inerte, igual que la última vez, esperando que Audrey se dé por vencida o que dude, como hizo Pan cuando intentó ahogarla.

Audrey sigue empujando, pero el silencio le da a Charley un instante para pensar. Tiene las manos entumecidas, apenas funcionales, pero logra hurgar en el bolsillo. Siente un dolor agudo cuando cierra los dedos alrededor del mango del cuchillo.

Charley se lanza hacia delante, cuchillo en ristre. Apuñala, corta, sin apuntar a nada en concreto; solo necesita quitarse a Audrey de encima. Siente que el cuchillo hace contacto, la sangre caliente que quema en su mano congelada. Logra recuperar el equilibrio, se tambalea y se estabiliza hasta salir del agua, con el cuchillo aún en la mano.

Audrey la mira, una expresión de conmoción y rabia en el rostro. En la chaqueta azul florece una mancha escarlata a la altura del pecho. Ha dejado caer el hacha, que se ha hundido en el agua, fuera de su alcance. Audrey ruge y se lanza sobre Charley de nuevo. Ella es presa del pánico, golpea con el cuchillo una vez más y Audrey vuelve a caer, pero agarra el brazo de Charley y da un tirón. Charley cae encima de ella. Ahora es ella quien hunde a Audrey.

Pero Audrey deja de resistirse.

Tarda unos instantes en darse cuenta de que Audrey está muerta, que la mira sin verla a través del agua. Una burbuja se ha formado en la esquina de su boca. Su último aliento.

Charley retrocede, entumecida por la conmoción. Ya no puede sentir ese frío cortante, pero está temblando, sus piernas están débiles. Suelta el cuerpo de Audrey y este flota en el estanque, golpeando contra las rocas, sin poder ir más lejos, porque el regato se estrecha y está congelado por los bordes. El agua se vuelve rosada con su sangre, y también con la de Charley.

Charley se tambalea hasta el borde del estanque y se deja caer, aovillada sobre sí misma, temblando, con la ropa empapada. Durante unos instantes, todo lo que puede sentir es un alivio absoluto de que por fin la pesadilla ha terminado.

Y luego se detiene. Una ola de pánico la invade. No hay forma de que Audrey haya podido hacer todo esto sin ayuda. Lo que significa que alguien más colaboraba con ella. Un integrante de la Mascarada que ha estado jugando con ellos todo el tiempo.

Esto no ha terminado.

Capítulo 27

Sam

Hace doce Navidades

Cada vez que Sam cerraba los ojos, todo lo que podía ver era sangre. Muchísima sangre. Sangre que fluía entre sus dedos. Podía oír la voz del médico residente, que le ladraba:

—¡Presión, idiota! Mantén la presión. ¡Lo estás perdiendo!

Lo veía en tiempo real, el hombre en la camilla se apagaba, sus ojos se volvían más distantes. Junto a él, una enfermera se apresuraba a insertar una vía gruesa mientras murmuraba palabras de consuelo y ánimo que el paciente casi no podía oír. Por encima del hombro de Sam, el médico seguía gritando órdenes, exigiendo saber dónde demonios estaba el resto del equipo de trauma, como si fuera culpa de Sam que estuvieran cortos de personal, que llevase catorce horas de guardia. Nadie miraba las manos de Sam. Nadie en absoluto.

Sam no había perdido a ningún paciente hasta aquel día, o al menos no en estas dramáticas circunstancias. Sin embargo, a menudo se había preguntado cómo se sentiría al tener la vida de alguien en sus manos de esta manera. Tenía el corazón desbocado y respiraba entre jadeos rápidos y entrecortados. Poco a poco, Sam disminuyó la presión sobre la herida del hombre, levantó los dedos, dejó fluir la sangre. Miró los brillantes ojos azules del hombre.

Thomas Feeney. Sam nunca olvidaría aquel nombre. El nombre de la primera persona que mató.

Quizá Thomas habría muerto de todas formas; había perdido mucha sangre. Sin embargo, debido a la decisión que Sam tomó en el último segundo, murió en ese preciso instante. Su vida estaba bajo el control de Sam, en las manos de Sam, que liberó la sangre que Thomas Feeney necesitaba para sobrevivir.

Le dijo al médico que había mantenido la presión, y el resto del equipo lo respaldó. Habían visto cómo se había esforzado cuando Feeney llegó, y nadie se había fijado en ese chorro de sangre final en sus últimos momentos. Sam se alejó, conmocionado…, no, más bien asombrado, por lo que acababa de hacer.

—Ve y límpiate —le dijo uno de sus compañeros de estudios, al ver la mirada vacía en su rostro, tomándola como fruto del trauma—. Tómate tu tiempo, yo te cubro.

Sam se lavó la sangre pegajosa de las manos, como había hecho muchas veces antes. Pero esta vez fue diferente. Sentía que esto estaba destinado a suceder.

Durante el resto de su turno, Sam intentó darle sentido a lo que había pasado. El modo en que le latía el corazón mientras la luz abandonaba los ojos de Thomas. Se había sentido… poderoso. ¿Era normal aquella sensación?

Durante el resto de su turno, Sam estuvo distraído. No podía concentrarse, no pudo quitarse la sensación de su cabeza. De vuelta en casa, al encontrar a Karl tumbado en el sofá estudiantil, le contó que quizá había liberado de forma accidental la presión sobre la herida de Thomas.

—Su vida se apagó sin más, porque aflojé la presión.

—Joder, qué mal, no me extraña que te sientas tan hecho polvo —dijo Karl, y le dio otra calada a su porro—. Lo entiendo, supongo es parte de ser médico. Por eso los consultores son unos gilipollas; todos tienen complejo de Dios.

Y luego vino el error, las palabras que lo cambiarían todo. Sam se recriminó por ello después, pero en ese momento estaba exhausto, al límite, desesperado por oír alguna respuesta. En aquel momento todavía pensaba que era normal.

—Pero ¿tú serías capaz… de dejar morir a un paciente a propósito? —preguntó.

—¡Claro que no! ¿Te crees que soy algún tipo de monstruo? —La respuesta instintiva de Karl fue inmediata, su rostro horrorizado ante la idea. Pero entonces un destello de comprensión apareció en sus ojos. A pesar de la neblina de la marihuana, entendió lo que Sam no había llegado a decir. Habló con voz conmocionada—: ¿Dejaste morir a ese hombre, Sammy?

Sam lo negó, juró una y mil veces que había sido un accidente, que había luchado para salvar a Thomas Feeney, pero el daño ya estaba hecho. Karl no era ningún estúpido y había olido sangre. Al igual que con Gideon y sus trabajos universitarios; igual que con Shona y sus ridículas aventuras secretas; Karl tenía un don para olisquear la verdad.

—Amigo, esto es serio. Esto no es dedicarte a destripar animales atropellados con Shona. Tienes que hablar con alguien, buscar ayuda. —Y luego una última apelación a su lado egoísta—: Esto, como mínimo, podría arruinar tu carrera.

—Solo si lo cuentas. Ha sido un lapsus, un desliz, nada de lo que preocuparse. Por favor, Karl, la medicina significa mucho para mí. Quiero ayudar a la gente, sabes que es así.

Esa era la verdad; muchísimas veces se lo había dicho a su madre a voz en grito como para estar seguro de que era cierto.

—Te diré lo que voy a hacer: te doy las vacaciones de Navidad para abordar el problema. Nos iremos, jugaremos al juego de Ali, olvidaremos que esto ha pasado. Pero en enero tienes que encontrar una solución. ¿Te parece?

Sam asintió. Se mordió el labio y bajó la mirada. El instinto le decía que debía parecer preocupado y contrito. Al menos esto le daba un respiro, tiempo para pensar. Y tal vez había una posibilidad de que Karl lo dejara pasar… Pero Sam sabía cómo era Karl, lo que hacía con la información. Cómo la usaba para conseguir lo que quería.

Incluso si Karl no se lo contaba todo a su tutor, aunque no tuviera pruebas para respaldar lo que sospechaba, Karl se guardaría aquel dato hasta que le fuera útil. Básicamente, Sam estaba jodido.

Pero tenía una ventaja. Karl no tenía idea de hasta dónde era capaz de llegar su amigo para que guardara silencio.

Se suponía que el agujero del cura era un secreto familiar, y los Fenshawe, tan estrictos, no hablaban con la rama bohemia de la familia Hartley sobre nada, mucho menos sobre sus secretos.

Pero los niños no siempre son tan cuidadosos. Un verano, cuando tenía cinco años, su madre visitó la mansión, cuando el tío Tolly de Leo todavía era un preadolescente cruel aficionado a las bromas pesadas. Había metido a la pobre niña en el agujero del cura desde la entrada superior y allí la había encerrado. Sin embargo, la madre de Sam estaba hecha de acero. Se negó a gritar y llorar, y en lugar de eso buscó metódicamente por todo el oscuro agujero en el que había caído hasta encontrar el pestillo que abría la trampilla que daba a la chimenea. Se arrastró por ese camino y los adultos ni siquiera se percataron del hollín que manchaba su mejor vestido de domingo. Sin embargo, la madre de Sam nunca olvidó la experiencia. Años más tarde, el agujero del cura formó parte de algunas de las historias para dormir más extravagantes y creativas que le contó a su hijo. Después de esa conversación con Karl, Sam no podía dejar de pensar en ello. Calculó toda la logística hasta desarrollar un plan. Un experimento divertido.

Había sido muy fácil meterle la idea en la cabeza de Leo, de tal manera que ni siquiera recordaba que no había sido ocurrencia suya. Un comentario descuidado tipo «Ojalá hubiera pasajes secretos en Fenshawe» bastó para poner en marcha los pequeños engranajes en la mente de su primo lejano. Poco después, Ali insinuó que la partida de Navidad sería un misterio de habitación cerrada. Había funcionado, y si salía mal (Sam era lo suficientemente sabio para admitir que había un margen de error) entonces Karl solo quedaría aturdido por una experiencia desagradable y nadie podría dilucidar que había sido idea suya.

En el coche, de camino, con Gideon en el asiento trasero mirando por la ventanilla, Sam habló con Karl en tono conciliador. Le dio todas las oportunidades que pudo para que cambiara de opinión.

—Ha sido solo una vez, lo juro. He estado bajo mucho estrés últimamente…

Pero desde hacía un tiempo, Karl se había vuelto más serio, más moralista. Llamaba la atención a la gente por usar lenguaje sexista o clasista, incluso regañó a Dasha después de todo ese lío con el collar. Nunca había sido así antes. Siempre se había reído de los santurrones en la universidad. Había sido el príncipe de las bromas, pero ahora estaba creciendo y convirtiéndose en algo distinto.

—Creo que deberías hablar con tu tutor —dijo Karl—. No hace falta que le cuentes lo que pasó, pero tienes que enfrentarte a ello, buscar asesoramiento, o guía o algo. No puedes ser médico y caer en esos comportamientos.

Sam miró a su amigo. Un sentimiento desgarrador e impotente lo destrozaba. No quería perder a Karl. El pensamiento de no volver a ver esa sonrisa, de no escuchar sus ingeniosas bromas, de no verse arrastrado a una de sus mascaradas locas y sin sentido, lo entristecía más de lo que había pensado.

Pero tenía que hacer lo que tenía que hacer. No iba a renunciar a la medicina por Thomas Feeney. O por Karl, no importaba lo bien que le cayese.

Justo entonces, Gideon se inclinó hacia delante y balbuceó una pregunta estúpida sobre Pandora, y el momento pasó. Karl había cambiado a otro tema de conversación. No habría más oportunidades para convencerlo. Estaba decidido.

Mientras todos se acomodaban, explorando la casa y, en el caso de Dasha, probando algunos de los mejores vinos del tío Tolly, Sam fue arriba y dio con la trampilla del armario, tal como su madre había dicho. Por suerte estaba rodeada del tipo de objetos pesados y olvidados que se acumulan en casas como aquella. Desplazó los libros y muebles para bloquear la trampilla superior. Con los dedos cruzados, esperó que a Leo no se le ocurriese comprobar si estaba despejada. De cualquier modo, volvería más tarde para asegurarse.

Esto no era como matar a Thomas Feeney, esto era diferente. Lo de Thomas había sido espontáneo, un experimento, pero aun así un asesinato deliberado. Con esto, Sam se sentía más como si organizase un accidente. Era una apuesta. Si tenía éxito, significaría que alguien, en algún lugar, estaba de su parte. Que estaba destinado a ser médico.

La idea de llevarse el coche de Karl surgió más tarde, cuando oyeron el rugido del coche deportivo de Dasha al alejarse, durante los cócteles. Cuando se le ocurrió la idea, casi se le detuvo el corazón de la emoción. Si arrojaba el coche en algún lugar, todos, incluso Leo, pensarían que Karl había dejado la propiedad. Nadie pensaría en buscar en la chimenea. Sam podría deshacerse del cadáver después de que todos se hubieran ido a casa.

El cadáver. El corazón de Sam latía más rápido. La idea de que una persona pudiera convertirse en un cadáver tan de golpe, con tanta facilidad, y todo por él…

Negó con la cabeza. Quizá no era una persona normal, a fin de cuentas.

Cómo no, las llaves de Karl estaban tiradas en la cocina junto a las cajas de *pizza* medio vacías que habían devorado mientras preparaban el juego. Después de la fiesta, mientras todos estaban distraídos y merodeando por la casa persiguiendo sus propios fines egoístas, Sam escondió el coche en una franja de bosque a unos kilómetros por la carretera y corrió de regreso sin siquiera romper el precioso horario de Ali.

Todo estaba en su lugar. Ahora todo lo que tenía que hacer era esperar…

Según su papel de capitán Vane, el investigador, Sam debía estar en el pasillo cuando Charley, que interpretaba a madame Carlotta, abriera la puerta del salón. Se preguntó con tranquila anticipación cuál sería su reacción. Primero confusión, luego risas, y luego la suposición de que Karl les estaba gastando alguna clase de broma. Karl, por supuesto, estaría acurrucado en el agujero del cura, reprimiendo su propia risa. ¿Podría oírlos? ¿Significaba eso que ellos podrían oírlo? El corazón de Sam dio un vuelco de pánico. Había muchas cosas que no había comprobado.

«Mantén la calma –se dijo a sí mismo–. Nada de esto te salpica siquiera».

Aunque tenía que admitir que era emocionante. El plan elaborado, el margen de error, la falta de seguridad.

Y luego llegó el momento: la puerta del salón se abrió.

Charley y él, de pie en el umbral de una habitación vacía en la que había señales de lucha. Sirope de maíz por todas partes, el cojín que Karl había usado como barriga del traje de Santa, tirado en el suelo. Pero sin rastro de Karl. Lo había logrado. Lo había hecho realidad.

Charley emitió el grito obligatorio y, mientras los demás corrían, la mirada de Sam se desvió hacia la chimenea, donde todo parecía normal. Sam entró en la habitación y adoptó el papel del capitán Vane.

—Que me aspen, todo esto es sumamente extraño —dijo tan alto que sintió que iba a salirse con la suya—. Me parece que esto de aquí son manchas de sangre… ¡En este lugar se ha cometido un nefando crimen!

—N-no lo entiendo —dijo Ali en tono débil.

Sam no tuvo ni idea de si era parte del personaje o una reacción de confusión genuina. Le burbujeó una sensación en el pecho muy parecida a la alegría.

Sam sabía que los siguientes treinta minutos eran cruciales. Si pudiese mantenerlos ocupados jugando la partida el tiempo suficiente…

Se apoyó contra la repisa de la chimenea, un gesto clásico de detective, y se giró hacia los demás. Charley ya examinaba las manchas de sangre en busca de pruebas. Gideon revoloteaba por ahí con gestos teatrales. La viuda Shona se sujetaba las perlas en un falso gesto de horror y se aferraba a Pan. Leo, el Vicario, se lanzaba a una diatriba sobre el cuerpo desaparecido con tanta pasión como era capaz. Toda la habitación era un clamor. No había manera de que oyesen a Karl por encima del alboroto. Sam reflexionó sobre sus propios sentimientos, en busca de compasión, pero en aquel momento, en medio de todo, no sintió sino euforia.

Ali se movía a un lado y a otro con el ceño fruncido y la mandíbula apretada en gesto furioso, los dedos blancos apretando la carpetita, tan fuerte que podría haberla partido en dos. Sam casi podía leerle la mente. «Karl lo ha vuelto a hacer. Se ha salido del guion y me ha cortado el rollo».

Ninguno de ellos se fijó en que Sam se acercaba despacio a la chimenea y, tanteando con los dedos, cerraba la trampilla por fuera. Se había planteado si hacerlo o no. Karl moriría más rápido si abría la puerta y el humo entraba, pero siempre cabía la posibilidad de que se arriesgase a lanzarse al fuego. Si hacía tal cosa, podría ser que sobreviviese con quemaduras menores. Esto supondría una muerte más lenta, pero mayores probabilidades de éxito.

Se limpió el hollín de las manos sobre la chaqueta oscura y dio un paso al frente, relajado, siempre dentro del personaje del capitán Vane:

—Pardiez, un misterio de habitación cerrada —declamó—. Esto es de lo más pasmoso. Diría que el joven Santa Trimble ha sido asesinado… y que el culpable se halla en esta misma habitación.

—Fascinante —dijo el Vicario Leo.

—*Mamma mia* —murmuró madame Carlotta, y se persignó.

—Síganme —dijo Sam, y se dirigió con gesto teatral hacia la puerta—, ¡apostaría a que hay más pistas en el saloncito!

No era así como solía jugarse el juego en las Mascaradas. Mayormente, los personajes indagaban y recababan pesquisas por sí solos, pero todos estaban borrachos y algo aletargados, así que lo siguieron como corderitos. Hasta Ali fue tras ellos; su furia dio paso a la confusión mientras se preguntaba dónde estaba su hermano. Sam empleó su influencia como detective para enviar a cada uno de los personajes a diferentes extremos de la casa, a investigar. Acto seguido regresó a hurtadillas al salón y encendió la chimenea.

Se inclinó sobre ella y vio un sombrero de Santa Claus mugriento justo detrás de las fajinas. Debió de caérsele a Karl cuando se subió al agujero del cura. Sam se lo metió en el bolsillo. Ya fingiría encontrarlo más tarde, por la noche, para despistarlos a todos.

Durante un instante, se quedó inmóvil y escuchó en medio del frío aire invernal. Ahí estaba: un murmullo, los gruñidos leves de una persona alta que se movía en un espacio reducido. Santa estaba en la chimenea. Sam encendió una cerilla.

Al principio, cuando Ali comenzó a ser presa del pánico, nadie la escuchaba. Shona la reprendió por salirse del personaje. Gideon mencionó la palabra «histérica», lo cual no ayudó. Incluso Leo, seguro de que Karl estaba gastando una broma, le dio una palmadita condescendiente en la mano y le sugirió que se calmara.

Sam era el único que la escuchaba. Sam fue quien ordenó a los demás buscar por la casa, quien los dividió metódicamente en grupos y le asignó a cada uno un área que investigar. Y luego, mientras los demás corrían por los pasillos llamando a Karl, fue Sam quien llevó a Ali al salón y la sentó con ternura junto al fuego rugiente de la chimenea, para que se calentara. Le trajo una bebida fuerte y una manta para las rodillas, y le aconsejó que respirara hondo y despacio. Le pasó el brazo alrededor de los hombros, sintiendo el profundo temblor de sus sollozos.

Era curioso. Ali había estado bien cuando Sam se había escabullido para encender el fuego, solo estaba molesta con Karl. Pero cuando regresó, había perdido nervios. Sam era científico. Solo creía en hechos respaldados por la evidencia empírica revisada. Sin embargo, tal vez había algo de verdad en la teoría psíquica de los gemelos, a fin de cuentas.

Se encogió de hombros para sí mismo. No era su área de especialidad, pero merecería un estudio más profundo.

Capítulo 28

La ropa de Charley se le pega al cuerpo. Su abrigo es pesado y está empapado, sus botas chirrían y chapotean al levantarse. Permanecer a la intemperie así no es seguro, pero regresar a la casa no es una opción. Sam está allí.

Sam.

No tiene tiempo para pensar en eso ahora, para procesar el hecho de que Sam y Audrey han estado tramando juntos para matarlos a todos. Se pregunta por qué. Puede entender las motivaciones de Audrey, pero ¿qué pasa con Sam? Es médico. Ha jurado no hacer daño a nadie.

Un médico. Dos trozos de tela azul se dibujan en la mente de Charley: un retal cubierto de sangre falsa que Ali había envuelto en un paquete de Navidad, cortado de ropa quirúrgica y destinado a Sam, no a Pan, para recordarle el error que cometió en el hospital. Sam debe de haber escrito la nota que le ordenó a Leo que intercambiara paquetes, en caso de que el suyo contuviera algo incriminatorio, sin darse cuenta de que el regalo de Pan era mucho peor.

Luego estaba el segundo trozo de tela, atrapado en la puerta del fogón Aga. No era de la camisa de Leo, sino precisamente de ropa quirúrgica. Debe de haberla usado para asesinar a Shona y luego la quemó. Ahora Charley no tiene dudas de que Sam viene por ella.

Su única oportunidad es llegar a la cabaña de Maggie, calentarse junto a su pequeña estufa y esperar que eso no atraiga a un asesino en serie a la puerta de Maggie.

Comienza a vadear el arroyo en el punto más bajo. Se sobresalta al pasar alrededor del cuerpo de Audrey, atrapado ahora en las piedras en la parte baja. Está casi al otro lado, pero luego recuerda el cuchillo; está en la orilla fangosa, donde lo dejó caer. Hace un rápido cálculo metal, decide que será mejor ir armada y regresa.

No oye los suaves pasos, amortiguados por la hojarasca y la nieve.

Justo cuando se agacha para recoger la navaja, algo duro y pesado le impacta en la espalda. Una roca la golpea con una punzada de dolor en la columna vertebral y salpica el agua junto a ella. Charley pierde el equilibrio, cae de bruces en el hielo fangoso al borde del arroyo.

Ahora tiembla, con las piernas débiles, y antes de que tenga la oportunidad de ponerse de pie, Sam está allí, a su espalda. La inmoviliza contra el suelo. El cuchillo está fuera de su alcance.

La mano de Sam le aferra la cabeza, se la mete entre una mezcla de barro y hielo triturado. El agua derretida y sucia le llena la nariz. Se debate, lucha por respirar por la boca.

—Esto está fuera de lugar, Charley. Las tórtolas no deberían ahogarse, se supone que hay que pegarles un tiro, como solían acabar con los mirlos en las granjas cuando la población aumentaba demasiado. Pero luego Audrey salió corriendo detrás de ti y no tuve tiempo de coger mi escopeta. —Hace una pausa—. Pobre Audrey. No te creía capaz de hacerle algo así.

Hay una extraña nota en su voz, casi suena a admiración. Charley se retuerce en su cepo, el pánico aumenta al darse cuenta de que a él no le importa Audrey, y que ella le importa aún menos.

—Puedo hacer que cuadre —continúa Sam, sujetándola con facilidad—. Tal y como yo lo veo, intentaste ahogarme en el lago, dado que soy el doctor Cisne. Luego, Audrey intentó ayudarme, pero tú llegaste primero con ese cuchillo tuyo. Supongo que todos esos años de acoso y exclusión social te afectaron y al final perdiste el control. Por suerte, de alguna manera logré defenderme y vivir para contarlo. Tendré que infligirme algunas lesiones para que sea convincente, por supuesto, pero es posible.

Charley se retuerce, intenta dar patadas hacia atrás para alcanzar a Sam, pero sus movimientos la hunden aún más en el barro.

—Sam, para —jadea, antes de que su cabeza quede sumergida de nuevo.

Intenta hablar otra vez, sabiendo que solo cuenta con unos

segundos, unas palabras. Podría rogarle clemencia a Sam, pero seguro que Shona y Gideon hicieron lo mismo. Ego. Esa es la clave. Esa es la clave para todos los miembros de la Mascarada.

Él la saca del barro una vez más. Está jugando con ella, cree que no tiene ninguna posibilidad. Charley gira la cabeza hacia un lado, inhala una bocanada de aire y dice lo único que podría funcionar:

–¡Dime cómo lo has hecho! –jadea.

No ha dicho «por qué», que sonaría lastimoso, como una súplica, sino cómo. Ningún integrante de la Mascarada resistiría la oportunidad de pavonearse.

Sam se detiene. Sus rodillas aún sujetan los brazos de Charley a los costados, apoya todo el peso en su espalda, pero ya no la hunde en el agua.

Cambia de postura, enreda los dedos en el cabello de Charley y una nueva punzada de dolor florece en su cuero cabelludo, manteniéndola en su lugar con una presión fuerte como el hierro. Al menos puede respirar: Charley da grandes y agradecidas bocanadas de aire.

–Está bien, te lo contaré, porque nunca podré decírselo a nadie más –dice Sam.

Charley deja inmóvil el cuerpo, al igual que lo hizo en el agua todos esos años atrás. La única manera de ganar es hacerle creer que ha dejado de luchar. Las piernas de Sam continúan sujetándola en el sitio mientras habla:

–Veamos, primero lo primero: Dasha me contó el plan de Ali. Mantuve contacto con ella de vez en cuando a lo largo de los años y en ocasiones nos encontrábamos para tomar café cuando pasaba por Londres. No pudo resistirse a contarme que estaba tramando algo con Ali.

»Por aquel entonces, Audrey estaba aceptando la pérdida de su hijo. Nunca fuimos pareja, aparte de algunos escarceos desesperados y tristes cuando se encontraba en lo peor del duelo, pero sabía que podía confiar en mí, compartir sus sentimientos conmigo. Y se me ocurrió que podía solivantarla, de la misma manera que sabía hacer Shona, alimentar el odio por dentro, impedirle pasar de la ira a la siguiente etapa del duelo.

»Lo logré; se lo conté todo sobre vosotros: un grupo de hipócritas que se dan palmaditas en la espalda los unos a los otros. Ninguno os molestasteis en leer los informes sobre Vervestil. El medicamento hacía aguas por todos lados, joder. Gideon me lo mencionó al principio; me preguntó qué pensaba y se lo dije. Aun así, siguió invirtiendo porque el olor del dinero le resultaba demasiado atractivo. También se lo dije a Leo y a Ali. No les importó en lo más mínimo, no era su departamento. Se limitaron a seguir metiéndoselo por el gaznate a toda la profesión médica.

»De todos modos, me desvío. Dasha me dio copias de todas las carpetas y del horario de Ali, lo cual me fue de gran ayuda, y también me pasó información sobre Snellbronach. Imagina mi alegría cuando me di cuenta de que había un peral. Eso estimuló mi creatividad, encajaba a la perfección con el tema de Ali. Audrey estaba a favor de mataros a todos la primera noche, envenenamiento masivo, con dosis más ligeras para nosotros, para que no pareciéramos culpables. Sin embargo, para mí era demasiado simplista. Quería que nos tomáramos nuestro tiempo, convertirlo en una actuación completa. El clima nos ayudó, claro. Quería ver si todos vosotros, los grandes detectives, seríais capaces de descifrar el motivo.

»Así que, cuando llegamos, Audrey cambió la hora de la reunión en la carpeta de Pan para tener más tiempo para colgarla en el árbol. Matar a Gideon fue demasiado fácil; estaba acurrucado en la cama, el pobrecito. Todo lo que tuve que hacer fue sentarme encima de él, de la misma manera que hago contigo ahora, y estrangularlo. Justo cuando murió, le susurré «Odastra» al oído. Aun así, no lo entendió, el pedazo de idiota. No sintió ningún remordimiento en absoluto.

Charley ha estado tratando de quedarse quieta, de concentrarse en idear un plan de escape, pero las palabras de Sam la hacen retorcerse, tironear contra él. Sam aprieta la presa en el cabello, tira de su cabeza hacia atrás. Le arranca varios pelos del cuero cabelludo y ella grita.

—Si esto es alguna treta para distraerme, no va a funcionar —dice—. Shona lo intentó y fracasó. La verdad es que debería haberla matado a ella primero. Éramos amigos de la infancia, ¿sabes? Así que ella era la que tenía más posibilidades de darse cuenta de lo que soy capaz de hacer. Creo que siempre supo que moriría desangrada, después de toda una vida fascinada por la sangre. Su muerte iba a ser muy sucia. Por suerte, había asustado a los demás con su discurso sobre la tal Frau no sé qué, y Audrey aceptó atraerte hacia el bosque como distracción mientras yo me encargaba de ella arriba.

Charley pierde la esperanza. Su cuerpo se desploma, su cabeza se inclina a pesar del agarre de Sam. Pero a medida que su mano se hunde en el barro, la punta de su dedo índice roza algo afilado. La navaja de bolsillo, medio enterrada en el barro helado.

—La sangre salpica por todas partes; he visto suficiente sangre como para saberlo —decía Sam—. Había traído ropa de quirófano conmigo del hospital para no mancharme, pero luego pisé en la sangre y dejé una puta huella enorme. Es gracioso, si Shona no hubiera hablado sobre la bruja de Navidad que rellena los vientres de la gente con paja, nunca se me habría ocurrido traer una bolsa de paja desde los establos. Usé la paja para difuminar la huella tanto como pude, limpiarme mi zapato y ensuciar la escena del crimen. Me vino bien haber movido los cuerpos después de cada asesinato; ahora todos estamos cubiertos de pruebas incriminatorias. Los análisis forenses van a traer a todo el mundo de cabeza.

Charley está centrada casi por completo en alcanzar el cuchillo. Resiste la tentación de agarrar la hoja por si la empuja por accidente. En lugar de eso, hunde los dedos en el barro por debajo, creando un hueco. Se desliza unos milímetros más cerca.

—Shona parecía bastante triste cuando me vio —dice Sam—. Como te he dicho, ella sí que sabía de lo que soy capaz.

Charley está tratando de acercarse lentamente a la hoja con una mano, pero está absorta en su historia. Después de todas las mascaradas que han jugados juntos, la mecánica aún la fascina.

—Leo —dice ella.

Sus dedos entumecidos rozan más la hoja, aunque todavía no puede agarrarla. Tira de ella hacia sí, sin importarle si se corta los dedos.

—Audrey se encargó de Leo —dice Sam—. Tuvo sus momentos de duda. No creo que fuera consciente de la realidad hasta que vio a Pan, y se ablandó al dejar ir a Kamala. Pero de Leo sí que se encargó. Creo que fue la conversación de Stagworth la que selló su destino. Se aseguró de decir «Odastra» mientras lo empujaba. Me dijo que Leo no pareció sorprendido en absoluto.

—Leo lo había descubierto —dice Charley—. Lo había averiguado todo, excepto que erais Audrey y tú.

—Lo sospeché por el cuaderno. Qué suerte que su letra sea tan espantosa. De todos modos, luego pusimos un vomitivo en el café de todos. Excepto en el de Ali. A ella le dimos una buena dosis de veneno para ratas, como la alimaña que es.

Charley escupe barro y saliva.

—Ibas a matar a Audrey también, ¿verdad?

—Habría tenido que hacerlo; era demasiado lanzada. No tienes ni idea de lo mucho que he tenido que esforzarme para evitar que se rompa en los últimos dos días. Me sorprende que haya llegado tan lejos contigo. Y además, así podía culparla por todo. Hasta que tú la cagaste.

Sam apoya el peso de un lado a otro, y por una fracción de segundo Charley logra mover la mano, cerrarla alrededor del mango del cuchillo. Siente una oleada triunfal, pero sus manos aún están sujetas a los lados. Que siga hablando.

—¿Cómo ibas a explicar que Audrey consiguiera alzar a Pan?

—Oh, eso. ¡Estaba compinchada con Shona, claro, antes de volverse en su contra! En realidad, era todo perfecto. Audrey obtendría lo que quería, todo el mundo sabría lo que Odastra hizo con su hijo. Yo seguiría viviendo para salvar vidas y todo este inútil grupo de la Mascarada desaparecería, asesinados todos en nombre de la justicia. ¡Oh, y por fin Ali dejaría de hablar del puto Karl!

Sam se inclina hacia abajo, cerca de su oído.

—No mato a cualquiera, ya lo sabes. Quiero que signifique algo, que las muertes hagan del mundo un lugar mejor. Pero de lo de Karl… me arrepiento. Le echo de menos, era entretenido.

Es ahora o nunca. El peso de Sam ha disminuido un poco y Charley aprovecha la oportunidad. Sacude todo el cuerpo y los dedos de Sam le arrancan cabellos del cuero cabelludo, junto con un grito salvaje de dolor. El peso de Sam recae de nuevo sobre ella, pero el brazo de Charley queda libre un segundo y le clava el cuchillo en el muslo.

Sam ruge, se aparta lo suficiente para que Charley se contorsione hacia delante y escape de su presa. Pero el cuchillo, resbaladizo por la sangre, se le escurre de la mano. El peso de Sam vuelve a caer sobre ella. Le clava los dedos en el hachazo del hombro. Charley grita de dolor mientras Sam la arrastra despacio hacia el lago. Las manos de Charley arañan el hielo en el borde. Ve la sangre de él y la suya propia, que fluye hacia el agua. Sam hunde de nuevo su cabeza en el agua fangosa.

Fragmentos afilados de hielo roto le arañan la cara. Esta parte del lago tiene solo unos centímetros de profundidad, pero eso es todo lo que necesita Sam. No hace falta más. No tiene sentido hacerse la muerta; ya ha jugado esa carta. Así que Charley lucha y empuja con las manos en el barro. El agua le llena la nariz, sus pulmones están a punto de estallar por el esfuerzo, no puede tomar ni una bocanada de aire. Lucha, lucha…

Y luego llega el momento. Esto es lo que les debió de suceder a Pan, a Gideon, a Shona y a Leo. El instante en que se da cuenta de que ya no puede luchar más. El instinto de respirar supera el pensamiento lógico. Se acabó.

Un único aliento acuoso es todo lo que hace falta.

La cabeza de Charley se llena de niebla, le arde la garganta; ¿cómo puede el agua fría quemar como la lava? Su cuerpo se vuelve lánguido, su mente comienza a divagar.

Un agudo estampido reverbera por el aire. Sam apoya más su peso sobre ella hasta que, por algún motivo, se aparta de encima. Charley se pone de cuatro patas, tose, escupe mocos, agua y sangre por la nariz y la boca. Hay una mano en su hombro, más ligera, diferente a la de Sam. Se limpia el barro helado de los ojos.

–Ya me temía lo peor –dice Maggie, mirándola. Un cigarrillo cuelga de su boca. Lleva una gran escopeta apoyada en el hombro.

Capítulo 29

Hace frío, oscuridad, todo está borroso. Luego, la voz endurecida y ronca de Maggie, y otra, más familiar, que la hace sentirse incómoda. Intenta concentrarse. No lo consigue.

Su cuerpo ha cedido, solo es capaz de tiritar. No siente los dedos de las manos ni de los pies. Sus pies envían señales pulsantes de dolor, y su hombro herido late en respuesta. Oye a Maggie decir:

—Arriba, arriba.

La otra voz dice:

—Vamos, Charley, échale ovarios.

La levantan de sopetón; la arrastran dos personas. Una huele a un perfume dulce y caro. La otra tiene el olor sudoroso y grasoso de esa cabaña en el bosque. Ambas están cálidas y secas, y Charley no logra entender que estén tratando de ayudarla, no de matarla.

Siente que su cuerpo entra en algún lugar, pasa del exterior a un interior más caliente, pero no sabe ni le importa dónde está, ha olvidado quiénes son estas personas. Suceden más cosas, pero Charley no está segura de qué. Nota que alguien le quita la ropa empapada, pero está tan alejada de la realidad que no siente vergüenza. La persona con olor carnoso (¿Maggie? Sí, Maggie) se queda a su lado, dándole palmadas de vez en cuando en el rostro.

—Quédate conmigo —dice—. No le des la satisfacción de rendirte.

Charley lo intenta, pero el sueño se le antoja demasiado apetecible.

Cuando Charley despierta, el dolor le recorre el cuerpo entero. Cuando era joven e imprudente, una vez intentó calentarse después de nadar en agua fría con una ducha caliente. El dolor que sintió entonces no es nada comparado con la tortura de pies a cabeza que está experimentando ahora. Está en algún lugar cálido, algún lugar seguro, Maggie se ha ido, pero hay otro rostro familiar que la mira. Ojos oscuros e intensos, cabello castaño exuberante recogido en una cola alta, labios teñidos de rojo sangre y curvados en una sonrisa. Charley no ha visto este rostro desde hace mucho tiempo.

—¡Vamos, arriba, hija de puta!

—¿Dasha? —Espera la frecuente oleada de culpa y vergüenza que sentía cada vez que pensaba en ella, pero no llega.

—Enfermera Dasha para ti. Los del servicio de emergencias me han pedido que te eche un vistazo mientras ellos se ocupan de Ali. Deberían ponerme algún tipo de medalla por esto.

Un pequeño destello de lucidez se abre camino en la neblina del cerebro de Charley.

—¿Ali está viva?

—Por poco. Consiguió bloquear la puerta. El *mandavoshka* ese intentó tirarla abajo antes de ir a buscarte. Por desgracia, el *mandavoshka* también está vivo. Quise pisotearle la herida en el hombro, pero creo que a la policía no le hizo gracia.

—Mató a **Karl**. Y al resto.

—Lo sé. Y tú no robaste mi collar.

—¿Todavía te importa?

—No, joder. Y también sé que te acostabas con Karl. Supongo que debería estar cabreada, pero yo también me acostaba con mi guardaespaldas todo el tiempo, así que supongo que… —Se encoge de hombros—. Aunque Karl era divertido, ¿verdad?

Charley asiente, intentando discernir, a través de la avalancha de improperios, lo que Dasha quiere decir en realidad. Siempre ha sido agotadora, pero escucharla con hipotermia y una herida grave en el hombro es aún más difícil.

Se da cuenta de que está tumbada en el sofá de la sala de estar de Snellbronach. En el lugar exacto donde Leo y Shona estaban viendo el discurso del rey. ¿Eso fue hace solo dos días? Está cubierta con una extraña manta inflable que le provoca un calor doloroso en el cuerpo. Siente rigidez en el hombro derecho, una sombra de agonía amortiguada por los analgésicos, pero que promete volver más tarde, vengativa.

305

Eleva la mano, siente una venda algodonosa bajo los dedos y recuerda a Audrey, balanceando torpemente el hacha hacia su cabeza. «Mierda, casi muero otra vez…».

«Pero no lo he muerto».

Está agotada hasta los huesos, pero no tiene deseos de volver a dormir, porque está viva. Una ola de euforia la atraviesa. Ha sobrevivido, y por primera vez desde Nochebuena, se siente a salvo. Bueno, tan a salvo como puede una sentirse con Dasha, el tiburón humano, como atenta enfermera. Otro nombre cruza su mente.

—¿Y Maggie?

Dasha parece confundida por un momento y luego se ríe.

—¿La vieja bruja? Se fue corriendo al bosque, como en un cuento de hadas. Creo que ha querido desaparecer antes de que llegue el resto de la policía. En este momento, solo tenemos a dos agentes, que es más que suficiente, tal y como yo lo veo.

Dasha dice que no confiaba en que Ali fuese capaz de llevar a cabo la misión.

—Karl sabía que a Ali no se le daba bien escribir misteriosos asesinatos. Cuando se enfada, pierde la concentración. Así que se lo conté a Sam, y le di copias de esas carpetas. Fue el único del que mi agencia de detectives no encontró ningún secreto, y todo lo que Ali dijo fue que cometió un error una vez en el hospital cuando era estudiante. A quién no le ha pasado, ¿verdad? Así que pensé que podía confiar en él. Os debo una enorme disculpa. Y ya sabes que no suelo disculparme.

»Y luego Ali dijo: «¿Por qué no vienes también?». Y me pareció buena idea. No me gustan vuestros jueguecitos de asesinato, ya lo sabes, pero se me da bien sacarle información a la gente. Así que decidí llegar el día después de Navidad cuando vuestro estúpido juego hubiera terminado y todos estuvierais borrachísimos y locos perdidos por pasar tanto tiempo encerrados.

Llegó a Escocia el día de Navidad, justo veinticuatro horas antes de que su mensaje de texto llegara al teléfono de Pan.

—Pero entonces aterricé en este estúpido país que no puede aguantar unos centímetros de nieve, y había escasez de quitanieves. Los hoteles buenos estaban llenos, así que tuve que quedarme en un TraveLodge hasta después de Navidad. ¡En un TraveLodge! —escupe la palabra con disgusto—. Me aburrí, así que encontré unos quitanieves y pagué a unos hombres para que condujesen hasta aquí. Pero en lugar de encontrarme una divertida fiesta macabra entre amigos, lo que me encuentro es un montón de gente muerta y huellas en la nieve. Oí disparos en el bosque. Los hombres de los quitanieves pidieron ayuda por radio, pero se cagaron en los pantalones y no salieron de la cabina, así que fui yo sola al bosque y encontré a Baba Yagá, tratando de arrastrarte a su cabaña de brujita.

—No es Baba Yagá, es Frau Perchta —dice Charley con un murmullo.

Dasha asiente.

—Ah, sí, la que destripa vientres con el pie vendado. Eso tiene sentido. La policía y las ambulancias llegaron justo después de mí. Dijeron que habían recibido un mensaje pidiendo ayuda.

Charley casi había olvidado el mensaje de texto que intentó enviar en el bosque; debe de haber llegado al mundo exterior en algún momento.

Siente que empiezan a volverle las fuerzas. Alguien con una chaqueta reflectante le entrega una taza de líquido tibio y ella da un sorbo, siente el líquido deslizarse por su garganta. Está segura de que nunca dará por sentado estar caliente de nuevo. Y le cuenta a Dasha todo lo que ha sucedido, desde el primer momento en que llegaron.

Le está contando su enfrentamiento final con Sam cuando nota que hay otras personas en la habitación. Agentes de policía en uniforme que escuchan con atención, tomando notas. Se da cuenta de que, al igual que después de la desaparición de Karl, tendrá esta misma conversación una y otra vez durante las próximas semanas, meses, posiblemente años.

—Creo que Sam debía de saber algo sobre el agujero del cura. Tal vez plantó la idea en la cabeza de Leo. Ahora recuerdo que después de que todos dejáramos Fenshawe, él se quedó un día más para ayudar a Leo a ordenar antes de que volviera su tío. Debió de ser entonces cuando sacó el cadáver de Karl a escondidas.

A Charley le estremece la imagen de Sam extrayendo a Karl de ese espacio confinado, quizá envuelto en una manta o algo así, sacándolo de la casa mientras Leo se moría de miedo al ver las botellas vacías en el despacho del tío Tolly. Se imagina a Karl tirado en el maletero de un coche de alquiler, enterrado en algún lugar aislado, una tumba poco profunda.

–¿Cómo puede ser tan despiadado?

Dasha esboza una sonrisa oscura.

–Mira, conozco a los hombres como él. He conocido a muchos y a menudo son capaces de separar los asesinatos y la vida normal. Se buscan un trabajo en el que pueden matar por dinero y luego viven como personas normales. Conoces a sus esposas, los invitas a cenar y hablas de vino, esquí o carreras de caballos. Este, sin embargo…, la única cura para alguien como él es una bala en la cabeza. Bang bang, estilo ejecución. La prisión no lo reformará, y en cuanto al juicio, lo va a disfrutar. Todavía no me creo que no llegase a sospechar de él, ni por un momento. Es mejor actor que tú, y eso que tú eres bastante buena.

Charley se muestra de acuerdo con un asentimiento, y luego las palabras de Dasha penetran en su mente. ¿Ha sido un… cumplido?

–No me hagas repetirlo. Eras la única de ellos que resultaba convincente. Entiendo por qué Karl te respetaba tanto, y por qué intimidabas tanto a los demás.

Ah, en eso se equivoca.

–¡Eso desde luego que no! –Charley niega con la cabeza.

Pero Dasha se burla, la aparta con la mano.

–¿Por qué motivo serían tan cabrones contigo todo el tiempo? ¿Acusarte de ser una ladrona? Vi cómo te trataban: les dabas miedo. Esos capullos que vivían para perder el tiempo nunca podrían haber sobrevivido en el mundo real, y lo sabían. Yo lo sé: el mundo real sin dinero da miedo.

A través de la niebla mental, Charley lo piensa. Podría haber huido de la Sociedad de la Mascarada Homicida después de las acusaciones del collar. En lugar de eso, había mantenido la cabeza en alto, coqueteado y deslumbrado a todos como madame Carlotta. Sobrevivió al asalto de Pan en el agua. Rompió con Matt. Y, sobre todo, sobrevivió a esta Navidad, enfrentándose a dos asesinos. Los miembros de la Mascarada hacían bien al sentirse amenazados por ella.

—De todos modos, eso es todo. Suficiente cháchara agradable por mi parte —dice Dasha—. Recupera el calor, vete a casa y deja de quejarte.

Dasha se levanta y se va. No mira hacia atrás.

Epílogo

Charley

La siguiente Nochebuena

En la cafetería hace un calor abrumador y huele a la especialidad de temporada: el *gingerbread lattecino*. El zumbido y el estruendo de gente, platos y máquinas de café casi ahogan la versión animada de un villancico que suena de fondo, una versión estilo Tijuana de *Los doce días de Navidad*. Charley lleva su *flat white* hasta la barra junto a la ventana, se sienta en un taburete alto y se quita agradecida el pesado abrigo de invierno empapado. Qué agradable es el problema de estar demasiado caliente.

La lluvia azota la ventana. El Papá Noel que recoge donativos fuera se ha refugiado en el portal del teatro al otro lado de la calle, donde Charley está ensayando su papel en la adaptación teatral de *Diez negritos*. Sabe que no consiguió el papel solo por su talento actoral: el revuelo de titulares sobre el *casting* de la «superviviente de la masacre de los doce días» en una obra de misteriosos asesinatos en la campiña inglesa le dio al teatro un impulso publicitario muy necesario. Pero Charley ha aprendido por las malas que así es como funciona el mundo, y sabe que está a la altura del papel. Incluso envió a Matt un enlace a las noticias, con un emoji de beso, para luego bloquear por fin su número.

–¿Estás segura de que puedes hacer esto? –le había preguntado su padre–. ¿Descubrir asesinatos noche tras noche? ¿Ver gente cubierta de sangre falsa?

–Es solo un espectáculo –le dijo ella encogiendo convincentemente los hombros–. Es como la Sociedad de la Mascarada Homicida, pero cobrando.

Aun así, tal vez el próximo año intente algo de teatro infantil…

Revuelve en su bolso en busca del teléfono, pero al hacerlo, un periódico sensacionalista abandonado en el taburete junto a ella le llama la atención. Ha evitado leer las noticias durante el último año; ha preferido enterarse por amigos o por su padre de los preparativos del juicio de Sam, del siempre rumoreado escándalo de Odastra; de la dimisión de sir Nathaniel St. John; de la disculpa ambigua de la agencia de publicidad de Ali por ayudar a esa dudosa empresa a hacerse un lavado de cara; del cambio de nombre del Ala Odastra en la Galería Metropolitana Urbana...

Sam tenía un móvil de usar y tirar, y tan pronto como volvió a tener cobertura, automáticamente subió las fotos de cada asesinato a sus cuentas de redes sociales anónimas. Y aunque no permanecieron mucho tiempo, los foreros *online* no tardaron en dar con otra imagen que podían usar en su lugar, una imagen que quedó vinculada con los asesinatos para siempre. El periódico que acaba de ver Charley había utilizado esa misma, una antigua foto de finales de los noventa que había tomado la madre de Sam. Es de uno de sus *tableaux vivants* navideños, con una modelo vestida con un elaborado traje de plumas, mitad humana, mitad perdiz, posada en las ramas de un árbol con un ala extendida y una pera engarzada en la mano. Está rodeada de luces y echa la cabeza hacia atrás con gesto alegre, mostrando el elegante contorno de su cuello blanco. Al pie del árbol hay un niño con el pelo alborotado. Lleva pantalones cortos a pesar del clima de diciembre y un jersey de lana caído que le queda varias tallas grande. No se puede ver su rostro, pero es Sam, con la cabeza inclinada hacia arriba, mirando a la fabulosa criatura en las ramas.

La foto había aparecido en todas partes en internet durante los meses siguientes a los acontecimientos, como resumen conveniente de la educación decadente e inusual de Sam, pero también insinuando la inspiración detrás de los propios asesinatos.

Al final, el plan de Sam y Audrey había fracasado porque eso era lo único que fascinaba a la gente. Nadie, al menos nadie más allá de los más dignos editores de periódicos y los blogueros más iracundos, hablaba de amiguismo, corrupción, elitismo o una red de viejos amigos. La gente hablaba sobre cómo destripar de forma correcta a una gallina francesa y de cuál podría haber sido una muerte apropiada para el pájaro cantor.

Charley sabe que podría prescindir de lo que está a punto de leer, pero aun así alarga la mano, despliega el periódico, deja que el titular la aturda.

HALLADO MUERTO EL RESPONSABLE DE LAS DOCE MUERTES DE NAVIDAD

Y de repente, Charley ya no siente calor, ya no está cómoda y segura. Le cuesta respirar, sus manos arañan el barro. El recuerdo llega en oleadas. Tiembla, su corazón late con vigor en el pecho. Estos días, sus recuerdos son mucho peores que los que tuvo después de la mansión Fenshawe, pero al menos ahora sabe cómo lidiar con ellos. Vuelve a hacer sus ejercicios, respiración rápida, «inspira, espira, inspira, espira». Ese terapeuta tan caro de Harley Street que le paga Ali dice que las respiraciones profundas desde el vientre son más beneficiosas, pero esto es un viejo hábito y la centra.

Lo mejor sería protegerse a sí misma. Apartar el periódico, tal vez pedirle a su padre que le cuente los detalles más tarde si necesita saberlos. Pero eso no va a suceder. En cuanto logra controlar la respiración, abre el periódico arrugado con manos temblorosas y lee.

Un año después de las doce muertes de Navidad, el infame médico Samuel Hartley fue encontrado muerto en su celda carcelaria. El asesino demente, que estaba a la espera de juicio por su participación en cuatro asesinatos y dos intentos de asesinato el año pasado, fue atacado en las primeras horas por un agresor desconocido. Las autoridades de la prisión de HMP Mudmarsh se han negado hasta ahora a confirmar los rumores de que recibió un disparo en la parte posterior de la cabeza, al estilo de una ejecución.

La primera reacción de Charley es alivio. No habrá juicio. Sam

312

no se pavoneará diciendo que lo hizo todo para sacar a la luz el privilegio y la hipocresía.

No habrá interrogatorio cruzado agresivo sobre las huellas dactilares de Charley en el cuchillo Sabatier, sobre quién era la misteriosa Maggie y dónde podría haberse escondido. No habrá comentarios sagaces sobre su estatus como actriz que se gana la vida contando mentiras. Y no habrá necesidad de contar su historia una y otra vez frente a los medios de comunicación del mundo. Se acabó.

Busca en los rincones de su corazón cualquier resquicio de tristeza por Sam. A fin de cuentas, a veces se siente triste por Audrey. Sin embargo, la muerte de Sam no le inspira más que alivio. Seguridad al fin.

El teléfono de Charley suena justo cuando se baja del tren, pero no lo comprueba de inmediato porque está ocupada arrastrando su maleta rosa por la acera mojada de lluvia hasta la casa de su padre. Las noticias probablemente ya hayan llegado a Ali en su *ashram*, y estará enviando mensajes de texto, queriendo compartir impresiones y analizar sus sentimientos en el entorno de su recién descubierta espiritualidad. Charley no tiene energía para nada de eso, así que lo deja hasta después de la cena de Nochebuena, cuando tenga la barriga llena del salmón asado con limón que cocinará su padre y de pudin de chocolate. Cuando se demore en lavar los platos.

Pero la alerta no es un mensaje de Ali, es de Instagram.

@dashaorlova_fumf te ha etiquetado en su historia.

Es una foto de Dasha en una tumbona en alguna playa de arena blanca. Gafas de sol enormes, bronceado dorado y sonrisa deslumbrante.

Lleva un sombrero de Papá Noel que parece estar adornado con auténtico pelaje blanco y sostiene una enorme copa de cóctel llena de un líquido color durazno, lechoso, con un pequeño paraguas, una bengala chispeante y frutas tropicales ensartadas en un palillo. Se la ve feliz, relajada y con un aire engreído que hace que Charley entrecierre los ojos y sonría. El texto animado parpadea en su historia.

Celebrando la Navidad con un *lassi bang bang*.
¡Que tengáis unas fiestas estupendas, hijos de puta!

Agradecimientos

Cuando comencé a escribir, pensé que debía encerrarme y producir una obra maestra de ficción a solas, para luego presentarla al mundo, ¡tachán! Una de las cosas más importantes que he aprendido es que puedes y debes pedir ayuda a las personas. Así escribir es mucho mejor y más divertido. Y eso hice…

En primer lugar, muchas gracias a Kelly Smith y a todos los colaboradores de Bonnier por confiar en mí con este proyecto y por alentar mis giros argumentales extravagantes. A mi agente Lina Langlee por sus apreciaciones afiladas como un láser, y por tener fe en mí. A Writers International por todas nuestras discusiones sobre motivación y al brillante grupo UKYA, también conocido como Team Kamala. Sobre todo, gracias en particular a Kathryn Foxfield, que me hizo una sugerencia perfecta sobre Leo. Gracias a los Debut 20s y 21s, y a los Good Shippers, y también a Charley 'Paper Orange' Robinson, por leer y apoyar mis libros anteriores y por no importarle que mi protagonista comparta su nombre. Gracias también a Ruth Park, Flic Everett y Andrew Bowden-Smith, mis corresponsales en Escocia, que evitaron que inventara nombres de lugares escoceses falsos. Cualquier anglicismo restante se debe a mi ignorancia.

Lo cual me lleva a otro agradecimiento importante, a Escocia misma. Es un lugar maravilloso, de una belleza impresionante, muchas personas a las que quiero viven allí y aún es lo suficientemente salvaje como para ayudar a las personas a irse de rositas con asesinatos (ficticios).

Gracias a Hannah Wright; fuiste una estrella absoluta cuando tuvo lugar la huelga de profesores durante la edición. Gracias a Dawn, Tiff y Lucia, que me mantuvieron en marcha cuando apareció el síndrome del impostor. Gracias a mamá, porque me diste mi primera historia de misterio cuando tenía siete años y me enganchaste. Y gracias a Richard, que probablemente nunca leerá esto.

Parafraseando las palabras del pequeño Tim: ¡que Dios los bendiga a todos! ¡Feliz Navidad!

Índice